JN149262

無人島でエルフと共同生活
Communal life with elvesv
on desert islands
わんた
Presented by wanta
TOブックス

Contents

illustration ●転　design ●小久江厚+アオキテツヤ

エルフとの出会い

誤解により職場を追われた清水健人（しみずけんと）は、失意の底で大金を手に入れた。勢いに任せて購入した宝くじで、十億円に当選したのだ。だが、降って湧（わ）いた幸運は長く続かない。会ったこともない親戚や名も知らぬ他人から、朝の挨拶をするような気軽さで「金をくれ」と言われ続ける。そんな日々が、精神的に追い詰められていた健人にトドメを刺した。半ば自暴自棄（なかばじぼうじき）になると、誰も予想しなかった大胆な行動に出る。大金を使った衝動買い――無人島を購入したのだ。コテージに始まり、井戸、バイオトイレ、ソーラーパネルなどといったインフラ関係の工事を終わらせると、九州にほど近い東シナ海に浮かぶ無人島に、人目を避けるようにして移住した。

都会の生活に慣れた健人にとって、無人島の暮らしは体力面で辛いことも多かった。しかし、人目を気にすることなく、海釣りや小さな畑の手入れといったスローライフを満喫すると、崩れかけていた精神の均衡は保たれ、退屈で孤独だが平穏な日々を送っていた。

四月が訪れて暖かくなり始めたとはいえ、まだ肌寒い季節。コテージに移り住んでから七日目の朝。日々のストレスに開放された健人は、今日も海釣りを楽しもうとラフジャケットを身に着けて、歌いながらビーチを歩いていた。

「昨日は坊主だったし、今日こそ釣るぞー！　鯛（たい）が釣れたら、炊き込みご飯にして食べようかな？　それとも焼いて食べるべきかな？」

人の視線を気にせず、独り言（ひとりごと）にしては大きな声を出している。

無人島には不釣り合いなほど豪華なクルーザーに荷物を運んでいると、この島には存在しないはずの人間が、ビーチで仰向けに倒れているのを見つけた。

見間違えたと思って目をこするが、何度見ても姿が消えることはない。たっぷりと時間を使い眺めてから、ようやく幻ではないと実感すると、手に持っていた荷物を放り投げた。

「大丈夫⁉」

自分以外の人間が何故ここにいるのか、疑問を感じる前に体が動き、小走りで駆け寄る。

近づくにつれて容姿があらわになる。肩甲骨（けんこうこつ）まで届きそうな長い金髪、緑色の麻のような服、右手には弓がしっかりと握られており、腰には大型ナイフがついていた。女性らしさを象徴する小高い胸は、呼吸に合わせて上下に動いている。

現代日本の価値観からすると古臭い服装だが、そんな姿でも損なわれることのない美貌に目が奪われる。しばらくの間、思考が停止して目の前の女性をじっと見つめてしまった。行き倒れた人間を前にした対応としては減点ものだ。しかし、そのおかげで女性の服装や美貌（びぼう）に匹敵するほどの違和感に気付くことができた。

「耳が……長い……」

目の前に倒れている女性には、斜め上に伸びる長い耳があった。血色もよく、健人の目からは作り物のようには見えない。

地球上には肌の色や顔の彫りの深さなどといった些細な違いはあるが、明らかに異なる特徴をもった人種は存在しない。見た目はファンタジー世界から抜け出したようなエルフ。だがそれは小説やアニメの中だけに生きる存在であり、現実世界には存在しないはずだった。

人がいないはずの無人島に行き倒れがいて、エルフのような特徴的な耳をしている。そんな状況に理解が追いつかず、健人は混乱して身動きが取れないでいた。

「誰か水を……」

立ち止まっていた健人を再び動かしたのは、エルフと思われる女性が発した水を求める声だった。

金縛りのように硬直していた体が動くようになり、クルーザーに置いていた五百ミリリットルのペットボトルを持ち運ぶ。

「大丈夫か？　水ならある。ゆっくり飲んで」

ペットボトルのキャップを外し、体を起き上がらせてから女性の口元にまで近づける。

一口飲んでからは、ペットボトルを奪い取り一気に飲み干そうとするが、乾ききった喉には刺激が強くて咳き込んでしまった。

「ゴホッゴホッ……」

「焦らないで、ゆっくりと飲んで！」

女性は首を縦に振ってから、今度は少しずつ飲み始める。

「俺の言葉は分かる？」

十分に水分を摂取したところで声をかける。

金髪碧眼、顔の彫は深く、見た目は完全に西洋人。さらにエルフのように耳は長く、日本人には見えない。健人は言葉が通じないことを覚悟しながらも、それでも、まず始めに日本語でのコミュニケーションが可能なのか確認をとった。

「はい。水……ありがとうございます」

見た目が完全にエルフの女性が流暢な日本語を話した。その事実に違和感を覚えたが、日本語が通じたことの驚きとうれしさで、すぐに忘れ去ってしまった。

「それはよかった……なんでこんな所にいるの？」

当たり前の話だが、人間が住んでいないからこそ無人島であり、購入できる。さらに言えば、インフラ工事に立ち会った際に、誰も住んでいないことも確認している。女性が行き倒れているはずがないのだ。健人が不信感を抱いて、不躾な質問をしてしまうのも無理はない。

「それは私にもわかりません。ここはどこでしょうか？　あなたは誰ですか？」

「ここは日本国に所属する島で、俺は所有者の清水健人って……意味は通じている？」

「すみません……どれも初めて聞きました」

言葉は通じるが、固有名詞などといった単語の意味は通じない。半ば覚悟していた結果にため息をつきながらも質問を続ける。

「俺のことは健人と気軽に呼んで欲しい。落ち着いたばかりで申し訳ないんだけど、なぜここにいるのか教えてもらえないかな？　あと、できれば名前も教えて欲しい」

相手が混乱しているのであれば、こちらが質問をして情報を引き出して整理する方が早い。じっとこちらを見つめて動かない女性の視線に耐えながら、健人は答えが返ってくるのを待っていた。

「私は……エリーゼです。種族はエルフ。そのまま、エリーゼと呼んでください」

エリーゼと名乗る女性の声は弱々しかったが、すっきりと耳に届く透き通った声だった。

「なぜここにいるか……ですが……ダンジョンの最下層に到着したと思ったら気を失ってしまい、目が覚めたらこの島にいました。しばらく海沿いを探索したんですが、何も見つからず力尽きて倒れていたところです」

健人の方をしっかりと見つめ、質問に答えた。

ダンジョン……テレビゲームや小説からなんとなく想像できるが、エリーゼが探索したダンジョンと同じとは限らない。思い込みは、時に周囲の人間を不幸にすることを身を持って体験していた健人。彼女がここにいる原因らしきダンジョンがどのようなものだったのか、イメージをすり合わせる必要があると考えていた。

「ダンジョン？　俺の想像が合っているなら、この日本には存在しないと思う……どういったものか教えてもらえないか？」

「存在しないんですね……」

日本にないと言われた瞬間は衝撃を受けていたが、すぐに気を取り直すと、エリーゼはダンジョンの説明を始めた。

「ダンジョンとは、地下に作られた空間のことを言います。その空間は迷路のように入り組んでいる場合もあり、魔力で作られた魔物が徘徊(はいかい)しています。ヤツらの目的は、迷い込んできた生物を殺してダンジョンに吸収させ、魔力に還元することだと言われていますが……これについては諸説あるようで、人によって意見が変わります。話を戻しますが、魔物は生物を見つけると襲い掛かってきます。討伐すると魔石などの素材が手に入るので、ダンジョンに入り魔物を討伐する職業が成り立っていました。そんな人たちを、まとめてハンターと呼んでいます。私もその一人です」

一気に説明すると、ペットボトルに残っていたわずかな水を飲み干す。

エリーゼの説明を聞く限り、細部は異なるものの、大枠としては健人が想像していたダンジョンと同じ内容だった。エリーゼの耳、そして先ほどの説明。まだ疑いは残るが、異世界人と仮定して話を進めよう。

そう考えて口を開こうとした瞬間、太陽が雲に隠れて冷たい風が吹く。暖かくなってきたといってもまだ四月だ。健人はともかく風を通しそうな服装をしているエリーゼには、この寒さは堪(こた)える。

「落ち着いた場所で話そうか。自分で歩ける？」

そう考えた健人は、ゆっくりと話せる場所へ移動することを提案した。

「ケガはしていないので、歩くぐらいなら」

ゆっくりと立ち上がると、体を伸ばして手足を動かし体の状態を確認する。

「その様子なら大丈夫そうで安心した。俺の家が近くにあるから案内するよ」

背中を見せて先に歩き出すと、コテージの方へと向かう。

エリーゼは日本人にありがちな警戒心の薄さに驚きながらも、休める場所があることに安堵する。無言で頷き後を追うように歩き出した。

「坂がきついけど、もう少しでコテージに着くから頑張って！」

健人たちがいる無人島は初島の半分程度の広さがあり、本島からクルーザーで十五分ほど離れた場所にある。無人島にはビーチが二面、それ以外は木々に覆われ、人間の手はほとんど入っていない。島の中心部には高原のような平坦面が続いているが、そこに至るまでには、緩やかな坂を上りきらなければいけなかった。

「ハァ……ハァ……」

丸一日飲まず食わず過ごしていたエリーゼは、体力が著しく低下していた。緩やかな坂とはいえ、整備されていない雑木林の中を歩くのは厳しい。フラフラと歩きながらも、健人を見失わないように残りの体力を振り絞って歩いていた。

「よし、見えた！」

耐え忍ぶように下を向いて歩いていたエリーゼが、健人の声によって顔を上げる。いつの間にか坂を上りきっていたようで、二階建てのコテージが目に飛び込んできた。

木製で建てられたコテージの屋根にはソーラーパネルがあり、その周辺には、手押しポンプが取り付けられた井戸がある。入り口付近には電子柵に囲まれた小さな畑があり、ナス、トマト、唐辛子といった作物を栽培していた。

「家の中を案内するからついてきて」

人は欲しかった物を手に入れたら自慢したくなる。健人も例に漏れず、完成したばかりのコテージを見せたいのだ。ゆっくり歩いていたエリーゼを急かすように、先に歩いてドアを開け、中へと案内をした。

「ようこそ。我が家へ！　ブーツはここで脱いで、これに履き替えて」

自慢げな表情をして振り返ると、玄関にある棚(たな)からスリッパを取り出し床に置く。

エリーゼは戸惑いながらも健人の真似をしてスリッパを履き、コテージの奥へと進むと、すぐにダイニングへとたどり着いた。

細長い木製のテーブルに椅子が六脚。携帯電話の電波は届いているが、また金の無心をされるのではないかと心配した健人は、連絡を取る手段を減らすために電話は置いていなかった。外部の情報を得る手段は、奥の壁に掛けられた液晶テレビだけだ。

空いているスペースには、ウェットスーツやサーフボードなどマリンスポーツを楽しむための道具が所狭しと並んでいる。

「こんな小さな島にあるんだから、粗末な家だと思っていたけど、想像以上に立派で驚いたわ」

エリーゼは驚きのあまり、素が出ていることに気づいていなかった。

「それが普段の喋り方なら、これからはそんな感じで話して良いよ。堅苦しいしゃべり方はやめようか」

そのことに気づいた健人は、一気に距離を縮めるチャンスだと直感し、即座に提案する。

「いいの？　遠慮しないわよ？」

「変に遠慮されるより、いいよ」

そう言うと肩をすくめる。

日本に住む一般人であれば警察に連絡して終わりだが、エリーゼは異世界人の可能性が高い。今後の身の振り方を話し合うにしても、数日は一緒に暮らす必要があるだろう。そう考えた健人は負担が少ない関係を望んでいた。

「何も食べてないよね？　これからご飯を作るから椅子に座って待ってて」

エリーゼが頷いたことを確認すると、ダイニングの奥にあるキッチンに移動する。冷蔵庫には一週間分の食料が保管してあり飲料水もあるが、それは一人分で計算した場合だ。二人になると単純に計算するだけで倍になる。

「週一回のペースで買い出しをしようと思っていたけど、これだと間に合わないな」

冷蔵庫の中身を見て、愚痴に近い独り言をつぶやきながらも作業を進める。料理といっても無人島で凝ったものは作れない。

食パンにピザ用チーズを振りかけてからオーブンに入れる。その間にＩＨヒーターの上にフライパンをのせて、手に持っていた二つの卵を割って落とす。少し温めてから水を入れてフタをして蒸すこと数分。きれいな目玉焼きが完成した。

「ご飯の用意ができたよって……弓の手入れ？」

盛り付けを終わらせて二つの皿を持ってダイニングに戻ると、エリーゼは弓をじっと見つめていた。

長年使っているようで、細かい傷や同じところを何度も握ったような跡などがある。

「……家族からプレゼントしてもらった大事なものだから、壊れていないか確認していたのよ」

健人の手に食べ物があることに気付くと、エリーゼは立ち上がる。

弓をゆっくりと優しく壁に立てかけてからテーブルに向かった。

「美味(おい)しそうなご飯」

目の前に置かれたパンから漂うチーズの香ばしい匂いに刺激され、空腹を思い出したエリーゼのお腹が鳴った。

そのことで顔が少し赤くなったが、大人としてのデリカシーを兼ね備えた健人は、気づかない振りをする。何事もなかったかのように二人とも食事を始めた。

「こんなフワフワなパンを食べたのは初めて。見た目や香りだけじゃなくて、本当に美味しいわ」

「この世界じゃ普通だよ？」

「これが普通……私の世界のパンだったら黒くて硬いのが常識だったんだけど……やっぱり世界が変わると常識も変わる……もしかしたら……」

食事の手を止めて、何かを考え込むかのように独り言をつぶやいている。その姿は、新しい研究テーマが見つかった学者のようだった。

「さっき弓をいじっていたけど、矢は持ってないよね？」

考えがまとまったのか食事を再開したエリーゼに、健人は出会った時から気になっていたことを質問する。

「私は魔法で矢を創っているから、普通の矢は持っていないわ」

「この世界には魔力やら魔法といったものは存在しないから、どういうことか詳しく教えてもらえない？」

冷静に質問しているように見える健人だったが、声は震えている。魔法といった存在に驚き、落ち着いているのを装いながらも、エリーゼの回答に期待していた。

「うーん。こんな感じ」

持っていたパンを皿に置く。手のひらを上に向けたかと思うと、一瞬にして緑に光り輝く矢が創られた。

「矢が出てきた……手品じゃないよね……」

いきなり実演されるとは想像していなかった健人は、思わず立ち上がった。

エリーゼの許可を得て矢を手に取ってみる。ツルツルとした表面で暖かくも冷たくもない。なんとも言えない質感があり、少なくとも目の前にある矢は幻覚の類ではないこと実感した。

本当に異世界人だとしたら大きな問題となり、最悪、この島に他人が乗り込んでくる可能性もある。目の前で魔法を見た健人は、異世界人だと思って接すると心に決めた。

「これは速度に特化した矢で、弓に矢を番（つが）えて放つと目で追うのも難しいぐらいの速度になるのよ。他にも刺さった瞬間に炎上させたり、水を凍らせたり色々な矢が創れるわ」

魔法を説明するエリーゼは、自信に満ち溢れた表情をしている。

彼女にとって魔法とは身近な存在であり、どんな時も助けてくれる頼もしい相棒だ。

「なぜかコテージ付近には魔力があったから、もしかしてと思ったけど、成功してよかったわ。ビーチ周辺には魔力がなくて魔法が使えなかったから、矢が創れなかったの。少しだけ安心したかな？」

「え？　ここにも魔力があるの⁉　それは面白いことを聞いた！　少し興味があるなぁ………」

うつむいて考え込む健人。すぐに話す内容をまとめると顔を上げた。

「後でこの島を一緒に探索しない？　魔力の発生源がどこにあるのか調査したいんだ」

なぜコテージ周辺にだけ魔力があるのか、その謎に興味を持った健人は、エリーゼに提案をする。

「助けてもらったお礼もしたいし、付き合うわ。でも今日は疲れているから、探索は明日からでも良いかしら？」

「もちろんだよ！　明日からよろしくね！」

その後もこれからの予定について話し合い、しばらくすると食事が終わる。

お腹も満たされ、タイミング的にはちょうど良いだろうと判断した健人は、ついに本題を切り出した。

「そろそろ、どうしてここにいたのか詳しく話してもらえないかな？」

「その質問は当然よね。ようやく落ち着けたし、私がこの世界にきた経緯を説明するわ」

聞かれるのも当然とばかりに、ここにたどり着いた経緯を話し始める。

「私たちの世界には、いくつもダンジョンがあって、その最下層には異世界に通じる道があると言われていたわ。その真相を確かめるために、私を含めた五人がパーティを組んでダンジョンを攻略していたの」

先ほどの魔法でエリーゼを異世界の住人だと確信した健人。異世界といった単語も違和感なく受け止め、話を理解しようと必死に耳を傾けていた。

「本当に別の世界に移動するとは思わなかったけど」

最後にそう付け加えると、食後に用意されたオレンジジュースに口をつける。

すると目を見開き驚いた表情をした後、すぐに満足そうな笑みを浮かべた。

知らないところに飛ばされて動けず切り札の魔法が使えない。そんなタイミングで、見慣れない服を着た男性に声をかけられたのであれば、普通は慌てたり怯えたりするだろう。だが、異世界に来たと認識していたのであれば、見慣れない格好も、異様な形をした船が近くにあっても、異世界だからと冷静に判断したうえで行動ができる。

現状を正しく認識できているからこそ、エリーゼは落ち着いて健人と会話する余裕があった。

「もともと異世界に行けると分かっていたのか」

「ええ。私たちは五人で攻略してなんとか最下層にまで到着したんだけど、そこには水晶のようなものだけがあったわ。好奇心に負けて触って見たら……この通り」

肩をすくめてから、話に一区切りついたと言わんばかりに、先ほど口をつけたオレンジジュースを一気に飲み干す。

「他のパーティメンバーは？」

五人で探索していたのであれば「残りの四人もこの世界に来ているのではないか？」と、健人が疑問に思うのも無理はない。

「水晶に触ったのは私が最初だし、こっちに飛ばされているかもしれないわ。探そうとは思ったけど、ここは海に囲まれて出られない上に、さっきまでは魔力が補充できずに魔法が使えなかった。それに食料と水は持っていなかったから、他の仲間を探す余裕なんてなかったわ。だから他の人がどうなったか分からないのよ……」

そう言い終わるとエリーゼは、窓の方に顔を向けて遠くを眺めた。

ダンジョン探索で疲れていたところに見知らぬ場所に飛ばされ、拠り所としている魔法が一切使えない。さらに水や食料がなければ、他人を探す余裕はないのは当然だろう。

「ごめん。失礼なことを聞いた……」

「別に問題ないわ。あまり気にしていないし」

生きていれば必ず会える。自らの生存を優先して行動するのは、ハンターの判断として間違ってはいない。さらにパーティメンバーと言ってもエリーゼにとっては、仕方なく共に行動していただけであり、冷たいようだが、あまり心配していなかった。

「そう言ってもらえると助かる。これが最後の質問だけど、ここにきてから何日目？」

「一日もたってないわよ。いきなり飛ばされたうえに、ダンジョン攻略の疲れが残っていたから動き回る余裕はなかったの。あなたに助けてもらえて、本当に感謝しているんだから。改めてお礼を言うわ。助けてくれて、ありがとう」

気だるそうな態度から一転して、背筋を伸ばし正面を見つめてから頭を下げる。

命の恩人へのお礼。この表現がピタリと当てはまる態度だった。

「こっちの世界……いや、この国では、困っている人を助けるのは当たり前だよ。そこまでされると逆に申し訳ない気持ちになるよ」

「困った人を助けるのが当たり前……ここは、豊かな国なのね……」

エリーゼは、自身が住んでいた世界より豊かなことに安堵する。

目の前に倒れている人がいたら、ひとまず声をかけてみる。日本に住んでいれば多くの人が同じことをするだろう。だがそれは物質的、精神的に余裕があるからこそできることだ。

生活に窮すれば心までも貧しくなってしまう。そんな国に住んでいたら他人を助ける余裕など生まれないだろう。実際、エリーゼが住んでいた世界では、貧富の差が激しく一部の富裕層を除くと、生活に窮している人が多く、特にスラムでは倒れている人が放置されることも珍しくなかった。

「私からも質問してもいい？　この島にはあなた以外の人はいないの？」

「この場には俺たちしか居ないよ。ここで一人、ゆっくりと余生を過ごすつもりだったんだ」

「そんな時にお邪魔してごめんね」

なぜ一人で暮らそうとしているのか疑問に思ったエリーゼだったが、相手の事をほとんど知らない状態で余計な詮索をして、健人の逆鱗に触れでもしたら追い出されるかもしれない。不要な心配かもしれないが、何もかも情報が不足している現状では、慎重に行動した方が良い。そう判断した結果、無難な返答をした。

「異世界人と出会う貴重な体験をしているから気にしないでいいよ。ちなみに、ここからクルーザーに乗って十五分の距離に本島がある。そこまで行けば人間は沢山いるよ。でも、今すぐ行くことはオススメしない、かな？」

「なんで……って、聞いても大丈夫？」

軟禁されるかもしれないと身構えたエリーゼだったが、健人は気にすることなく説明を続ける。

「まず、この世界は肌の色に違いはあるものの、俺みたいな見た目の人間しかいない。エリーゼのように耳が長く尖った種族はいないんだ。本島に行けば異世界人だとすぐにばれて、拘束される可能性が高いよ」

エリーゼは想像すらしたことのない事実に目を大きく見開き、驚きを隠せずにいた。

「それって、私みたいなエルフやドワーフといった種族がいないってことなのよね？　それだったら……健人の懸念（けねん）は正しいと思う」

エリーゼは過去の経験から、単一種族国家に他の種族が混ざる危険性を理解していた。

「ここは本当に異世界なのね……。まだこの世界の常識もわからないし、人がいる場所に移動するにしても、もう少し情報を集めた方が良さそうね」

「エリーゼが住んでいた世界がどうやっていたのか分からないけど、この世界では人間一人一人をきっちり管理しているから、身元不明、さらに人間ではないエリーゼを政府が見つけたらどうなるかわからない。少なくとも今は、その判断は正しいと思うよ」

エリーゼは異世界に来てしまうほどの好奇心と行動力を兼ね備えた女性だ。仮に政府にとらわれて自由を奪われてしまえば、それは死ぬよりも辛い。さらに人間以外の人種がいないのであれば、人体実験される可能性もある。

事実、エリーゼの世界では、過去に人間が寿命の長いエルフの秘密を探ろうとして、人体実験が行われたことがあり、大きな危機感を抱いていた。

また現実問題として、基本的人権で保護されている人間の中に「エルフが含まれるのか」といった問題もある。クローン技術で生まれた人間と同じく、人権の有無については議論する余地があるのは間違いないだろう。

「話は変わるけど、俺でも魔法は使えるかな？」

「え？　うん。試してみないとわからないけど、多分……問題ないと思う」

急な話題転換に、とまどいつつも質問に答えた。

「なら、しばらく生活の面倒を見るのと、この世界の常識を教える代わりに、俺に魔法の使い方を教えてもらえない？」

健人は目の前のエルフ、魔法といったものを見逃すほど好奇心は死んでいない。魔法を見たときから、どうやって教えてもらうか考え、その手段として先ほどの交換条件を提示した。

提供するものと得るものがある関係……表現は古いがＷＩＮ－ＷＩＮの関係であれば、お互いに利益がある状況が続く限り、ある程度は安心して接することができる。対等な関係が維持できるのだ。

もちろん、完全に信用するわけにはいかないが、お互いの事を理解するための時間が必要な今、この取引は二人にとって重要なものだった。

「それは構わないけど、万が一魔法が使えなかったらどうするの？」

エリーゼもそのことを理解しているため、魔法が使えなかった場合の対応も忘れなかった。

「ダメだったら、魔力の発生源の調査を本格的に手伝ってもらうよ」

「私も知りたいし問題ないわ。なら契約成立ね」

そう言い終わると、エリーゼが右手を差し出す。

健人は一瞬、何の動作なのか分からずに硬直していたが、右手をつかんで握手を交わした。

「異世界にも握手があるんだ」

「つい癖で手を出してしまったのだけど、意味が通じて安心したわ」

この瞬間、二人が無人島で共同生活をすることが決まった。

異世界人との交流

　忙しい現代人であれば時間は貴重だ。今すぐに魔法を教えてもらう、といった行動に出るだろう。

　だが、健人は無職だ。それもただの無職ではない。お金の心配をする必要もなければ、他人に邪魔されない自分だけの場所を持っている。さらに世間と決別したため、世界を変えてやるといった野望など持ち得ない。無人島でスローライフを送る現代社会からリタイアした人間だ。

　教えてもらう時間はたっぷりとある。魔法を覚えることについて、健人は急ぐ必要はないと考え、ゆっくりと教えてもらうことにしていた。

「エリーゼは疲れているだろうし、探索や魔法の練習は明日から始めよう。二階に客室があるから、休むのならそこを使ってね」

「遠慮なく使わせてもらうね」

　コテージ内を案内しようと腰を浮かせかけたが、言い忘れたことを思い出して再び話し始める。

「っと、その前にお風呂に入って、汚れている体と服をきれいにしよう。使い方は説明するから、そこは安心していいけど、着替えは……申し訳ないけど俺のものを我慢して使って欲しい。明日、本島で女性ものの服を買ってくるよ」

　ダンジョン攻略からの無人島探索によって、エリーゼの服や顔に泥が付いていた。さらに、肩甲骨にまで届く長めの髪は、脂や汗でしっとりとしていた。

「何から何まで……助かるけど……」

次々と配慮が行き届いた提案に、何か裏があるのではないかと、言葉が詰まる。

先ほど取引は成立したが、単純に寝泊まりを許可してもらえるだけだと考えていたエリーゼは、ここまで面倒を見てもらえるとは、想像だにしていなかった。

「この世界の人間は魔法が使えない。魔法使い第一号になれるのであれば、この程度なんの問題もないよ」

今の一言で、エリーゼにとってごくありふれた魔法の技術も、世界が変われば貴重な技術に変わることに気付く。

一方、少し浮かれ気味な健人は、BGM代わりにテレビをつけると、鼻歌交じりにコテージの外に向かう。入り口に置いてあった薪(まき)の束を片手に持つと、風呂場のある裏側にまで移動した。

無人島までガスは通っていない。プロパンガスも用意していないため、お風呂は薪で炊く方法を採用していた。もちろん水道も通っていないので、お風呂には井戸から汲み上げた水を使っている。

「たしか、ここに薪を入れて火をつければよかったんだよな」

目的地であったコテージの裏側には、薪風呂の釜があった。

取扱説明書を読みながら数本の薪を入れ、着火用の丸めた新聞紙を中に置いてから火をつける。

しばらくすると新聞紙から薪に燃え移り、一気に勢いが増した。

火が安定したのを確認してからダイニングに戻ると、エリーゼはじっとテレビの映像を見つめていた。

「このテレビってのは面白いわね。見てて飽きないわ」

近づく足音に気付いたエリーゼが、振り返って話しかける。

「お風呂の準備が終わったよ。後でいくらでも見せてあげるから、先に入ってもらえないかな」

「お風呂ってお湯に浸かること？」

「そうだけど、そっちの世界にはなかった？」

パンや握手といったものが通じたので、お風呂も共通だと思っていた健人は、驚いて質問を質問で返した。

「ううん。あるけど、お湯に浸かるお風呂は手間がかかるから、お金持ちしか使えないわ。無人島でお風呂に入れるなんて……ここの設備は、地味にすごいのね」

「この国では、ほとんどの家にお風呂があって、毎日入っているよ。もちろん湯に浸かるタイプ。だから、それほど驚くほどではないと思うけど？」

「それはまた、私の常識とはかけ離れているわね……」

水汲み、湯沸（ゆわ）かし、清掃（せいそう）、どれも手間がかかる。入浴はお金持ちの象徴であり、エリーゼ自身も数えるほどしか経験したことがなかった。それが、誰でも毎日利用している。その事実に世界間のギャップを感じていた。

「脱衣所まで案内するよ」

そんなことに気づかず、健人は再び歩き出す。

エリーゼは、後を追ってフローリングの廊下をしばらく歩いていると、磨りガラスのドアの前に到着した。スライドして開けると脱衣所が目に入る。

床は吸水性の良いベージュのクッションフロアで、壁一面に棚と衣服を入れる籠がある。奥には鏡台があり、櫛やドライヤーが置いてあった。

「ここで服を脱いで棚にあるカゴに入れてね。着替えのパジャマは、横にある引き出しに置いてあるから、好きなものを選んでいいよ」

「一人で住むにしては立派な場所……」

数人が同時に着替えられるようなスペースに、エリーゼは思わず見たままの感想を漏らす。

「金だけは腐るほどあったから」

「へぇ。やっぱり、お金持ちなんだ」

健人は、口が滑ってしまったという表情をする。

都市での生活に比べれば不便な点が多いコテージだが、エリーゼにとっては最新の設備が整った家だと感じられた。お金があるといわれても「やっぱり」という感想しかなかった。また彼女は、長寿の種族らしく金への執着心は薄い。裕福だからといって、健人の親族みたいにお金が欲しいとは思わなかった。

だが、そんなことを知るすべもない健人は、先ほどの失言をフォローするための言い訳を口にする。

「ここを手に入れるために、ほとんど使い切ったけどね。もう、お金なんて残っていないよ」

「確かに島を買って、こんな家を建てたら、お金なんてすぐに無くなってしまいそう……」

実際には三億円近いお金が残っている。お金の無心をされたくないために嘘をつく健人と、異世界の基準で出費を計算したエリーゼの考えが妙なところで一致した。

誤解に気づくことなく会話は続く。

「浴槽に溜めたお湯を身体にかけてから石鹸で洗ってね」

脱衣所から風呂場へと移動したエリーゼは、健人の説明を聞きながらも近くに置いてあったシャンプーの容器を手にする。

「シャンプー？」

「エリーゼが手に取ったのは髪を洗う石鹸で、シャンプーと書いてあるのが目印……って文字は読めるの!?」

「私も驚いているんだけど、文字が読めるわね……」

「なら……問題がない…………かな？」

一瞬、健人は翻訳の原理を考えようとしたが、どう考えてもこの場で答えが出るはずもない。コミュニケーションが取れるなら問題ないと考え直した。

「シャンプーが髪を洗う石鹸でボディソープが身体を洗う石鹸。身体を洗うときは、そこにかけてあるタオルを使ってね」

風呂場にかけられているタオルは当然一枚しかない。

健人は心の中で「新しいタオルを買わないとな」と頭の中でこっそりと考えていた。

「へー。髪と身体で別のものを使うのね。贅沢なこと……」

「まぁ、これもこっちの世界じゃ普通のことだよ。お風呂のお湯は温まっているから、すぐにでも入れるよ。俺は外で火の番をしているから、ぬるかったり熱かったりしたら声をかけて。できる限り調整するよ」

「気を使ってくれてありがとう」

「これも、魔法使いになるためだから」

何度もお礼を言われて健人は気恥ずかしくなり、返事を待たずに外に出ると、再び薪風呂釜の場所まで戻る。

火が消えていないかチェックをしていると、風呂場から歌声が聞こえてきた。ポップでもロックでもない、今までに聞いたことがないメロディ。それはエリーゼの故郷に伝わる歌だった。

しばらく目をつぶって歌を聴いていると、エリーゼから突然声をかけられる。

「このシャンプーはどのぐらい使えばいいの?」

「出っ張りを一回か二回押して出てきた量で十分なはずだよ。ボディソープも同じ」

「ありがとう」

短い会話が終わると歌が再開される。

歌を聴きながら火の番をするのんびりとした生活。健人が夢見ていたスローライフが、今このとき実現していた。

「魔法かぁ……宝くじで運を使い切ったと思っていたけど、俺の運はまだ残っていたみたいだ」

そう呟いた健人の表情は、一年ぶりともなる、心からの笑顔を浮かべていた。

「ここは客室だけど、今日からエリーゼの部屋として使って良いよ」

エリーゼの長風呂が終わったあとは、井戸まで移動して歯磨きや洗濯の方法を伝えてから二階にある客室に案内することにした。

「一人で使うには十分な広さね。綺麗で清潔な部屋を用意してくれてありがとう」

健人が案内した部屋は、シングルベッドとテーブルに椅子が二脚、洋服ダンスだけがあるシンプルな部屋だった。広くはないが新築特有の清潔感があり、エリーゼはこの部屋に満足している。

「自分の部屋だと思って使ってね。ドアノブの上についている出っ張りの部分を回転させれば、鍵がかかって、開かなくなる。外からは開けられないようになっているから、寝ている間に俺が入ってくる心配はしなくても大丈夫だから」

「紳士的な対応で安心した」

エリーゼは、これまでの健人との会話で寝込みを襲うような男だとは思っていない。また仮に襲われても、魔法が使えるようになった今、如何様にもなると考えていた。

身を守るという一点において絶対的な優位性を感じていたエリーゼは、余裕のある笑みを浮かべ、からかうようなトーンで返事をする。

言葉通りの意味として受け取った健人は、その笑顔に照れてしまった。手を頭の後ろに当てて髪を触りながら話を続ける。

「俺は荷物の整理をしているけど、この後はどうする？」

「せっかくだから休ませてもらうわ。ご飯を食べてお風呂に入ったら眠くなってきちゃったのよ」

時刻は昼過ぎだが、ダンジョン探索から休みなく動き続けていたため肉体的に疲れている。また、安全な場所についた安心感によって、立ったままでも寝てしまいそうなほどの眠気に襲われていた。

「それじゃ、これからは自由時間ということで。俺は隣の部屋にいるから、何かあったら声をかけてね。明日になったらダイニングに集合しよう」

「ありがとう。これからお世話になるわ」


何事もなく翌日になり、健人が二階の部屋からダイニングにまで降りると、テーブルにもたれかかるようにして椅子に座っているエリーゼがいた。

ファンタジーの住人であるエルフが、ベロア素材の大きめなルームウェアを身につけてテレビを見ている。世界広しといえども、この異様な光景を目にできるのはここだけだろう。

「おはよう。ちゃんと寝れた？」

泥だけの服は洗濯して外で干している。寝間着姿のままだったエリーゼに、少し緊張しながら声をかけた。

「うん。フワフワなベッドに寝たのは初めて緊張したけど、ぐっすり眠れたわ」

言葉とは反対に、疲れがとれていなさそうな表情を浮かべていた。

「それはよかった？」

そのことに疑問に思った健人だったが、それを口に出す前にエリーゼが答える。

「あ、さっき井戸から水を汲んで水瓶(みずがめ)に入れておいたわ。ポンプ？　って便利ね。井戸の水汲みを楽しめる日が来るとは思わなかったわ」

エリーゼの世界では、桶を落として水を汲むつるべ井戸しかなく、水を汲む作業は時間がかかり苦痛でしかなかった。それに比べて、手押しポンプは簡単に水が組み上げられる。動かしていると水が出てくるのが楽しくなり、子どものようにはしゃいだ結果、朝から疲れてしまい先ほどからぐったりしていたのだ。

「この世界を楽しんでいるようで良かった。朝食を作ってくるから、そのまま休んでなよ」

「ありがとう。お礼に、いつか異世界料理をご馳走するわ」

「期待してる」

異世界料理が「ゲテモノじゃなければいいな」と失礼なことをつぶやきながら、キッチンにまで移動した。

朝は軽く食べて済ますことが多く、健人は今回もそのつもりだ。買いだめしていたコーンフレークと牛乳をお皿に入れる。さらに冷蔵庫からソーセージを取り出してフライパンで軽い焦げ目がつくまで温めてから大皿に入れる。そこに、水瓶に入った水で洗ったレタスを数枚置くと、手抜き朝食が完成した。

トレーに皿と二本のペットボトルをのせて、お腹を空かせているであろうエリーゼの元へと足早に戻る。

「もっと時間がかかると思っていたけど、早いのね？」

「朝は簡単にすませるタイプなんだ。悪いけど付き合ってもらうよ」

「私も軽いほうが好きだから助かるわ」

料理をテーブルに置いた後、椅子に座ってから、健人は思い出したかのように口を開いた。

「水瓶にいっぱいまで入ってたけど、重くなかった？　男の俺でも持てるか怪しい重さだと思うよ」

「体内の魔力で身体能力を強化すれば、簡単に持ち上がる重さよ」

エリーゼにとっては珍しくもなく当たり前のことを伝えただけだったが、健人は大きな衝撃を受けた。

「矢を創り出すだけじゃなくて、魔力で身体能力が強化できるんだ！　使えるようになれば色々と便利になるな……」

無人島生活は水汲みだけではなく、薪割り、本島からの物資の運搬（うんぱん）、コテージの前にある畑など力仕事は山のようにある。それらの肉体労働によって、現代社会の生活に慣れきった健人の体は悲鳴をあげていて、体を動かすのが苦痛になるほどの筋肉痛になっていた。

体が慣れるまで我慢するしかないと諦めていたところに、魔力による肉体強化の話が出たのだ。興奮するなという方が無理な話だろう。

「ずいぶんと身体能力の強化にご執心のようね……。魔法を使うのであれば、必ず覚えなければいけないことだし、朝食を食べ終わったら魔法が使えるか検査をしましょうか。問題なかったら身体強化の練習をするわよ」

「ありがとう！　よろしく！」

「昨日より、テンション高いわね⁉」

エルフとの出会いと、女性と同居することが決まり、健人のキャパシティを完全に超えていた。目の前の出来事を処理することに力を割きすぎ、落ち着いているように見えただけだ。一晩寝て気持ちがリセットできた今の健人が、本来あるべき姿に近かった。

「憧れの魔法が使えるかもしれないんだろ？　しかも、物語の中にしかいないエルフに教えてもらえるなんて夢のようだよ！」

勢いよく立ち上がると、前のめりになって正面に座っているエリーゼに近づく。そんな健人にエリーゼは気圧され、近づいた分だけ離れるかのように背をそらしていた。

「夢のようって……。昨日、この世界にエルフはいないと言ったけど、物語には存在しているの？　それとも過去にはエルフが存在してた？」

健人からは、この世界には人間しかいないと聞いていた。だが思い返してみると、エルフの自分を見ても多少は驚いていたが、あたかも存在を知っているかのように接している。そのことに、エリーゼは違和感を覚えた。

「事実をベースにした物語じゃないよ。誰かが想像したことをまとめた小説のことをいっているんだ。そこに出てくるエルフの特徴がエリーゼと一緒だったものだから……少し、興奮しすぎてしまったみたいだね」

「実際にいたわけではなく、架空の存在として知っていたのね。面白い偶然。ちょっと、その小説を読んでみたくなったわ」

想像の物語だけの存在であれば、先ほどの違和感も納得できると、健人の回答に満足していた。

「このあと本島に行くから、その時に買ってくるよ」

「ありがとう」

純粋な好意を受ける経験が少なかったエリーゼにとって、健人の優しさは心に響く。感謝の言葉を口にするときは目元がうるんでいた。

その後もお互いの世界について情報を交換しながら食事は進む。食後の紅茶を飲み始めたタイミングで、魔力診断をするためにエリーゼが立ち上がると、健人に近寄った。

「人は大気中にある魔力を吸収して溜めることはできるんだけど、魔力を創り出すことはできないの。これは重要だから覚えておいてね」

生物は空気中に混ざった魔力を呼吸とともに吸収し、蓄積することしかできない。この世界に来たエリーゼは、当初、魔法が使えないことに焦っていたのも、空気中に魔力が存在しなかったからだ。

「魔力は呼吸で吸収できるんだけど、体内に溜めるためには、〝見えない器〟が必要と言われているわ」

過去に人体を解剖しても見つけることができなかった魔力を貯蔵する臓器。エリーゼの世界では「見えない器」と呼ばれていた。

「見えない器に魔力が溜まっているか、確かめる方法が魔力診断。とは言っても、やることは他人の魔力を流し込んで、見えない器に溜まっている魔力が反発するかどうかを確かめるだけなんだけどね」

「反発すると、見えない器に魔力が溜まっていることになる？」

「そういうこと。私たちの世界では大きさに違いはあるものの、見えない器はみんな持っていたから、多分、健人にもあると思うんだけど……とりあえず、魔力を流してみるわね」

見えない器の大きさは、使える魔法の威力に直結する。大きければ大きいほど良い魔法使いとされていた。もちろん、ダンジョンの最下層までたどり着いたエリーゼの見えない器は、平均より大きい。

「それじゃ、今から魔力診断をするわ」

健人の後ろにまで移動したエリーゼは、右手を背中に当てる。自身の見えない器から魔力の一部を取り出して右手に移動させ、そのまま健人の背中に流していく。すると、ゴムのような抵抗を感じることができた。

この抵抗感が見えない器に魔力が溜まっている証であり、健人が魔法を使えることの証明にもなっていた。

「おめでとう。あなたにも〝見えない器〟があったわ」

その言葉を聞いた瞬間、健人は勢いよく立ち上がり拳を握って両腕をあげる。

「これで魔法使いになれる！」

エリーゼは、あまりにも子どもじみた行動をする健人に思わず苦笑いをしてしまった。

「ものすごく喜んでいるところ悪いんだけど、身体能力の強化方法を教えるから、座ってもらえるかしら？」

「あっ……」

　我に返った健人は、恥ずかしさのあまり顔がリンゴのように真っ赤になってしまった。

「落ち着いた人だと思ってたけど、意外と子どもっぽいのね」

「……この世界に住む人間であれば、一度は魔法を使いたいと考えちゃうからね。夢が叶う瞬間は、みんな子どものようにはしゃぐものだよ」

「ふーん。そう言う事にしておいてあげるわ」

　エリーゼは、小さい子どもを優しく見守るような眼差しで健人を見ていた。

「それ、信じてないでしょ……」

　ショックを受けたようにガクッと、肩を落とす。

「ふふふ。反発の強さから器に十分な魔力が溜まっていることがわかったし、身体能力の強化はすぐにできると思うわ。さっさとやっちゃいましょ」

「すぐに魔法が使えるの!?」

　エリーゼの言葉でまた目を輝かせることになった。

「ええ。体内にあると考えられている〝見えない器〟を他人の魔力で強く刺激すると、そこから魔力があふれ出すのよ。そうすれば、自分でも魔力を感じるようになるわ。あとはその魔力を身体中に巡らせるだけ。簡単でしょ？」

「……多分？」

言葉で説明されても理解できなかった健人は、首をかしげながら返事をした。

この場では、相手が理解しているかは重要ではない。エリーゼの右手が健人の左胸――心臓の上に置いて魔力を流す。

先ほど同じように抵抗を感じるが、今度は強めに魔力を流し続ける。時間にして数分。健人は今までに感じたことのない、心臓の近くでうごめく何かを感じ取れるようになった。

「心臓の周りにウネウネと動いているものがあって、気持ち悪いんだけど……」

「それが魔力よ。そのうち慣れるから気にしない。で、そのウネウネしているものを動かそうと意識して。そうね、血管を通って身体中に魔力が行き渡るようなイメージかしら。慣れれば手足を動かす時みたいに、無意識に身体中に巡らせるようになるわ」

「わかった。とりあえずやってみる」

口で説明されるより、経験したほうが習得が早いだろうと考えた健人は、ゆっくりと目を閉じた。

言われるがまま心臓にうごめく何かを、右手に移動させようと意識してみる。最初は動いているのか分からないぐらいの小さな変化だったが、諦めずに何度も繰り返す。すると、次第に動きがわかるようになり、大きく動いたかと思うと一気に身を駆け巡った。

一度動いてしまえば、あとは意識するだけで見えない器に戻したり、体内に流し続けたりできる。しかし右腕だけに魔力を回すといった繊細な魔力操作は難しく、本格的な魔法を使おうとしたら魔力を扱う修練が必要だった。

「ちょっと離れてもらえる？　思いっきりジャンプしてみる」

エリーゼが離れるのを待ってから立ち上がり、膝を折ると全力で垂直跳びをする。

「グェ⁉」

勢いよく飛び上がり、高さ三メートルはある天上に頭をぶつけて奇怪な声を出してしまった。倒れてのたうち回るという醜態(しゅうたい)をさらすことになる。

「だ、大丈夫？」

頭を押さえてフローリングの床に転がっている健人に、心配そうな声で話しかける。

「うぅ……。まさか天井にぶつかるほどのジャンプ力になるとは思わなかった……」

日本の成人男性の垂直飛びの平均は、五十五センチ～六十五センチと言われている。健人の身長は百七十五センチ。三メートルの天井に頭をぶつけたところから、少なくとも平均の倍近くジャンプしたことがわかった。

「エリーゼのおかげで魔力が扱えるようになったよ。ありがとう」

未だに痛みが取れず涙目になっている健人だったが、ヨロヨロと立ち上がるとエリーゼの方を向いてお礼を言った。

「そんなの後でいいわよ。取り合えず椅子に座って休んでもらえないかしら？　約束を守る前に倒れてしまったら、私だって困るのよ」

エリーゼに促(うなが)されるままダイニングの椅子に座ると、健人はテーブルに突っ伏してしまった。

「その状態でいいから、魔力を扱う注意点だけ聞いて」

顔を上げずに返事だけする健人のことを気にせずに、説明を始める。

「生き物は体内で魔力を生成することができないの。だから、周囲から魔力を吸収しなければならない。私の世界だったら魔力がない場所が存在しなかったから問題なかったけど、ここは違う。コテージ周辺以外では、魔力は存在しない。体内の魔力を使い切ってしまうと、ここで補給するまで〝見えない器〟の中は空のままになるの」

「空になるって、要するに身体能力の強化が使えなくなるってこと？」

痛みが引いてきたのか、健人は体を起こして質問をした。

「ええ。その通りよ」

エリーゼが海岸沿いで魔法が使えなかったように、見えない器に貯めていた魔力が空になってしまうと、魔力の扱いに長けている人でも魔法が使えなくなってしまう。ちょうど、車とガソリンのような関係だ。

エリーゼが魔法の矢を創ったように魔力を放出しなくても〝見えない器〟から取り出してしまうと、魔力が徐々に体外に漏れ出してしまう。体内に巡らせるだけの身体能力強化であっても、魔力を消費することには変わらなかった。

「魔力供給無しで、俺の身体能力強化はどのぐらいもつと思う？」

「うーん。〝見えない器〟の大きさを調べてみないとわからないけど、さっきのジャンプ力を見る限り、健人の器は大きそうだから……一時間は持つと思うわ」

「一時間もてば十分だ。ビーチからコテージまで歩いて二十分程度だし、荷物運びに使うのであれば十分実用的な魔法だな」

魔力の補給なしで一時間程度しか使えない地味な魔法だが、汎用性が高く健人は非常に満足していた。

「それじゃ、次は俺が約束を守る番だね。これから買い出しに行ってくるから、欲しいものを教えて」

「そうねぇ……。何があるかイマイチわからないけど、この世界の歴史が分かる本と健人が言ってた科学？　ってのがわかるものが欲しいかな。あとはエルフが出てくる小説も読んでみたいわ」

視線を上に向けて思い出すような仕草をしたエリーゼが最初に欲しがったのは、この世界の知識だった。

「エルフが、エルフの小説を読むのか……」

「この世界で、どんな風に思われているのか知りたくなるものでしょ？」

「まぁね……この程度であれば、なんとかなりそうだ。候補になかったけど、着替えの服も買ってくるね」

「ありがとう。どんな服があるか分からないし、デザインは任せるわ。それと、健人が買い出しに行っている間、無人島に他の仲間が来ていないか探索してみたいんだけど……いい？」

「問題ないよ。無事だといいね」

そう言ってコテージの外に出た健人は、ビーチ付近に作った木製の栈橋（さんばし）に止めてあるクルーザーに一人で向かう。海にまで近づくと、カタマランと呼ばれる船体が二つある四十フィート超えの大型クルーザーが目に入る。二階建てのクルーザーの中には、ベッドやシャワールームなどが完備され、高級に部類されるクルーザーだ。一億円以上するこのクルーザーに一般人が乗る機会は、ほとんどないだろう。

購入して半年しかたっていない、乗り慣れていないクルーザーの運転席に入ると、エンジンをつけて本島に向かって移動を始めた。

青空の下、クルーザーが大海原を疾走する。

今日の波は穏やかで、目的地の港は目視できる距離にあり迷う心配もない。さらに、金に物を言わせて最新式の機材を購入していた。運転席の近くにあるモニターは、地図とともに現在地を表示している。万が一、どこかに寄り道をしても迷うことはないだろう。

（エリーゼの面倒を見ながら魔法を覚えて、魔力の発生源を調査する。退屈な無人島生活になると思っていたけど、人生何が起こるかわからないな。これからが楽しみになってきた）

成り行きで生活の面倒をみることになったエリーゼ。先ほどの身体能力強化の魔法、そしてなぜかコテージ付近にある魔力。人生三十年目にして、宝くじの高額当選を超える大きな転機が訪れていることを予感していた。

クルーザーは順調に本島の方に進み、十五分運転すると目的地である小さな漁港に到着する。健人は、ここの漁協組合に毎月一定額を支払い係留する権利を得ていた。

漁船が集う港に一台だけある大型クルーザーが異様な存在感を放っている。

「よう坊主。人が恋しくなって帰ってきたか？」

健人は不意に背中を思いっきり叩かれる。

危うくバランスを崩して倒れそうになったが、とっさに魔力を身体中に巡らせてなんとか踏みとどまることができた。

こんなことをする知り合いは一人しかいない。軽く文句を言ってやろうと振り返る。予想通り、海の男特有の荒々しい歓迎をした工藤が、ランニングシャツに短パンといった姿で腕を組んで立っていた。

彼は港の組合長であり、日焼けした浅黒い肌とハゲ頭を隠すようにかぶっている帽子が似合う。若いころから漁港で働いていた工藤は、腹筋がしっかり割れ、初老にさしかかったとは思えないほど筋肉質な男性だ。

「もう少し強く叩かれていたら倒れてましたよ。次からは普通に声をかけてもらえませんか？」

「あのぐらいで倒れるわけがないだろ。都会っ子は大袈裟(おおげさ)だな」

そう言い放つと「ガハハ」と効果音をつけたくなるほど、工藤は豪快に笑っていた。

都心で生まれ育った健人にとって、田舎に住んでいる人との距離感や付き合い方には、いつまでたっても慣れない。工藤をはじめとした漁協組合の人との関係に悩んでいた。彼にしてみればビジネスライクな付き合いをしたいだけなのに、プライベートの探りを入れてくる。そしてそこで得た情報は、ＳＮＳ顔負けのスピードで漁協組合内に共有されてしまうのだ。

「で、どうなんだ？」

「どうもこうもありません。生活に必要な道具が足りないことに気づいて、買い出しに来たんです。住んでみると色々と必要なものが出てしまいますね」

馬鹿正直に「エルフの面倒を見るために買い出しに来ています」とは言えないので、もっともらしい理由で話をはぐらかした。

「そりゃぁ、ご苦労なこった。精々頑張りな」

面白い話はなさそうだと判断したのか、来た時と同じように健人の背中を叩くと、あっさりと解放して漁船の方に向かって歩いてしまった。

「……タクシー乗り場に行くか」

釈然（しゃくぜん）としない気持ちを抱えたまま、健人も歩きだす。

無人島生活に車は必要ないので、健人は持っていなかった。漁港から少し離れた場所にあるタクシー乗り場に到着すると、運転手に行き先を告げて最寄りのショッピングセンターまで移動した。

今回の買い物は全てそこで済ますつもりだ。

ショッピングセンターに着いてまず始めに向かったのは鞄（かばん）屋。ここで大型のリュックを一つと、肩がけのバッグを二つ購入。電子書籍を手に入れるため、すぐさまショッピングセンター内にある電器屋に向かった。

「すみません。このタブレットをください。回線契約もお願いします」

「こちらの商品ですね。回線契約の準備をしますので、こちらでお待ちください」

健人は、自他共に認める成金だ。

無人島やクルーザーを勢いで買ってしまうほど、お金の使い方はうまくない。今回も値段を見ずに有名だという理由だけで、日本で最も売れているタブレットを購入していた。

店員の説明に従って面倒な手続きが一通り終わると、移動が続き疲れていた健人は、休憩がてらエリーゼに頼まれていた本を電子版で購入することに決めた。

フードコートに移動して先ほど購入したタブレットを箱から取り出し、素早く初期設定を終わらせる。

一通りの準備が終わると、電子書籍のアプリを開いてエルフが登場する作品を選び始めた。

「やっぱり呪われた島と指輪の小説は外せないな……あとは一応、エルフか異世界人が日本に来る小説も選んでおくか」

夕方になる前には無人島に戻らなければいけないため「オークに襲われるエルフ」といった明らかに地雷だと思われる小説を除き、中身をほとんど確認しないまま、ひたすら購入ボタンを押していた。

「もう一時間経っている……。時間がない、早く服を買いに行こう」

ここで言っている服は、もちろんエリーゼ用だ。

健人は特に意識することなく、堂々と女性向けのアパレルショップに入る。事前にメモをしていた背丈などを参考にして、ワンピースに始まりジーンズ、Tシャツ、キャミソールなど二十着以上の服を選んでレジへと向かう。

「プレゼント用に梱包してください」

「プ、プレゼント用ですね。少々お待ちくださぃ……」

あれも似合いそう、これも似合いそうと、手あたり次第に商品を手に取っていた健人だったが、レジに置いたときの店員の表情が気になってしまう。大量に購入したのを「誰かにプレゼントするために大人買いをした」と演出するために、梱包を依頼してごまかすことにした。

梱包が終わると最初に購入した空のバッグに急いで詰め込み、外に出て意識的に、後回しにしていた場所へと移動する。

健人は、ランジェリーショップの前で立っていた。

「彼女用の下着を購入。彼女用の下着を購入。彼女用の下着を購入」

自分自身に言い聞かせるようにつぶやいてから、覚悟を決めて勢いよく店に入る。商品には目をくれず、店員に向かって一直線に歩いていた。

「すみません。彼女に下着をプレゼントしたいんですが、アドバイスしてもらえないでしょうか？」

冷や汗をかきながらも、言葉に詰まることなく事前に考えていたセリフを口にした。

女性ものの下着を男一人で購入する。その高難易度ミッションをクリアするために選んだ戦法は、先ほどと同じプレゼント作戦だった。もちろん彼女といった、親しい女性にプレゼントするという演出も忘れていない。

「はい。プレゼント用ですね。彼女さんは、どのような方でしょうか？」

「白人系の外国人で、金髪です。背はやや高めで細身ですね」

「年齢はいくつぐらいでしょうか？」

その一言で、健人は言葉が詰まってしまった。聞いてなかったうえに相手はエルフだ。数百歳だとしてもおかしくはないだろう。正確な年齢を伝えることができない以上、下着を買うに適したと思える年齢を伝えることにした。

「……二十歳です」

この年齢が適切なのか議論の余地はあるだろうが、余裕のない健人は成人した二十歳は適切な年齢だと思い込むことにした。

「成人のお祝いとして贈ろうと思ったので」

怪しいと疑われる前にプレゼントの理由まで説明したが、成人のお祝いを送るということは、未成年と付き合っていたと言っているようなものだ。

「……それは……おめでとうございます」

色々と脳内で妄想したのか、店員の反応が一瞬だけ遅れていた。

「新成人の方でしたら、大人の女性を象徴する黒系がオススメですね。あとは春ですし、水色といった淡い色もオススメです」

「では、それを全部ください」

女性がオススメするものなら間違いないだろうと、考えているようで何も考えていない健人は、オススメされた分だけすべて購入しようと思っていた。

「え？　全部ですか？　わ、わかりました。胸のサイズを教えてもらえますか？」

健人は、この質問で最大の失敗に気付く。

（やばい下着を買うことばかり考えて、エリーゼの胸のサイズを聞くのを忘れていた。いや、気づいていたとしても女性に胸のサイズを聞く度胸は持ち合わせていないぞ……どうしようか……）

回答が遅れれば店員に不信感を与えてしまうと焦った健人。若干手遅れではあるが、目をつぶりエリーゼが仰向けで倒れていた姿を思い浮かべる方法をとる。

（あの時の胸の大きさからして、Cぐらいはあったかもしれない。でも、仰向けの状態だと重力で押しつぶされて、少し小さく見えていたことも考慮するとDの可能性もある。いや見間違えただけで、もしかしたらBという可能性も捨てきれない……いやいや、もしかしたら隠れ巨乳でE以上の可能性も捨てきれないぞ！）

女性との付き合いが豊富であれば、外見からサイズを予想できたかもしれない。だが、残念ながら健人は女性とほとんど付き合ったことがないため、どんなに考えても結論は出なかった。

すぐに回答が出てくると思っていた店員が不審に思い始めたころになって、ようやく口を開く。

「A～Eまでのサイズ違いをすべて下さい」

「ぜ、全部ですか？」

「全部です」

健人の出した答えは、「分からないのであればすべて買う」だった。

（もうこうなったら、女性の下着が好きな変態男のレッテルを貼られてもいいや。エリーゼの着替えを手に入れる方が優先度は高い）

そんな一波乱があったものの、無事に大量の下着を購入した健人。店員に変態だと勘違いされるという傷を負ったまま、ランジェリーショップから解放された。

「もう女性の下着なんて二度と買わないぞ……あとは、本と食料を買って終わりだ」

緊張のあまり体力を使い切った体は休息を求めていたが、暗くなる前に戻らなければいけない。疲弊しきった重たい体に鞭を打って、本屋へと向かうことにした。

「歴史の本、社会の本、小学生向けの科学の本……あぁ……あと、図鑑もあった方がいいな。海の生物と、陸上の生物、あとは植物や昆虫あたりを買っておけば満足してくれるかな」

小説のような娯楽作品であれば携帯性を重視して電子書籍を購入するのもよいが、ビジネス書や図鑑といったものは紙の方が圧倒的に便利だ。

常識を学ぶ上で必要な情報は紙にすると決めて、かさばりそうな本ばかりを選んで購入していた。

「本が重い……」

エリーゼが要望したものを一通り購入した健人は、食料や飲料水を購入してから、重い荷物を引きずるようにしてタクシーで再び港まで戻った。


時刻は十六時。

無人島のビーチには明かりがない。日が落ちてからクルーザーを桟橋に係留するのは困難だ。免許を手に入れたばかりの、素人に毛が生えた程度のテクニックしか持たない人間なら、不可能に近いだろう。

陽が落ちる前に戻りたい。はやる気持ちを抑えながらも、健人は覚えたての身体能力強化を使うことはなかった。重い荷物を軽々と持ち歩く姿を工藤に見られたら、何を言われるか分からないからだ。

だが、その心配は不要だった。多少時間はかかったが、フラフラと歩きながらも誰とも会わずにクルーザーに乗り込み運転すると、日が暮れる前に無人島にまで到着することができた。

「まだ数日しか過ごしていないけど、この島に上陸すると、我が家に帰ってきたって気がするな」

濃厚な数日を過ごしたためか、それとも土地を買ったという所有感があるためか、コテージだけではなく無人島全体が我が家だと感じていた。

(もう他人の目を気にする必要はないし、身体能力強化を実践してみるか……)

〝見えない器〟から魔力を取り出して身体全体に行き渡らせる。試しに垂直跳びをすると、朝と同じようにジャンプ力が上がっていた。

「よし！　問題なさそうだ」

身体能力が強化していることを確認した健人は、荷物を持つ手に力を入れると走り出した。

歩かず走ったのは、身体能力を向上させたまま激しい運動ができるか見極めたかったためだ。

昨日はエリーゼのペースに合わせてゆっくりと歩いていた道を、全速力で走り抜ける。息切れすることはない。また動体視力も向上しているので、障害物となる枝にぶつかりそうになったら軽くかわす余裕すらある。

しばらく走っていると、徐々に体から何かが抜けていくような感覚に陥(おちい)った。

健人は立ち止まると、目を閉じて体内の魔力を感じることに集中する。すると先ほどより魔力が減っていることに気がついた。

「これが体内から魔力が抜けていく感覚か……」

エリーゼの世界において、一流の魔法使いは体内の魔力の変化に敏感だ。異世界は魔力に満ちているといっても魔力の消費量が増えれば徐々に減り、最悪の場合、枯渇してしまう。戦闘中に魔力が枯渇すれば生死に関わる。敏感にならざるを得ないのだ。健人はそのことを無意識のうちに理解するとともに、魔力が減る感覚を覚えようと体内の変化を感じ取る努力をしていた。

身体能力強化を止めて歩きながら、コテージ付近にまで移動すると、減る一方だった魔力が回復していることに気付く。

「エリーゼが言ったとおり、コテージ付近の空間には魔力があるな……」

日が暮れるまであと三十分もない。だが魔力がどこまであるのか気になった健人は、引き寄せられるようにコテージの裏手に向かい奥へと進む。フラフラと、かなりの時間歩くと開けた場所に見慣れない横穴を見つけた。

「魔力が濃い……かも？　この場所から魔力が流れてきているように感じる。今すぐ調べたいけど……エリーゼとの約束もあるし明日にするか」

日が暮れる前に戻らなければ、暗闇の中、無人島をさまようことになる。リスクを考えれば当然の判断だろう。

健人はくるりと回転すると、このまま探索したいと思う気持ちを抑え、コテージに戻ることにした。

「ただいま」

「おかえりなさい……大量に買ったみたいね」

テレビを見ていたエリーゼは、健人が帰ってきたのに気づいて振り向く。

その荷物の多さに呆れていた。

「そのほとんどは、エリーゼのものだからね」

「……たくさん買ってきてくれてありがとう」

健人が置いたバッグを二人で取り出す。そのほとんどが服や本、そして下着だった。

予想を軽く越えるほどエリーゼの物を買ってきた健人に、うかつな発言をしてしまったと反省をしていた。

「それより、周辺を探索した結果はどうだった？」

健人は特に気にすることなく、仲間を探索した結果を確認する。

「人がいた形跡はなかったから、多分、こっちの世界には来てないんだと思うわ。あ、健人は気にしないでいいからね。ハンターなんて危険な仕事しているぐらいだから、離れ離れになる覚悟はできているし、なにより、私たちのパーティって結構ドライな関係だったのよ」

ハンターのパーティは、家族のように仲が良いパーティと、目的のためと割り切って組むパーティの大きく二つに分けられる。エリーゼが所属していたパーティは後者であり、今日一日の探索で最低限の義理は果たしたと考えていた。

二人は知らないことだが、向こうに残ったパーティメンバーも同様の結論を出している。命のやりとりが日常になっている生活では、そういった割り切りも生き残るためには必要であった。

「それより今はこっちの方が大事。お金は大丈夫だったの？」

買ってきた物をすべて取り出し、眺めていたエリーゼが心配になって質問をする。

「面倒を見るって、約束をしたからね。このぐらいなら問題ないよ」

そういうと、最後に思い出したように「魔法のためならね」と付け加える。

「ありがとう。このお礼は魔法の使い方を教えることで返すわね。さっそくだけど、買ってきたものを見せてもらってもいい？」

その表情は笑顔であり、好奇心が抑えきれていないようだ。

エリーゼが健人の隣に立つ。女性特有の甘い匂いが感じられるほど距離は縮まっていた。

「ちょ、ちょっと待って！　テーブルの上に置いた荷物について説明するから！」

無防備に近寄ってきたエリーゼから慌てて距離を取り、テーブルに置いた荷物の説明を始める。

「これがエリーゼの服。とりあえずお店に置いてあったのを一通り買ってみたんだけど、どう？」

プレゼント用の梱包を外しながら説明をする。

「服に使っている素材はだいぶ違うけど、私の世界と似たような形をしている……姿形はほとんど同じなんだし、当たり前といえば当たり前ね」

エリーゼは、テーブルに置いた服を一つ一つ丁寧に触る。質感を確かめてから持ち上げ、じっくりと服全体の構造を確認していた。

「でも、なんとなくだけど、この世界の服は露出度が高い気がする……かしら？」

エリーゼの指摘は正しい。

彼女の住んでいた世界は、ダンジョンの外でも魔物が徘徊している。人類に仇なす魔物に、いつ襲われるのか分からない。そんな世界だからこそ、服も露出度が低く頑丈なものが一般市民には好まれていた。

「異世界との違いを考察するのもいいけど、デザインはどう？　気に入ったのある？」

待っていても感想を言わないことにしびれを切らして、不本意ながら直接、本人に聞いてしまった。

健人にとって異世界との違いなどどうでもよい。エリーゼの好みに合う服があるかどうかだけが気がかりであった。

「うーん。やっぱりヒラヒラしている服は動きにくいから、これとかが好きかな。でも、デザインはどれも素敵ね」

そう言って手に取ったのはジーンズとTシャツだった。

自分の体に重ねるようにしてサイズを確認しているエリーゼを見て、Tシャツとジーンズを身につけて、健人に笑顔で微笑んでくれている姿を妄想してしまった。

すぐさま首を横に振り、邪な考えを振り払う。

「また服を買う機会があったら、動きやすい服を中心に買うよ。ジーンズは一つしかないし、しばらくはスカートも履いてもらえないかな？」

「せっかく買ってもらったんだし、そのつもりよ」

「それはよかった……それと、ちょっと言いにくいんだけど、下着は後で見てもらえるかな？」

顔をそらして、気まずそうに下着が入った袋を指差した。

「え？　ああ……気を使ってくれてありがとう」

恥ずかしさが伝播(でんぱ)したかのように、エリーゼも健人から顔をそむけながらお礼を言う。

「……あ、あの……本はどんなものを買ってくれたの？」

そんな気まずい雰囲気を変えようと発言したのはエリーゼだった。

女性に気を使ってくれた健人に、これ以上の迷惑をかけたくない。そう思い、なんとか空気を変えようと無理やり言葉を口にしたのだ。

「え、うん。動植物の図鑑と歴史書。あとは科学の本がこれで、エルフが出てくる小説はこのタブレットに入ってるよ」

本の種類を説明しながら本を積み重ねていた健人は、最後にタブレットを上に置いた。

「タブレット？」

物を見ても、どんなものか想像できないエリーゼは、首を傾げて質問をした。

「この板みたいなものを操作すると、小説が読めるようになっているんだ。これから使い方を説明するから聞いてもらえる？」

電源の入れ方、操作方法などを一通り実演しながら説明し、エリーゼに手渡す。

余計な説明は混乱を招くと考えた健人が、ローカル作業のみに絞って説明をしたのがよかったのだろう。充電といった基本的な仕組みや、本を読む程度の簡単な操作を説明したら、エリーゼはすぐに覚えることができた。

「これ、すごいわね……板の中に何冊もの本があるなんて……そこに置いてある図鑑もここに入れられるの？」

初めて触るタブレットに感動したエリーゼは、目を丸くして驚いていた。

「専用の機材をそろえれば出来るけど、オススメはしないよ。タブレットは画面が小さいから、図鑑を見るのには向いてないし、途中から開いたりするのは紙のほうが便利だからね」

「そうなんだ……ちょっと残念だけど、それなら仕方がないわね」

紙がタブレットに入るところを見たかったエリーゼは一瞬残念そうな表情を浮かべたが、すぐに気を取り直すと、おもむろに動物図鑑を手に取って、パラパラとページをめくる。

「私の世界にもいるような動物が多いわね。世界が変わっても似たような動物が生まれるのかしら？」

「もしかしたら、偶然、似ているだけかもしれないよ？」

「そうかもしれないし、違うかもしれない。私にとっては似ているってことが分かっただけで楽しいわ」

新しい知識を手に入れるのが楽しいのか、椅子に座り本格的に本を読み始めた。

「しばらくこの状態だよね？　これから晩ご飯を作るから、本を読みながら待ってて。そうだ、今更だけど、食べられないものってある？」

「うーん。食べられないものは無いわ。私の好みは気にしないで作って」

「エルフだからって、菜食主義じゃないんだね」

「なにその偏見……もしかして、エルフが出てくる小説の受け売り？」

「そんな感じ」

　言葉を濁しながら健人は肩をすくめると、キッチンに移動して料理を始める。

　今回は、豚の生姜焼きを中心にした献立だ。

　まずは醤油をベースに砂糖、みりん、料理酒、生姜を混ぜたタレに豚肉を入れて浸す。その間に玉ねぎを炒め、キツネ色になったら豚肉を入れてさらに炒める。最後に残っていたタレを入れれば完成だ。あとは、キャベツのみじん切り、豆腐の味噌汁、ご飯などを用意する。

　トレーに入れてダイニングに戻ると、突然、興奮気味のエリーゼが飛び跳ねるように近寄ってきた。

「健人！　この科学ってのは、すごいね！　なんで、空気の成分を調べようと思ったの？　重力って存在に気づいたのもすごいわね！　みんな暇だったのかしら⁉」

　エリーゼの世界には魔法があり、火は「空気中に魔力があれば燃える」など魔力を使って説明され、広く信じられていた。

　魔法でしか説明できない現象は確かに存在したが、例に挙げた火については地球と同じ現象だ。他にも魔法でできるからと思考停止した結果、間違った知識が蔓延し、地球のような科学は発達しなかった。

そんな世界の住人に科学の説明をすれば、エリーゼのように世界の秘密を見つけたと興奮するか、逆に嘘だと否定するかのどちらかに分かれるだろう。

「落ち着いた人だと思ってたけど、意外と子どもっぽいんだな」

「あっ！」

朝の仕返しとも言わんばかりに、健人はエリーゼにからかわれた言葉をそのまま返した。

「……今なら健人が言ってたこと分かる気がするわ。夢の実現、未知なるものとの出会い、刺激的な出来事は人を子どもに変えてしまうのね」

興奮した表情から一変して、真顔になって自己分析を始めた。

「また急に真面目になったね……。まぁ、せっかく作った料理が冷めちゃうし、そろそろご飯を食べよう」

表情がコロコロと変わるエリーゼに呆れながらも、ずっと手に持っていたトレーをテーブルに置くと、お互いに向き合う形で食事を始める。

「今日の献立は、豚の生姜焼き、ごはん、味噌汁、サラダ。豚の生姜焼きは、ごはんと一緒に食べると美味しいよ」

エリーゼは言われるがまま、フォークで豚の生姜焼きとごはんを口に入れる。

「あなたの世界の食事は豊かね……。健人の腕は良いし、素材は完璧。料理については完全にこっちの世界の方が上ね」

「そんな絶賛するほど美味しい？　いったい、エリーゼが住んでいた世界の食事ってどんなものだったの？」

一般的な家庭料理を作ったつもりだったため、エリーゼにここまで褒められるとは想像だにしていなかった。

「固いパンをスープにつけて食べる。固い肉を焼いて食べる。そんな単純で時間のかからない料理が多いわ。味付けは塩が一般的で、香草が入っていれば少し贅沢をしたなって思える程度の食事よ。健人が作ってくれた食べ物とは、比べ物にならないほど不味くて、面白みがないわ」

過去の食事を思い出してうんざりしているのか、投げやり気味に代表的な料理を説明した。

「なんで料理技術が発展していないか興味は尽きないね」

「私は、なんでこんなに発展しているのか知りたいぐらいよ」

二人は出会ったばかりであり、話題が尽きない。一人では決して経験できなかっただろう、賑やかな食事をしていた。

「実は、魔力の発生源について相談したいことがあるんだ」

食事も後半にさしかかったところで、魔力の発生源について相談をすることにした。

「コテージの裏側から歩いたところに横穴があって、その付近にある魔力が濃かったんだ。これって横穴が魔力の発生源ってことかな？」

エリーゼは手に持っていたフォークを勢いよく置くと、健人を真剣な眼差しで見つめた。

「……穴の中に入った？」

健人は気圧されてしまい言葉に詰まる。

時間にして数秒。ダイニングは静寂が支配していた。

「……見つけた時は日が落ちる寸前だったし、エリーゼに相談してからの良いかなと思って……その場で入るのは諦めたよ」

沈黙とエリーゼの視線に耐えられなかった健人が口を開いた。

「良い判断ね。私たちの世界には魔力が満ちてるといったけど、その発生源はダンジョンだといわれているわ。この世界にない魔力の発生源……間違いなく横穴はダンジョンよ。入ったら健人は死んでたわ」

健人が入らなかったことに安堵したエリーゼは、食事を始めたころのように穏やかな声に戻る。

「え……マジ？」

不吉な言葉に、今度は健人が食事の手を完全に止めてしまった。

「マジよ。ダンジョンは魔物……ちょうどさっき読んでいた小説に出てくる、ゴブリンといった魔物を生み出すんだけど、その目的は侵入してきた生物を殺して、死体をダンジョンに吸収させて魔力に変換することなの。健人が中に入れば、あなたをもてなすために魔物が集まってきたはずよ。ちなみに変換した魔力は、魔物を生み出したりダンジョンを成長させたりするのに使われていると言われているわ」

ダンジョンは人を寄せ付けるエサとして、魔力をまとった道具を通路などに出現させる。その中には、斬撃を飛ばす剣や魔法の威力を下げる盾といった魔法的効果がかかっている武具などもある。

ほかにも、ダンジョンに住んでいる魔物は倒せば霧のように消えてなくなり、その際、魔物の心臓である魔石や魔力をまとった爪といった、体の一部が残る場合もあった。

　これらはエリーゼの世界では高値で取引され、ダンジョンで素材を手に入れて売却するハンターという職業が成立していた。

　ハンターはダンジョンから素材を獲得し、その一部は魔物に殺されてダンジョンの養分として吸収される。エリーゼの世界では、そんな歪んだエコシステムが成立していた。

「入らなくてよかった……ちなみに、ダンジョンの魔物って外に出てくることはあるの？」

「めったに出てこないけど、あるわよ。私たちの世界ではダンジョンの外も魔物が徘徊しているんだけど、それらはすべて、ダンジョンから出てきた魔物の子孫だと言われているわ」

　ダンジョンから出て外の動物と交尾もしくは類似する行為をして、子どもが生まれて生態系に組み込まれてきた。そして、自然界で生まれた魔物とダンジョンの魔物には大きく二つの違いがある。

　一つ目は、自然界で生まれ育った魔物は肉体を得ているので死ぬと死体が残る。二つ目は、知能が発達しているため、同じ魔物でもダンジョン生まれより強いということだ。

「もしかしたら、この島が魔物天国になる可能性もあるのか……」

　外に出た魔物が普通の動物を駆逐してしまい、周辺が魔物だらけになることは、エリーゼの世界では珍しくなかった。ダンジョンから魔物が出てきて、子どもを作った場合という前置きがあるが、健人が感じている懸念は、あながち間違いとはいえない。

「天国……私たちにとっては地獄だけど、面白い表現ね。可能性は低いけどありえるわ。実際、私の世界では魔物天国になった森があるぐらいだし。そうしないためにもダンジョンを調査しましょうか」

ダンジョンは見つけ次第適切に管理しなければ、健人が懸念していた通りの問題が発生してしまう。幸いエリーゼは元いた世界でハンターをしていたため、適切な管理方法は心得ていた。

「それは俺も参加していい？　危険なのはわかっているけど、興味がある」

「生まれたてのダンジョンだし、魔法を使えるようになればなんとかなるわ。健人が同行するのなら、ダンジョンを調査する前に魔法を使う訓練をしましょうか」

足手まといになる可能性が高い健人の同行を許可したのには理由がある。遠距離攻撃が主体のエリーゼには、前衛が必要だからだ。

メイン武器が弓の彼女は、距離が開いていれば余裕を持って倒せる魔物も、至近距離からでは苦戦してしまい、最悪、負ける可能性さえある。

自身の生存率と命の恩人である健人のお願い。この二つがうまく折り合いがついたので、魔法を訓練する提案をした。

「それはありがたいんだけど、訓練してる余裕ある？」

「時間を作って、私が事前調査しておくわ。ダンジョンの型や魔物の種類も確認しておきたいしね」

ダンジョンは自然型と言われる洞窟や森林が舞台になっているものもあれば、人工型と呼ばれる廃墟（はいきょ）や城が舞台になったものもある。型に合わせて攻略に必要な道具も変わってくるのだ。

事前情報のないままダンジョンに入るのは自殺行為。ダンジョンを攻略する前には入り口付近を調べて、ダンジョンの傾向を把握する必要があった。


翌日の午前。汗ばむほどの陽気に恵まれた天候の下、健人はコテージ前にある畑で水をあげていた。

「虫は付いていないようだな。順調、順調」

作物の出来に満足すると、独り言をつぶやきながら満足そうにうなずく。

「楽しそうね」

折りたたみチェアに座りながら外で本を読んでいたエリーゼは、健人が楽しそうに土をいじる姿を見て、読書を中断して様子を見に来ていた。

「昔から、何かを作る作業が好きなんだよね」

笑顔でエリーゼの方へと振り返る。

「私にもその楽しさを教えてもらえないかしら？　異世界の農作業に興味があるの」

今まで農作業をしたこともなければ興味もなかったエリーゼだが、楽しそうに作業をしている健人につられて、思わず興味があると発言してしまった。

「任せて！　といっても、大した知識は持ってないよ？」

自分が好きなことに、他人が興味を示してくれるのは嬉しいものだ。エリーゼが話を聞きたいと言ったことで、気分が盛り上がっていた。

「構わないわ。なんたって、知らないことばかりなのだから」

地球にたどり着いたばかりのエリーゼは、どんな知識でも手に入れたいと貪欲に行動している。今まで学んできたことが異なるため、高度な説明をされても理解できない。健人のような素人でも再現できる簡単な知識や技術の方が、エリーゼにとって好都合であった。

「それで、何をしようとしていたの？」

「水もあげたし、これから虫除けをする予定なんだ」

手に持っていた霧吹きスプレーを上にあげる。液体を入れる容器は透明で中が透けており、赤い液体が波打っていた。

「そのスプレーに入った液体で？」

「そうそう。ウォッカに辛子を漬けた俺特製のスプレーが虫除けに効果的なんだって」

「なんだか他人事のようね」

農薬の代わりに健人お手製の虫よけスプレーを使い、アブラムシといった害虫を退治しようとしていた。だが、家庭菜園を始めて間もないので、本当に効果が出ているのか確信が持てない。健人自身がおまじないだと思いながら使っているため、自信のなさが言葉や態度にまで出ていた。

「あまり経験がないからね。今は、試行錯誤しているんだよ」

「ふふふ。それじゃ、覚えたての知識を教えてもらおうかしら」

少し恥ずかしそうに言い訳をする姿を見てなぜか面白く感じたエリーゼ。口元を抑えて小さく笑い、からかうように健人の目を覗いていた。

「期待に応えられるよう、頑張るよ」

肩をすくめると、霧吹きスプレーを使った害虫駆除を再開する。葉を一枚一枚手に取って裏側にスプレーを吹きかけ、近くに雑草が生えていれば根元から抜き取った。

健人は一つ一つ説明しながらも、淡々と進める。

「地味な作業ね……」

後ろから説明を聞いていたエリーゼだったが、変化のない作業に早くも飽きていた。

「こっちにおいで」

そんな様子を見かねた健人が、エリーゼを自分の隣へと招く。

一本の苗を前にして二人仲良くしゃがむことになった。

「作物の成長を見守って、収穫して食べる。これが家庭菜園の楽しさだと俺は思う。この苗についた小さいナスが日に日に大きくなるんだよ？　毎日様子を見てあげればちゃんと成長するし、さぼってしまえば枯れてしまう。楽しく感じるまで時間がかかるものなんだよ」

家庭菜園は、スポーツのように見たり解説を聞いたりして楽しくなるものではない。実際に手を動かし変化が実感できなければ、本来の楽しさを理解するのは難しいだろう。

「だからさ、本当に家庭菜園に興味を持ってくれるのであれば、これから毎日こいつらの成長を見守ってみない？」

楽しむための努力。それが必要だと感じた健人は、優しく穏やかな声でエリーゼに家庭菜園の魅力を語り、彼女が自ら率先して行動してもらえないか考えていた。

「成長を見守る楽しさね……確かに、今すぐ楽しくなるような趣味ではないようね」

考え事をしながら、目の前の苗(なえ)についた小さなナスを指で撫でる。しばらく同じ動作を繰り返していたが、手を離して健人の方を向いた。

「健人だけ楽しむのはずるいわ。私、この子を育ててみる」

「途中で投げ出したらダメだよ?」

期待していた通りの答えを出してくれたことに喜び、冗談交じりで言う。

「子どもじゃないのよ。ちゃんと最後まで育てるわ」

「ああ。期待してるよ」

頬を膨らませて抗議するエリーゼに「その態度が子どもっぽいよ」と指摘する気が起きず、笑顔のまま簡単な返事をするだけに留(とど)めた。

「大きく育てて一緒に食べようか」

健人はゆっくりと立ち上がり、腕を伸ばしてエリーゼに手を差し出す。

「そうしましょ!」

手を取って立ち上がると、すぐに健人の説明が再開する。自らも作物を育てると決めたエリーゼは、先ほどとは違い楽しそうに話を聞いていた。

ここに来るまで休むことなく動き続けたエリーゼにとって、ゆっくりとした生活はずっと追い求めていたものだった。一度は諦めかけた、この穏やかな日々がずっと続けば良いなと、心の底から感じるのだった。

午後になるとコテージから離れた場所に移動し、エリーゼが魔法について説明をはじめる。

「魔法には、物体に魔力をまとわせてその物の効果を向上させる付与タイプ、魔力を火や水といった自然物に変換するタイプ、私の矢みたいに道具を創造する三つのタイプがあるんだけど、どれも共通してやることは、意識的に魔力を外へ放出すること。その第一歩として、全身に巡らせた魔力を、手か足に集める必要があるわ。それができるようになれば、魔法を発動させること自体は難しくないから頑張りましょ」

魔法を発動させるためには大きく「魔力の存在に気付く魔力感知」「魔力を意識した通りに動かす魔力操作」「集めた魔力を外に出す魔力放出」の三つの段階があり、健人は一段階目をクリアしている状態だった。

「具体的にどうすれば、手足に魔力を集められるようになるの?」

「たしか、魔力はうっすらと感じることができると聞いてたけど……本当よね?」

健人は、昨日の経験から体内の魔力の変化を感じられるようになり、そのことをエリーゼに報告していた。だが、彼女の常識と照らし合わせると早すぎる。そのため本当なのか疑問が残り、念のため確認していた。

「うん。弱々しいけど、感じとることはできる」

「それなら、もっと強く感じられるようになって魔力の知覚を完璧にしましょうか。それができてから、体内の魔力を動かす訓練にとりかかるわ。早速、やってみてもらえる?」

健人は昨日の経験から、自然体のほうが魔力を感じやすいと思っていた。あぐらをかき、目を閉じて余分な力を抜いてリラックスする。

余計な思考を徐々に落としていき、心臓の動き、そして体内の魔力を感じ取れるように意識する。

（たしか……魔力は、血管を通って全身に行き渡っていると、イメージするのがいいんだよな？）

多くの人に支持されたこの考え方は、魔力を知覚する方法としては効率が良い。健人は血流を意識しただけで、体内の魔力を徐々に強く感じとれるようになっていた。

試しにその状態のまま、体内の魔力を右腕に移動させようと意識するが、なんとなく動くような感覚がするものの実際に魔力を集めることはできなかった。

「すぐに強く感じるようになったから、調子乗って動かしてみたけどダメだった……」

目を開き立ち上がると、先ほどの出来事を簡単に報告する。

「……早いわね……でもさすがに魔力を操作する訓練は時間がかかると思うわよ？　頑張って練習してね。私は事前調査をしてくるから、ご飯食べるときにまた会いましょ」

「分かった。気をつけてね」

コテージから離れていくエリーゼを見送ってから、先ほどの体勢に戻り、健人は何度も魔力を動かそうと意識する。それは筋力を鍛えるのと同じで、繰り返すことで魔力を操作する能力が徐々に鍛えられるが、一日でマスターできるほど簡単な動作でもない。

日が暮れる頃に、ようやく「少しは右腕に集まったかな？」と、そんな感覚を得る程度で一日が終わった。

一方、健人の訓練をしている間にエリーゼは、コテージの裏手にあるダンジョンについて調査を進めていた。

「入口を見る限りは、自然型のダンジョンのように見えるけど……」

横穴は縦三メートル横十メートルと人が十分活動できそうな大きさで、地面、壁、天井に不規則な凹凸があり、エリーゼには人の手が入っているようには思えなかった。

さらに入口周辺の地面を詳しく調べてみるが、不審な足跡は見つからない。まだダンジョンから魔物が出ていないことが分かり、安堵のため息をついた。

（ダンジョンから魔物が出てくることは多くないから大丈夫だとは思っていたけど、やっぱり確かめるまでは不安だったわ。本当に良かった……次は、ダンジョンの中に入りましょうか）

コテージに置いてあった、電池と手回しで点灯する電気ランタンを腰に二つぶら下げ、弓を片手に横穴に入っていく。しばらく歩くと急に天井が明るくなり、地面や壁ににあった凹凸がなくなる。

少し奥に入っただけで、知能ある生物が手を入れたような整地された通路へと姿を変えた。

（人工型ダンジョン……それも古代遺跡タイプかもしれない。あれは、魔物がゴーレムといった無機質系が多いダンジョンだから少し厄介ね）

そんな予想をしながら慎重に歩き、奥に見えていた曲がり角から通路の先を覗くと、顔がのっぺりとした木製と思われる、身長一メートルほどの人形が立っていた。

手には棍棒のような木の棒を持っているゴーレム型の魔物だ。

今までの経験から、一階に出てくる敵は大した戦闘能力は持ち合わせていないと知っていた。戦って戦闘能力を確認したい衝動にかられるが、ダンジョンで生き残るためには欲をかかないことが重要だと言い聞かせる。

ゆっくりと後退してそのままダンジョンから外に出ることにした。

（この横穴にフタを作ろうかしら）

無事に外まで出ることができたエリーゼは、右手に二メートルにも及ぶ赤い斧を創りだすと、巨大な木に近づいて慣れた手つきで伐採した。

エルフは過去の闘争の末、平地ではなく森の中で過ごす種族となった。子どもの頃から何度も伐採を経験していたので、こういった作業には慣れている。

倒した木から太めの枝を切り取り、見た目を整えて簡易的な棒を作る。それを数十本作り出すと、横穴の入口を囲うように立てた。

魔物の足跡が必ず残るとは限らない。万が一でも見落とさないために、エリーゼは柵によるフタをすることで、外から魔物が出ていないか確実に確認する方法をとったのだ。

「魔力の扱いには慣れた？」

夜になって合流した二人は、カルボナーラとシーザーサラダを食べながら、お互いの成果を確認し合っていた。

「うーん。空いている時間は全て魔力操作の訓練にあてているけど、体の一部に魔力を集めるのは難しいね……なんとなく少し動いたかな？　と感じる程度しか成果がでてない……ちょっとめげそうかも」

魔力を集める操作の習得は個人差が大きい。健人のように本格的に始めてから一日で動いたように感じとれるようになる人もいれば、数年かけてようやく動いたかなと感じられるようになる人もいる。

今朝の時点でも予想出来ていたことだったが、健人が早いタイプだったのはエリーゼにとって良い報告だった。

「初日でそれなら、かなり早い方ね。数日中には魔力を体の一部に集中させることができるようになると思うわ」

「そうだったんだ。それならもう少し頑張ってみる」

エリーゼの言葉を聞いて安心したのか、健人は椅子の背もたれによりかかって大きく息を吐いた。

「そっちはどうだった？」

「横穴のダンジョンに入ってみたけど、人工型だったわ。敵は、私たちの世界ではウッドドールと呼ばれている木製の人形がいたし、おそらく木、石、鉄といった無機質――ゴーレム系の魔物がメインのダンジョンだと思うわ」

廃墟であればスケルトンといったアンデッド系、森林であれば動植物や昆虫系の魔物といったように、ダンジョンの型によって出現する魔物の傾向は変わる。もちろん、ダンジョン内で手に入るアイテムも異なる。

無人島に出現したダンジョンでは、ゴーレムの素材が手に入る可能性が高い。魔物の事を考えなければ、価値の高いダンジョンだった。

「生物を殺すより抵抗感が少なさそうでありがたいな……それに交配もできそうにないから、外に出てきても増える心配はないよね？」

「ううん。奴らは素材さえあれば自分と同じタイプの魔物を作り出すことができるから関係ないわ」

小型の動物しか存在しない無人島では、木や石を材料にして増殖するゴーレム系の方が厄介なことに気づき、健人は大きくため息をついた。

「それに鉄といった素材で作られている場合、攻撃を与えるのに苦労するから、生物メインのダンジョンより難易度が高いといわれているの」

魔力で創られた生物にも痛覚はあるようで、ダメージを与えれば怯むし、出血によって動きが鈍ることもある。しかし、ゴーレムには痛覚もなければ出血もしない。さらには、鉱物系のゴーレムは物理攻撃に耐性があり、普通の武器で倒すことは難しい。

攻略するためには魔法を自在に使いこなせる必要があり、魔法の扱いが苦手な新人ハンターにとって、人工型のダンジョンは鬼門とされていた。

「……そうなんだ。世の中うまくいかないなぁ」

良い話題が見つからず、天井を見上げてつぶやくことしかできなかった。

「地道に頑張りましょ。それとダンジョン攻略に必要そうな道具をリストアップしたから、本島に行ったときに買ってもらえない？」

「うん。なるべく早く揃えるよ」

翌日以降も同じような日々が続く。

エリーゼは横穴に「ゴーレムダンジョン」と名付け、毎日通い、入口を塞ぐ立派な柵と出入り口用のドアや荷物置き場などを作り、最低限の環境を整えていた。

その間もずっと魔力操作の練習をしていた健人は、訓練を始めて十日目。ついに、魔力を右腕に集中させることに成功した。


魔力操作を無事に覚えた健人は、コテージの前で魔法習得の最終段階の説明を受けていた。

「この後は魔法を放つ練習ね。前にも話したけど、魔法の種類は三タイプあって、習得できるタイプは個人によって違うの。私は創造系の魔法タイプしか使えないわ。健人は何のタイプなのか楽しみね」

「どうやって確かめるの？」

「魔力を出すことができるのは手のひらか足の裏で……今回は手のひらにしましょうか。水をイメージして右手に魔力を集めてから、手のひらに勢いよく移動させると魔力が外にでるの。そのとき、右手に魔力が留まれば付与タイプ。水が出てきたら変換タイプ。魔力だけが放出されたら創造タイプね」

付与タイプは魔力で武具を魔力で覆（おお）い頑丈にしたり、特殊な効果を付与したりできる。消費魔力の少ないこのタイプの人間は、接近戦の武器を使って戦うスタイルになるか、魔力を付与した薬

――回復ポーションといわれる即効性の高い薬や武具を作るスタイルのどちらかになる。

変換タイプは魔力を、火、土、水、雷、光などの自然現象に変換し、それを操作することができる。覚えたての頃は動く砲台になってしまうが、変換の作業に慣れれば「剣で切った後に足元から魔法を放って地面から土の槍を放つ」といった、高度な戦い方ができるようになる。さらに体を洗うための水を作ったり、火種が不要になったりと、汎用性の高い魔法だ。ちなみに、放出時に込めた魔力を使い切ると魔法で作り出した水や火は消えてしまうので、飲料水として使うことはできない。

最後の創造タイプは変換タイプと似ているが、剣や槍といった人工物にしか変換できない上に、操作することができない。さらに創造している間は体内の魔力が減り続けるので、武器として長く携帯することはできない。「必要な時に創造して敵に当たったら消す」といった、エリーゼの矢のような使い方が理想的だ。その代わり、魔力が許す限り様々な効果を付与した武具を作ることができる。

これらの魔法タイプは生まれつき決まっていて変えることはできず、複数のタイプを持つこともできない。戦い方や戦略が大きく制限されてしまうので、ダンジョン攻略のパーティを組む上で重要な要素だった。

「それは分かりやすい。早速、試してみるよ」

健人はエリーゼから少し離れると目を瞑り、すでに慣れ親しんだ魔力を右腕に移動させる。今まではそこで終わらせていたが、その集めた魔力を水だと意識してから、前に突き出した手のひらにまで勢いよく魔力を移動させる。

すると水が勢いよく飛び出し、健人の正面にある木に当たると、表面が削れて大きく揺れた。

「健人は変換タイプのようね。私とのバランスを考えると、付与タイプがよかったんだけど……威力は申し分ないし、なんとかなるかしら？　さて、魔法に慣れて欲しいから、もう少しだけ魔法を放つ訓練をしてもらえるかしら？」

健人は魔法らしい魔法を使えた喜びと驚きで放心している。エリーゼに話しかけられても棒立ちしたまま動こうとしなかった。

「ねぇ。聞こえてる？」

いくら待っても返答がこないことに呆れた顔をしながら健人に近寄ると、頭を軽く叩く。だがいまだに放心から立ち直れない健人は、視線をエリーゼの方に向けるだけの反応しかできなかった。

「魔法を出すまで十秒ぐらいかかってたけど、実戦では二秒以内。できれば私のように一秒以内に魔法が発動できるように練習して欲しいんだけど、やれる？」

「……あぁ……頑張るよ」

何とか返事をした健人は、視線をエリーゼから己の手のひらに戻す。

「あれが魔法……俺が使った魔法。本当に魔法が使えるようになったんだ……」

魔法を出せたことが信じられないようで、いつまでも手のひらを見つめていた。

そこからさらに一週間をかけて、魔法を使おうとしてから放たれるまでの時間が、五秒までは短縮できたが、そこから先に進むことができずに健人は焦っていた。

エリーゼの出した「二秒以内に魔法を放つ」目標が途方もなく遠い。

健人は、五秒という大きな壁を乗り越えられずにいた。

「何度繰り返しても水を出すまでのスピードが変わらない。どうすれば五秒の壁を乗り越えられるかな？」

進歩しないことに焦りを感じた健人は、ダイニングで「サルでもわかる数学・高校一年」を読んでいたエリーゼに話しかける。

「五秒の壁ね。私たちの世界でも似たような話はあったわ」

本を閉じると、目の前で困った表情をしている健人の方を向いて話を続ける。

「最初は順調だったのに突然、思うように成長できなくなった。私も同じような経験をしたことがあるし、焦る気持ちは理解できる。でも、焦っても仕方がないわよ？　私が解決した方法を試してみましょうか。ゆっくりでもいいから、着実に実力をつけましょ」

「時間をかけて教えてもらえるのは嬉しいんだけど……大丈夫？　さっさとゴーレムダンジョンにいる魔物の数を減らした方がいいんじゃない？」

健人はダンジョンが出てくるファンタジー小説によくある展開の、ダンジョン内の魔物の数が増えすぎた結果、大量の魔物が外に向かって出てくる氾濫を危惧していた。

「なんで？　ダンジョンの魔物を放置しても、ある一定数を超えると増えなくなるの。そもそも入り口を封鎖されたダンジョンは、生物が入れないから、魔力を作る原料が補充できずに枯れてなくなってしまうだけ。動物が飢えて死ぬようにね。もちろん例外はあるけど、今は心配しなくても大丈夫よ」

ダンジョンは、死体を取り込んで魔力を作り、大気中に吐き出す。

数年は補給しなくても問題ないほどの魔力を持ってダンジョンは生まれてくるが、生物の死体から魔力を補給しなければ、生まれた時に持っていた魔力が減り続け、長い年月をかけて徐々に枯れてしまい、最後はダンジョンが自壊してしまう。

環境の厳しい場所でダンジョンが発生した場合は、その性質を利用して出入り口を鉄などで埋めてしまう。魔物が外に出ないようにフタをして放置するケースもあるほどだ。

その事実を知っていたエリーゼにとって、健人の懸念は的外れだった。

「魔物が氾濫するわけじゃないんだ……それは良かった」

「それ、どこで手に入れた知識よ……。少なくとも、私たちの世界ではそうだったわ」

間違った知識により焦っていた健人にあきれて、大きくため息をついた。

エルフの菜食主義といい、たまに変な勘違いをする知識の出所について疑問に思いつつも、エリーゼは五秒の壁を乗り越えるための具体的な提案をすることにした。

「話を戻すけど、壁を乗り越える手段として、使える魔法の種類を増やす方法があるんだけど試してみる？　健人は水しか出したことがないけど、土や氷といったもので壁を作ってみたり、照明の代わりに火の玉を出し続けたりといった感じで色々な魔法を使うの。それだけでイメージする力が養われるし、魔力操作にも慣れるからオススメよ」

同じ魔法を使い続けてイメージ力と魔力の操作に慣れる方法もあるが、それが上手くいかない場合は、逆に多種多様な魔法を使ってイメージ力と魔力操作を鍛える方法もある。訓練する人によって相性があるだけで、この二つの方法に明確な優劣はなかった。

「やってみる！　これから夜の照明は俺の魔法で代用するよ。あとはお風呂を温める火も俺の魔法を使うか。それと昼間は外で壁を作る練習と……」

アドバイスをもらった健人は、普段の生活でも魔法が使える機会を増やそうと思考を巡らせていた。

「それでもいいんだけど、もっと本格的な訓練もあるわ。物を投げてもらって壁を創って防ぐ、動いている物に狙いをつけて魔法を放つといった、実戦を意識した方法もオススメよ。私も手伝ってあげるから試してみない？」

「それはよさそう！　明日から頼むよ！」

魔法を使うプロのオススメだ。健人は疑うことなく、すぐさま意見を取り入れることに決めた。

方針が決まった翌日から、エリーゼと一緒に実戦を想定した方法で訓練が始まる。

「いまから投げるわよ！」

「よろしく！」

エリーゼが健人に向かって木の棒を投げる。

攻撃を防ぐために手を前に出して魔法を放ち、氷の壁を目の前に出現させるが、間に合わず健人の横を通り抜けてしまった。

変換タイプは、氷や岩などを壁のように出現させて攻撃を防ぐのが一般的である。今回はエリーゼのオススメにより、氷の壁を創って木の棒を防ごうとしていた。

「まだまだね。次は空に向かって石を投げるから、魔法で攻撃して」

今度は手に持った石を斜め上に投げる。

健人は槍状に形を整えた氷を飛ばすと、石に当たって遠くに吹き飛んで行った。

「よし！」

さらに同じことを十回続けると、九回は同じように当てることができて、健人は低下し続けていた訓練のモチベーションを再び向上させることに成功していた。

「魔法を対象に当てるのは上手いわね……」

投げて飛んでいる石をボールで当てようとしても意外に当たらないものだ。魔法であればさらに難しい。

それが、覚えて間も無い健人が何回も当てられるのだ。エリーゼが高い命中力に驚くのも無理はない。体内にある魔力の知覚、放出した魔法の操作。健人はこの二つに特別な才能があるのかもしれない。そう感じられずにはいられなかった。


午前中は魔法の練習に付き合っていたエリーゼだが、午後になると本やテレビで、この世界の情報を集めていた。

一方、健人は、一人で訓練できる「火の玉を複数出現させて操作」する訓練を始める。二個、三個と順調に増やし、自身の周囲を回るように操作をする。最終的には五個の火の玉を同時に操作することに成功していた。さらに調子に乗った健人は、火の玉を操作した状態で動き回ることにした。最初は歩きながら、途中から走ったりジャンプしたり、さらには棒を持って振り回すなどの激しい動きをする。最初のうちこそ火の玉と体を同時に動かすことはできなかったが、二時間も練習していると、自由自在に動かせるようになっていた。

「意外に簡単にできるもんだな」

コテージの近くに戻ってきた健人が、今日の訓練を振り返ってつぶやくと、不意に後ろからエリーゼの声が聞こえた。

「普通、すぐにはできないから……」

ダイニングで本を読んでいたエリーゼが、なんとなく窓から外を眺めると、走りながら火の玉を複雑に動かしている健人の姿が目に入り、驚いた勢いで本を落としていた。

それほどまでに健人の操作力は高く、その技術だけ見れば熟練の魔法使いと遜色無いレベルだった。

「火の玉を五つ出して、さらに身体能力を強化してたみたいだけど、体内の魔力は減ってない？」

〝見えない器〟は、大気中の魔力を吸収する量、吸収した魔力を貯める量・体内に魔力を循環させるスピードの三つの視点から性能が評価できる。その能力を測る道具はエリーゼの世界にはあるが、この世界にはない。そのため健人の器を正確に評価することはできないが、吸収量と貯蓄量は間違いなく一級品だと予想していた。

実際、魔力を貯める器が平均的な大きさの人間が健人と同じ訓練をしていたら、魔力を吸収する量より放出する量の方が上回る。三十分も経たずに魔力を切らしてしまうだろう。健人は発動に時間がかかる一点だけを除けば、一流の魔法使いと同じレベルまで到達していた。

「うん。減ってないね。このぐらいならずっと使い続けられそうだよ」

今の一言で、エリーゼは危機感を覚えた。

この世界には最低でも一つダンジョンがある。エリーゼの世界と同じダンジョンであれば、最下層に、異世界に行く水晶があり、エリーゼの世界に通じている可能性がある。それは新しい世界、新しい国、新しい人間との出会いを意味した。

運良く友好的な関係が築ければ問題無いが、侵略戦争に発展する可能性は少なからずある。いや、国、文化、人種、宗教が異なるだけで人は争う。世界が違うのであれば遅いか早いかの違いだけで、戦争は必ず起こるだろう。そして戦争が起きたとき、魔法というアドバンテージがなければ、科学を扱うこの世界の住人に負けてしまうことは疑いようもない。

「そう……それはすごいわね……」

ここにきて、二つの世界が行き来できる可能性に気づいてしまった。

エリーゼにとって、故郷となる前の世界に未練はない。帰りたいとも思わない。だが、だからといって、破滅してほしいとも思っていない。ゴーレムダンジョンを探索して最下層まで到着し、仮に元の世界と行き来できることが判明したら、こちらの世界にあるダンジョンを枯らしてしまった方が良い。特に平穏な生活を望むのであれば。

健人の話を聞きながらそのようなことを考えていたエリーゼは、先ほど返事をした時のように、難しそうな表情をして一言返すので精一杯だった。

初めての観光とダンジョン探索

エリーゼが危機感を覚えてから数日後。健人は、そろそろクルーザーをメンテナンスに出したいと考えていた。船底についたフジツボの除去や塗装、さらにエンジンなどの点検も含めて、一度、整備施設が整ったマリーナに遠出する計画を立てていた。

この島から数時間で行けるが、メンテナンスの時間も考えると最低でも本島で一泊しなければならない。

整備やホテルの予約といった準備は全て終わっている。エリーゼを残す不安もあり、ホテルは二部屋とっているが、そのことを彼女に伝えてはいなかった。だが明日にはいかなければいけない。懸念は残るものの、健人は思い切って話しかけることに決めた。

「エリーゼ。明日、マリーナにクルーザーを預ける予定なんだけど一緒に来る？」

「え？　大丈夫なの？」

思いもよらない提案に、テレビを見ていたエリーゼは健人の方を向いて驚いた顔をする。

「メンテナンスには時間がかかる。本島で一泊しなければいけないんだ。さすがに一人っきりで留守番させるのも気が引けてね」

「気を使ってくれるのは嬉しいんだけど、耳はどうするの？」

そういって自分の両耳を指でつまみ、とんがっている耳の存在感を主張した。

「一昨日の買い出しのときに、耳を隠せる帽子を買っておいたんだ。持ってくるから待っててね」

待つこと数分。階段から降りてきた健人の手には、つばが下に伸びているキャペリンという紺色の帽子があった。

「かぶってみて」

言われるがまま帽子を手に取り頭にかぶる。

「うん。耳が完全に隠れているね。顔も外からでは見えにくくなってる。これなら大丈夫」

健人はエリーゼを見ながら一周すると頷(うなず)き、ポケットから手鏡を取り出した。

「自分の姿を見る？」

「準備がいいのね。ありがとう」

健人から受け取った手鏡を見ながら顔を左右に動かし、角度を変えて、耳の様子を確認していた。

一通り見て満足すると健人が見ていることも忘れて、髪を後ろに束ねたり、帽子の中にしまいこんだりして、新しく手に入れたアイテムをどう使えば似合うか試し始める。

「エリーゼ。ファッションチェックは後にしてもらえないか？」

苦笑いしながら話を続ける。

「今は、本島に行った時の話をしたい」

「ごめん。ちゃんと話を聞くね」

「耳を隠しても、白人系の外国人に見えるエリーゼは日本では目立つ。だから絶対に一人で行動しないでほしい。あと、警官に見つかると厄介なことになるから、夜出歩くのも禁止だ」

「警官ね……国の犬どもには気をつけないとね」

エリーゼの世界にも警察と同様の役割を受け持つ警備隊がいる。だが、仕事柄、荒くれ者が集まりやすいハンターとは非常に相性が悪い。嫌がらせのように留置場に連れて行かれたり、賄賂(わいろ)を要求されたりと、良い思い出がない。

会ったことがない警官のイメージは最悪だった。

「あとは、日本語がしゃべれない外国人だということにして、会話は俺に任せてほしいんだ」

「それはいいけど、話しかけられたらどうするの？」

「俺がフォローするし、笑顔で手を振れば話が通じないと思って去っていくさ」

「そんなものかしらね」

楽観的に考えすぎているようにも感じたが、この世界のことは自分より健人の方が詳しいと思い、納得することにした。

「それでクルーザーをマリーナに預けてから何をするの？」

期待のこもった眼差し。その言葉がぴったりと当てはまるほど、エリーゼの目は輝いていた。

「ご飯や買い物だけだと楽しくないだろうし、有名な観光地をいくつか紹介するよ」

「それは楽しみね！　私、お城を見てみたいの！　行けるかしら？」

エリーゼの世界にも城はあったが、それは西洋のデザインに近く、テレビで見かけた日本の城とは異なる構造をしている。本島に訪れる機会があれば、自分の世界と異世界の城を見比べてみたいと楽しみにしていた。

「お城？　どうしても見に行きたい？」

「本島に行くのであれば、絶対に見に行きたいと思ってたの！」

「うーん。まぁ車を借りればなんとかなるかな？　エリーゼの要望に応えて城を見に行こうか」

「さすが健人！　話がわかるわね！」

背中を軽く叩いて喜んでいるエリーゼの声を聞きながら、健人は当日の予定を立て直していた。


翌日。二人はクルーザーを係留している桟橋の上にいた。

「これが健人のクルーザー……私の世界の宿より豪華ね……」

大型クルーザーは大海原でも生活できるように、ソファー、テーブル、ベッド、トイレ、シャワー、キッチンなど、人が暮らす上で必要な設備がそろっている。

船といえば、川を渡るための小型船しか見たことがないエリーゼにとって、居住性を追求したクルーザーは、テレビのように、ここが異世界だと強く認識させるものだった。

「船内を散策しても良い？」

エリーゼは異世界のクルーザーに対して、強い興味を覚えていた。

あのボタンを押すとどうなるのか、どうやって動くのか、なぜ船体が二つあるのか、疑問は尽きない。一つ一つ説明してもらっても理解はできないだろうと割り切って、フラフラと歩きながら観察したいと思っていた。

「いいけど……落ちないでね」

船内の探索を始めたエリーゼを見ながら、子どもを心配するような親の心境でつぶやいた。

はしゃいでいるエリーゼを見送ってから船室を出た健人。船を繋いでいたロープを外すと二階の運転席に上がる。鍵を差し込んでエンジンをかけると、クルーザーがゆっくりと桟橋から離れていった。

本日は晴天で波は穏やか。クルーザーを運転するには良いコンディションだ。

健人は高校生の時に好きだったロックバンドの歌を口ずさみながら運転をしていると、探索を終えたエリーゼが話しかけてきた。

「ずいぶん機嫌がいいのね」

健人に声をかけたエリーゼが、運転席の隣の椅子に座る。

「この天気だからね。歌の一つでも口ずさみたくなるよ」

小さい雲が浮かぶ青い空。暖かい陽射しを反射する海。リゾート地でバカンスを楽しんでいるような気分に浸れば、自然と歌ってしまうだろう。

「確かに気持ちいいわね。こんな快適な船旅は初めてよ」

風を切る音とエンジン音がうるさいが、話し足りなかった二人は、いつもより声を張って会話を続ける。

「そっちの世界はどうだったの？」

「海は魔物に支配されていたから、のんびりと船旅を楽しむことなんてできなかったわ。魔石から抽出した魔力を原動力とした船もあったけど、魔物に沈没させられることの方が多くて、誰も船に乗りたがらなかったのよ」

海底にはいくつかダンジョンがあり、迷い込んだ海洋生物を取り込んで、今でも活動を続けている。管理するどころか、どこにダンジョンがあるのかすらわからない。野放しにしかできず、エリーゼが住んでいた世界の海は、魔物がひしめく場所となっていた。

「海をまたいで大陸間を移動するのは不可能だったの？」

「飛行船があるから、お金持ちならそれを使って移動するかな。私みたいな普通の人は、海をまたいで移動するなんて、考えたとしても実行出来ないわ」

空中にダンジョンが出現することはないので、飛行型の魔物はほとんど存在しない。そのため、エリーゼの世界では航空技術の方が発展しているが、それでも飛行船レベルであり、健人の世界のようにジェット機などは発明されていない。

「もちろん、街道に魔物が出てくることもあるから、街から街へ頻繁（ひんぱん）に移動する平民は、商人ぐらいじゃないかしら」

街の外にも魔物が多くいる。人の行き来が多い道であれば、ハンターや兵士、騎士などが定期的に討伐をしているので比較的安全ではあるが、それでも護衛なしに歩けるほどではない。

戦う力を持たない一般市民にとって、旅行とは命がけの行為であった。

「そっちの世界には魔物がいるから、旅を楽しむのは難しいのか」

「そうね。生まれ育った町から一歩も出ない人も珍しくない世界。だからこうやって、身の危険を感じずに景色が楽しめる今がすごく楽しいわ！」

風で飛ばされないように、エリーゼは帽子を押さえながら、周囲の風景を楽しんでいた。

クルーザーを運転する健人が向かっていたのは、熊本県にあるマリーナ設備が整っている島だ。

健人が住む無人島とは違い、橋でつながっているので車でアクセスできる。さらに給水、給油、給電が可能で、メンテナンス技術に精通した技術者が船体やエンジンを整備してくれる。日本でも有数の施設を保有しているマリーナだ。

クルーザーを係留して上陸した健人たちは、エントランスの受付でメンテナンスの依頼をし、タクシーを手配してからラウンジで一息ついていた。

「これがこの世界の港？　ずいぶんと優雅ね」

ソファーに座ったエリーゼは帽子を深くかぶりなおしてから、周囲に声が漏れない程度のボリュームで、健人に話しかける。

「エリーゼがイメージしている港とは違うかもね。ここはヨットやマリンスポーツを楽しむためのレジャー施設だから、ゆっくりした時間が楽しめるようになっているんだよ」

「魔物がいなくなると、ずいぶんと変わるものね」

「そうだね。俺の方こそ海で遊べないなんて……信じられないよ。と、タクシーが来たみたいだ」

客待ちをしていたのか、連絡してすぐにエントランスにタクシーが到着した。

二人は足早に乗り込むと、最寄りのレンタカーの営業所まで移動して、国産の黒いセダンを借りる。

目指すは、熊本県で最も有名な城だ。

「車のことはテレビで知ってたけど、見るのと乗るとでは大違いね！　もっとスピード出せないの？」

「無茶を言わないで……法律で出せるスピードが決まっているんだよ。これが限界」

「それは残念。でも、他人の目を気にしないで済むのは想像していた以上に楽だわ！　車を借りてくれた健人に感謝ね！」

整地された地面、壁で区切られていない街、見上げてしまうほど高いビル。この世界に来てから知識としては得ていたが、自分の目で見て感じた異文明は、エリーゼに新鮮な驚きを与えていた。

目の前の信号が赤になり順調に走っていた車が止まると、自分と似たような姿をしている人たちが行き来する。しばらくは異世界人の住人を見ていたが、何かを思いついたかのようにエリーゼは帽子を取ると、サイドミラーで自分の姿を確認する。

（私との違いは耳の長さだけ。前の世界にいた人間とは、見た目は全く同じ。でも、着ている服から住んでいる家、考え方は全て違う。姿形は似ているけど、私とは異なるルールの中で生きている……本当に異世界にこれたのね）

無人島で隔離されていたエリーゼは、異世界に来た実感が薄かったが、本島に来ることでようやく、現実として受け入れることができたのだ。

そんな実感を得たエリーゼは、二人っきりになって緊張感から解放されたこともあり、健人に異世界にきた理由をポツポツと語り出した。

「エルフは森の中に住んでいるんだけど、私は昔から外に出て人間と関わりたいと思っていたの。他にも変わったことを想像する浮いた子どもで、魔物がいない世界、氷に囲まれた世界、植物が知能を獲得した世界……ここではない、どこかにあるだろう世界を毎日想像していた。子どものころは、そんな妄想することだけが楽しみだったのよ」

信号が青に変わり、車を発進させる。運転をしながらも健人は相槌を打ち、静かに話を聞いていた。

「そんなある日、ダンジョンが異世界につながっているって話を聞いたのよ。そのときから、人間が集まる街で生活すると心に決めたわ。今思うと、世間知らずだったからこそ、無茶な考えができたのよね」

住んでいた森を飛び出し、人間、獣人、ドワーフといった多種多様な種族が住む街に移住したエリーゼは、人のずる賢さ、獣人の肉体的強さ、ドワーフの器用さなどを目の当たりにして、当時は強いカルチャーショックを受けていた。またそれと同時に、外の世界になじめなかったエリーゼは、異世界への想いは日に日に強くなっていた。

その想いに比例するようにダンジョン攻略にも熱が入り、攻略するための人、金、技術、利用できるものは全て利用して、三十年という長い時間をかけて最下層を攻略することに成功した。

「人類が管理しているダンジョンは十箇所あるんだけど、最下層まで到達した記録が残っているのは三箇所だけ。色々と情報を集めて自らを鍛え、仲間を募り、ここにたどり着いたのよ」

「頑張れば最下層にまで到達できるなら、みんなエリーゼみたいに異世界に転移しているの？」

「ううん。到達可能なだけで、最下層に挑戦する人は少ないわ。普通は命がけの探索なんてしないわよ。それに何か条件があるみたいで、私のパーティみたいに移転しなかった人もいるのよ」

当たり前だが、命をかけて最下層を目指すより、換金率の高い素材を落とす魔物を狩るハンターの方が多い。最下層まで到達したダンジョンが三つしかないのも、前人未踏の地を目指すにはあまりにも危険で、そしてリターンが少ないのが原因だった。

「移転する条件があるかもしれないんだ。謎は深まるばかりだね」

その後も会話は途切れることなく続き、数時間かけてようやく目的地につく。健人たちは駐車場に車を停めると、城にある堀の周りを歩くことにした。

(外国人の観光客が多いな……。これなら帽子さえとらなければ不用意に目立つこともなさそうだ)

健人は、エリーゼが外国人であることで注目を集めるかもしれないと心配していたが、ここ数年で日本に訪れる外国人観光客が増えたので杞憂だった。観光地に限って言えば、外国人を見かけても周囲の人は「最近よく見かけるようになった」程度の意識しかない。昔みたいに「あそこに外国人がいる!」と人の視線を集めることはなかった。

そんな事情に気づかないエリーゼは、堀の近くにある黒と白のコントラストが見事に描かれている長塀を眺めながら、のんびりと歩いていた。

「ここにきてやっと、理解できる建造物を見た気がするわ。私の世界の文明レベルは、このお城が建てられた時期と同じぐらいなのかも」

「そうすると江戸時代辺りか、それより前になりそうだね。そんな人が現代に来たら、理解できないものが多くても不思議じゃないか」

「うん。ここに来てから驚きの連続。分からないことばかりよ」

隣り合って歩き、長塀から幾重(いくえ)にも連なる石垣群を通り抜けて本丸御殿の方に進むと、二十メートルの高さを誇る石垣の上にそびえ立つ城が目に入る。難攻不落と表現するのが相応(ふさわ)しい。そんな景観に圧倒された二人は見上げたまま立ち止まってしまい、周囲の警戒がおろそかになっていた。

その瞬間、突発的に強い風が吹き、エリーゼの帽子が宙を舞う。

「あっ！」

帽子のつばがなくなり、目の前が急に明るくなったことで事態を理解したエリーゼ。慌てて頭を抑えたが、その行動に意味はない。すでに十メートル近く飛ばされて地面に落ちていた。

健人はエリーゼの声を聞いて振り向くと、すぐに落ちた帽子を取りに走り、ものの数秒で彼女の頭に帽子をかぶせて速やかに立ち去る。

だが、ここは九州でも有数の観光地。さらに、平日といっても周囲には外国人観光客が多数いる状態だ。数秒の間で人の目はごまかせるかもしれないが、携帯電話で撮影された写真から逃れることはできなかった。

偶然にも、城を背景にポーズを取っている黒人女性の後ろに、エリーゼの顔と耳がはっきりと写った状態で、ＳＮＳに投稿されてしまったのだ。

話題になる画像は一瞬で世界中の人間に広がる。まず始めに英語圏で日本にエルフが生息してい

good!
561

ると話題になり、一日遅れで日本のまとめサイトに掲載されて一躍有名人になってしまった。

最初は整形したエルフ耳だと思われていたが、斜め上に長く伸びた耳と、それが自然に見えるエリーゼの美貌が合わさり、一部では本当のエルフかもしれないと話題になる。ネット上で検証班が立ち上がるほどであった。その検証班が定期的に話題を提供すると長くても数日で忘れ去られるはずだったエリーゼの写真が、数ヶ月間話題になってしまった。

英語圏でエリーゼの写真が話題になり始めた夕方。

無人島生活でインターネットにアクセスする習慣がなく、さらに携帯電話を持っていない健人たち。エリーゼがインターネットで話題になっていることに気づかずにいたが、一時的にでも帽子が取れてしまったことに危機感を覚えていた。

観光する予定を変更して、予約していたビジネスホテルに急いで向かっていた。

目的地に到着した健人が荷物を置くために部屋に入ると、カビの臭いが鼻に付く。周囲を見渡すと、シングルベッドと狭いテーブルの上に小さなテレビ。典型的なビジネスホテルのレイアウトだった。

荷物をベッドに放り投げてからコンビニ弁当の袋を持って、エリーゼが待つ部屋に入る。

「お邪魔するよ」

テーブルの椅子に座って入口に顔を向けていたエリーゼは、健人の姿を確認すると帽子を取る。金色に輝く髪を手で整えながら立ち上がった。

「健人なら歓迎よ。お弁当を食べながら話しましょ。椅子は一つしかないからベッドに座ってね」

健人は頷いてからベッドに腰掛け、ビニール袋からコンビニで購入した弁当を取り出す。

これから昼食を兼ねた反省会が始まった。

「それにしてもさっきは焦った……帽子が飛ぶとは思わなかったから、完全に油断していた」

「私もまさか無防備な瞬間に風が吹くとは思わなかったわ……油断してたのは一緒。でも、健人がすぐに帽子を持ってきてくれたから、私の耳に気づいた人はいないと思うわ」

ダンジョン探索で身につけた周囲を観察する能力を発揮し、帽子が飛んだ瞬間に辺りをうかがい、自身を注目している人がいないことを確認していた。例の写真さえなければ、エリーゼがエルフと気づく人はいなかっただろう。

異世界人である彼女にとって、写真の背景に写った自分がインターネット上で話題になることは想像の埒外(らちがい)であり、予想できなかったことを責めるのは酷だ。

「そうだと良いんだけど……とりあえず、今日はもう外に出ないほうがいいね。それに、明日は本や服を買おうと思ったんだけど、さっさと無人島に帰った方がいいかもしれない」

健人は、エリーゼがこの世界の文明に触れて大いに楽しんでくれて良かったと感じている。だが同時に、一緒に観光したいという気持ちを優先して「なんとかなるだろう」と楽観的に考えて行動してしまったことに、少し後悔していた。

「島に戻ったらゴーレムダンジョンを探索するんでしょ？　準備しなくていいの？」

エリーゼの指摘で、探索の準備を忘れていたことに気づく。

（準備のことを忘れてた。浮かれすぎにもほどがあるだろ……）

「ごめん。忘れてた。探索の準備をしないとね。安全靴や武器となりそうな鉈、あとは厚手の手袋、ロープ、電気ランタンも買い足したいからホームセンターに寄っておこうかな。本当はもっと本格的な道具を用意したほうがいいかもしれないけど、今回は時間がないから……」

「道具は、それでいいと思うわ。一階や二階程度なら魔法だけで対処できそうだし、いますぐ本格的な攻略をするわけじゃないから、肩慣らしとしてなら十分でしょう」

そう言って一息入れてから話を続ける。

「でも、すぐに帰る予定があっても、保存食と水は必ず持って行きましょう。私は日帰りの予定であっても、二日分は持っていくようにしているわ」

「魔法で創った水は消えるから水も必要か」

「そうそう。放出するときに込めた魔力を使い切ったら魔法は消えてしまうから、水は必須よ」

「二日分だと、二人で十二リットルは必要かな?……結構な重さになりそうだね」

「水はかさばるからね。私も苦労したわ……」

エリーゼは数秒間目を閉じて、ポーターを雇って探索をしていた当時の苦労を思い出していた。

先ほどの話を振り返りながら、探索に必要なものを紙に書き出し、エリーゼに見てもらうということを繰り返して、健人は購入リストを完成させた。

「そういえば、ダンジョン探索で気をつけたほうがいいことってある?」

食事を終え、ベッドに腰掛けながらリストを作った健人が、ふと思い出したように顔を上げて質問をした。

「そーね。まず、ダンジョンの壁を壊そうとしないで。原因はわからないけど、壊すと強力な魔物が大量に出現して襲ってくるの。ルールの裏をかいて攻略してやるって意気込んだ人間は、その魔物に襲われてみんな死んでいったそうよ」

「うぁ……。気をつけるよ」

ドリルや爆薬などで壁に穴をあけて最短距離で移動する方法も視野に入れていた健人は、迂闊なことをしなくて良かったと、こっそりと心の中で思っていた。

「それと、もう一点。モンスターを倒した時に残る素材なんだけど、可能な限り持って帰りましょう。もしかしたら、こっちでも何かに使えるかもしれないわ。特に魔石は、この世界の電気やガソリンの代わりになる可能性があるわよ」

「もし、それが実現しても公表はしたくないな」

「そうね。私もそれは控えてもらいたいわね」

次世代のエネルギー資源は、世界中が研究している。それが魔石で実現できるとわかったら、各国の研究者が健人たちが住む無人島にくる可能性が高い。少なくとも、日本で次世代エネルギーを研究している人間は必ず来るだろう。

また、一時的かもしれないが世間の注目も集めてしまう。それは、俗世から離れたい健人と異世界人であるエリーゼにとって都合が悪い。お互いの利益を考えれば、ダンジョンで拾ったものを世間に公表しないという結論を出したのは、当然の成り行きだ。

「最後に、必ず私の指示にしたがって。その時は納得できなくてもね。あとで必ず説明してあげるから」

素人の勝手な判断ほど危ないものはない。それは健人も理解しているため、疑問に思うこともなく素直に頷いた。

「今日は久々にいろいろな所に行って疲れたから、早めに寝るよ」

「私もそうするわ」

早めの昼食と反省会が終わるとそれぞれの部屋に戻り、残りの時間を一人で過ごした。


翌日になると健人たちは早々にチェックアウトして、すぐさま車に乗り込みコンビニに向かう。目的は朝食の買い出しだ。昨日の事故の反省を踏まえて人を避けるように行動をしている。インターネットでエリーゼの姿が日本語圏でも話題になり始めていたので、目撃情報をこれ以上増やさないという意味では、この行動に意味はあった。しかし、本人たちはインターネット上で話題になっていることに、気づけないままでいた。

健人たちはコンビニで購入した朝食用のおにぎりを車内で食べてから、人目を避けるようにマリーナ設備の近くにあるホームセンターにまで移動をする。

「ここがホームセンター？　何屋さんなのか、わからないお店ね」

店内に入るとエリーゼはぐるりと周囲を観察をしていた。

本来であればエリーゼは車で待っていたほうが安全だった。だが、ダンジョン探索に必要な道具を選ぶには、彼女のアドバイスは欠かせない。話し合った結果、二人で店内を回ることに決めたのだ。

「暮らしに役立つものを売るお店だからね。日用雑貨から住宅設備、食品、衣類まで色々と取り揃えてあるお店だよ」

「へー。私の世界では専門店が多かったから、新鮮ね」

視線を左右に動かして珍しい商品を探すエリーゼ。目に留まった防虫剤のイラストを見ながら、使い方を想像していた。

「何に使うのかわからない商品ばかり。楽しそうなお店！」

「声が大きくなってるよ。少し落ち着こうか」

昨日とは違い周囲の視線を気にしていた健人は、興奮し始めたエリーゼを注意した。

「ありがとう。また、油断してしまったわ」

注意されたことで帽子を深くかぶりなおす。

エリーゼが落ち着いたのを確認してから、健人は大きめなカートを押して園芸用品のエリアに移動した。

「鉈って、結構小さいのね」

手に持っていたのは薪（まき）を割ったり、草を刈ったりする道具であり、用途に合わせて製造されている。エリーゼが落胆するのも無理はない。

「ほかの店に行けば、大きい鉈もあるとは思うけど、一般市民がすぐに手に入れられる武器としたら、これが限界かな」

「長さが足りないけど売ってないなら仕方がないかしら。これを三本買いましょう。あとは柄の部分が長い木割斧も買いね。刃の部分が短いから攻撃力は期待できないけど、最初はリーチのある武器の方がいいでしょ」

そう言って手に取った物は、全長一メートル、刃長七センチの斧だった。

エリーゼから鉈や斧を受け取った健人は、値段も確認せずにカートに放り投げる。

「これだけだと心もとないわね……他も見てみましょうか」

ゴーレムダンジョンは木や石といった無機物系の魔物が出てくるため、選んだ武器だと威力が足りない。そんな不安を抱いたエリーゼは、大工道具エリアに移動し、他にも使えそうな道具がないか探すことにした。

「……ないわね」

「武器を売るお店じゃないからね……」

ハンマーや鎌など武器になりそうなものはあったが、威力の面で物足りないものが多い。ホームセンターは日用雑貨を売っているのであって、武器を売っているわけではない。それが当たり前なのだが、探索に使えそうな武器が見つからないことに二人は落胆していた。

「武器の扱いに慣れた人なら、ここで売っている鉈や斧でも戦えるとは思うんだけど……やっぱり、魔法に頼るしかなさそうね」

良い武器が使えないのであれば、魔法に頼るしかない。幸いなことに健人の魔法の威力は、ハンターとして十分通用するレベルであった。

「後は、ダンジョン探索で武器が手に入るのを期待しようかしら？」

さらにダンジョンでは、魔物が武器を落とす可能性もある。ここで無理して武器を買うのではなく、魔法で魔物を倒しながらダンジョンで武器を手に入れる方針に切り替えた。

「そうすると、あとは何が必要？」

「もう武器は良いから防具ね。といっても、安全靴はグリップ力が高いから使えそうだけど、そこまで防御力の高いというわけではないわね……」

作業用衣類などが売っているエリアに移動した二人は、防具として使えそうな物を探していたが、どれもエリーゼが求める水準には達していなかった。しかたなく、足首まである安全靴を健人とエリーゼ用に買い、さらに健人用に作業用手袋、ヘルメット、リュックをカートに入れる。

「装備はこのぐらいにして、食べ物を買おうかしら」

不満な表情をしながら、防災用品エリアに移動する。

「この世界の食べ物はいまいちわからないから、健人が選んでね。水や火を使わずに食べられるものだったらなんでもいいわ」

「わかった。そうすると……これが良いかな」

棚いっぱいに置いてある防災用の保存食を見て、しばらく悩んでいたが、手で開けられる缶詰に入ったパンやチョコチップを手にとってカートに入れる。他にもカレーのルーや飴、レトルトのおかゆ、ペッドボトルに入った水も加えた。

「質はともかく、これだけあれば十分ね」

エリーゼは、カートいっぱいに入っている食品と水を見て満足そうに頷いていた。

「それと……モップ、ワックス、高圧洗浄機……清掃道具も買いたいから少し待ってて」

「早く戻ってきてね。少し疲れてしまったわ」

常に気を張っていたため、エリーゼの疲労はピークに達していた。集中力が切れてしまい、小さく欠伸をしてしまった。

「先に車で戻って休んでなよ」

無言で頷いたエリーゼに車の鍵を渡すと、健人は一人で店内を歩き回り、清掃道具、ロープ、電気ランタンといった探索に必要な道具をカートに入れる。

レジで精算してから車に荷物を詰め込んだ。

「お帰りなさい」

助手席に座っていたエリーゼの声は弱弱しい。観光の疲れは、数分休んだ程度では取れなかった。

「お待たせ。俺も疲れたし帰ろう」

健人は車のエンジンを運転してマリーナに到着すると、クルーザーのメンテナンスは終わっていた。

エリーゼを船内に案内してから健人は借りていた車を返す。再びクルーザーに戻ると珍しい光景が広がっていた。

「おっと。これはいい寝顔だ」

クルーザーに戻った健人は、エリーゼが無防備にベッドで横になっている姿を目にする。疲れていた上に人目を気にしなくて良い場所に来た安心感があいまって、睡魔に負けて寝ていたのだ。

（一緒に住んでるけど、ちゃんと寝顔を見るのは初めてだ。寝ている姿を晒しても良いぐらいには信用してくれたのかな？）

そんなことを考えながら、シャワールームに置いてあったバスタオルをタオルケット代わりにかけると、運転席に座る。

健人はクルーザーを操作して無人島へ到着すると、エリーゼを起こしてからコテージにまで帰った。いよいよ翌日から、ゴーレムダンジョンの探索が始まる。エリーゼと一緒に探索できる事実に心が高鳴っていることを意識しながら、その日は夜遅くまで寝れなかった。

翌日、眠い目をこすりながら健人は一階に降りた。

ホームセンターで購入した安全靴、頭には安全第一と書かれたヘルメット、手には斧や鉈、背中に二日分の保存食や水を詰め込んだリュックなどを身に着けている。

「やっぱり水を入れると重いね。歩くのであれば問題ないけど、戦うのは厳しそう。敵を見つけたらリュックを下ろして戦う？」

健人より先に起きて、ダイニングでくつろいでいたエリーゼが返事をする。

「そうね。敵を見つけたらリュックを下ろして、遠距離から魔法で攻撃するのがいいと思うわ。ウッドドールは、左胸にある動力源の魔石か頭を潰せば動かなくなるから、遠距離から一方的に攻撃して倒しましょ」

健人が使う魔法の威力と精度は、初心者レベルを超えている。エリーゼは練習通りの威力と精度が実戦でも発揮できれば、問題なく戦えると考えていた。

「もし、先に敵が俺たちを見つけた場合はどうする？」

「先制攻撃できない場合はすべて私が対処するわ。健人は後ろに下がって、攻撃を避けることだけに専念してね」

どんなことでもそうだが、初心者が瞬時に適切な判断や行動をするのは難しい。ダンジョン探索初心者に緊急対応の判断を任せるのは危険だ。予定通りに事が運ばなかったら、健人を後ろに下げてエリーゼがすべて対処すると決めていた。

「……わかった」

首を縦に振って頷く。

経験の差があることは理解しているが、半人前以下の扱いに劣等感を感じてしまい、返事が数瞬遅れてしまった。

「他に気になることある？」

健人の感情に気付かないエリーゼは、ゴーレムダンジョン探索に向けて、淡々と準備を進める。

「この斧と鉈だけど、ぶっつけ本番で使えると思う？」

先ほど湧き上がった感情を押し殺して、両手に持った武器を持ち上げた。

「はっきりいうと、健人がこの武器を使いこなすのは難しいと思うの……お守り程度の効果しか期待していないわ」

健人は古武術を学んだり、軍隊に入って戦闘訓練を受けたこともない。せいぜい、体育の授業で柔道を習ったぐらいだ。さらに健人が持っている斧や鉈はホームセンターで売っていたものであり、武器として扱うには、威力や強度といった面で不安しかない。

エリーゼはそれらのことを踏まえて、初回は武器を使う状況を避けるように探索しようと考えていた。

「それもそうか……」

役に立たないと言われた武器を見つめると、鉈をリュックにしまって比較的リーチの長い斧を使うことに決めた。

「これからゴーレムダンジョンの探索を始めるけど、今日の目的は、一階の雰囲気に慣れて初戦闘を済ませること。それ以外のことは余計なことだから絶対にしないようにね」

今回は二日分の食料や水を用意しているが、初心者がいることを考えると長時間の探索は無理だろうと、エリーゼは考えていた。まずは、ダンジョンという閉鎖空間に慣れること。そして冒険はせずに、小さな目標を一つ一つクリアして、自信をつけながら慎重に探索を進めようと考えていた。

「私も準備してくるから待っててね」

健人がダイニングでしばらく待っていると、緑色の麻のような服にマント、右手に弓、腰にポーチと大型ナイフをつけたエリーゼが出てきた。

ブーツが安全靴に変わった以外は、ビーチで見つけた時と同じ格好をしている。

「その格好をするのは久々だね」

まだ出会って数日だが、懐かしさを感じる姿に思わず感想を口にする。

「普段の生活だとこっちの世界の服を着たほうが過ごしやすいけど、探索するなら別ね。やっぱりこの服じゃないと安心できないわ」

エリーゼが来ている服は、魔物由来の素材で作られたハンター御用達の、丈夫で長持ちして汚れがつきにくい服だ。だがその代償として、生地は固く肌触りも悪いため着心地は最悪だった。

いつもであれば、この服の上にレザーアーマーといった鎧を着ていたが、この世界に来る前に壊れてしまったため今は身に着けていない。

「準備もできたことだし、ゴーレムダンジョンに行きましょう」

そう言うと、髪をなびかせながらゴーレムダンジョンの方に向かい、健人も後を追うようについていった。

「俺が見つけた時から、様子がかなり変わっているね」

健人は、様変わりしたゴーレムダンジョンの周囲を見渡していた。

無人島は木々に囲まれた自然が豊かな場所であり、健人がここを発見したときは植物が生い茂る場所だった。だが今は、ゴーレムダンジョンの周囲十メートルは土がむき出しになり、不自然に感じるほど植物といったものが存在しない。生命の営みが感じられない空間ができていた。

さらにゴーレムダンジョンの入り口に目を向けると、高さが二メートル～三メートルほどある不揃いな柵と木製のドア。その近くにはテントがあった。

何の目的で設置されたのか気になった健人が、テントの出入り口のチャックを下ろして中に入ると、滅菌ガーゼ、包帯といった救急用具が置かれていた。

「救急用具はケガをした時のためよ。それと、素材置き場として使おうと思っているの」

探索を繰り返せばコテージに入りきらないほどの素材が手に入るのは間違いない。この無人島はすぐに倉庫が作れる環境ではなく、少し先の将来を見越して、生活スペースを圧迫しそうな素材置き場としてテントを用意していた。

背後からエリーゼの声が聞こえて健人が後ろを向くと、彼女は救急用具をじっと見つめていた。

「健人のおかげで、この世界のことを少しずつ理解できるようになったわ。基本的には私がいた世界の方が技術的に劣ってる」

そういって、一呼吸おいてから話を続ける。

「でもね。特定の分野では勝っているの。その一つが怪我や病気の治療ね」

「魔法で、ぱぱっと治せるの？」

「魔法だけでは治せないわ。正確には魔法と薬草を使うのよ」

腰につけたポーチから試験管のような細長い透明な入れ物を、指に挟んで二本取り出した。腕の動きに合わせて、血のように赤い液体が波打っている。

「軽い怪我だったら私たちのリュックに入っている救命用具を使うけど、大きな怪我……骨折や切り傷ね。その場合は、私が持っている回復ポーションを使うわ。これを傷口にかけるか飲むかすれば、すぐに傷がふさがるのよ」

付与タイプに適性のある人が薬草の効果を向上させる魔法を使うと、傷を短時間で治すポーションを作ることができる。使う薬草の種類、比率などにより効果は大きく変わり、下級・中級・上級・最上級とランク付けがされている。エリーゼが持っている回復ポーションは上級の部類に入り、大抵の怪我であれば瞬時に治してしまう効果があった。

上級以上は入手が困難で、エリーゼも普段は使わない。そんな貴重品を彼女が持っているのは、最下層に到達するために必要だったからだ。攻略前は十八本用意していたが、手持ちの二本を残して全て使い切っている。

「私じゃ作れないからできるだけ節約したいけど、健人の命には変えられないから変に遠慮しないでね」

健人の世界で作れるものではなく、まさしく世界に二つしかないポーションは、値段がつけられない貴重なものだ。それを惜しげもなく、使うと宣言してる。貴重なポーションより健人の命の方が重要だと、エリーゼ自身も気づかないうちに心の中が変化していた。

「魔法があるから、もしかしてと思っていたけど、回復ポーションもあるんだ……」

「どう？　少しは驚いたかしら？」

本島では驚いてばかりだったエリーゼは、健人にお返しができて満足げな笑みを浮かべていた。

「ああ。驚いたし、これを使った時はもっと驚くんだろうな」

このポーションを使う日が来なければいい。そう思いながら健人は、エリーゼが手に持っている回復ポーションを見つめて、傷が瞬時に治る光景を想像していた。

「二個しかない貴重品なんだし、ケガをしないように注意するよ。テントの中も確認したことだし、外に出ようか」

健人が歩き出すと、エリーゼもその後を追う。

「ひと段落ついたら、テントから倉庫っぽいものに変えたいね」

急に立ち止まり、後ろを振り返ってテントを眺めていた健人が、思い立ったようにつぶやいた。

「お手製で？」

「うん。それも楽しいかなってね」

「そうね。その時は一緒に作りましょ」

「それは楽しみだ」

本当に倉庫が必要になる日が来るのか、二人で作れるのか、そんな些細な問題は脇に置いて、これから先も一緒にいるのが当然だと考えるように、お互いに顔を見て微笑みあっていた。

「そろそろダンジョンに入りましょうか」

緩やかだった雰囲気が、一気に変わる。

熟練のハンターが守り、教えてくれるとはいえ、ダンジョン探索は命がけだ。健人も頬を叩いて意識を切り替えると、二人一緒に並んでダンジョンに入った。

ゴーレムダンジョンの入り口付近は、天然の洞窟のように岩がむき出しで不規則な凹凸があり、空気は水分を多く含んで湿っている。

健人は足を一歩踏み入れた瞬間に、空気がまとわりつくような不快感を覚えたが、長くは続かなかった。

ゆっくりと歩いて奥に進むにつれて空気が乾いてゆき、その変化に合わせるように、凹凸のない整地された床や壁に姿を変える。天井も一般的な建物の四倍ほどの高さになり、人が六人並んで歩けるほど広々とした通路に出る。さらに先ほどまでは明かりを必要とするほど薄暗かったが、今立っている場所は、蛍光灯に匹敵するほどの光を天井が発していた。

「ダンジョンの中に明かりがあるんだ……」

周囲が完全に人工物に変わったところで、健人は立ち止まって周囲を眺める。

「明かりのないダンジョンもあるけど、人工型は明かりがついていることが多いわ。ここまできたらランタンは不要よ」

エリーゼの指示にしたがって、手に持っていた電気ランタンの明かりを落として腰につける。

「ここからは、私の後ろを歩いてね。一階に出てくるウッドドールは、音には鈍感だから大きな音さえ出さなければ問題ないけど、念のため会話は必要最低限にしましょう」

健人が頷くと、エリーゼは通路の奥に向かって歩き出した。

突き当たりまで目測で五百メートルはある一本道は不気味なほど静かで、石畳の上を歩く小さな音と二人の呼吸だけが聞こえていた。

(耳が痛くなるほど静かだ。さらに極度の緊張……一人で探索してたら気が狂いそうだ)

ハンターは一人で探索することはない。健人が予想した通り、極度に緊張した状態で閉鎖された空間に長くいたら精神が先にダメになってしまうからだ。その状態のまま魔物と戦っても実力が発揮できるはずがない。そのことを証明するように、一人で探索するハンターは数が少ない上に生存率も低かった。

　健人が歩きながら考えていると、いつの間にか曲がり角が目の前にまで迫っていた。そこを左に曲がり、さらに何度か通路を曲がり奥に進むと、突然エリーゼが右手を軽くあげ、二人とも足を止める。事前に決めていた「停止」のハンドシグナルだ。

　そのままエリーゼは振り返ることなく、腰につけたポーチから手鏡を取り出し、通路の先にある曲がり角の先を確認した。

「五十メートルほど先に、ウッドドールが一体がいるわ。ちょうどいいから健人が攻撃してみましょうか。最初はわかりやすく頭を狙うといいわ。万が一外しても私が倒してあげる」

　無言で頷くとすぐさま、魔法を創り出すために右腕を体の前に突き出して準備を始める。

「氷槍を出す」

　魔法を創る準備ができた健人は、エリーゼの前に飛び出す。ウッドドールは棒立ちしていた。敵を目視すると、すぐさま魔法を放とうとする。だが魔法の発動をウッドドールが察知して勢いよく健人の方を振り向く。右手に持っていた太い棍棒を振り上げて走り出した。

（人形のくせに動きが早い！　すぐに魔法を出さないと！）

　極度の緊張と敵が迫り寄ってくる恐怖によって、準備していたのにも関わらず、氷でできた槍を二本創り出すのに五秒以上の時間がかかってしまった。

　さらにやっかいなことに危険を察知したウッドドールは、魔法が出現したタイミングで走るスピードを上げる。その姿を見た健人は、慌てて一本目の氷槍を頭に向かって射出した。

練習の成果が出たのか頭に向かって一直線で進むが、魔法の接近を感知したウッドドールは素早くしゃがむことで回避。立ち上がる力を利用して、健人に向かって天井ギリギリの高さまで飛び跳ねる。

「マジかよ！」

人体で再現することが難しい動きと氷槍を回避されたことに驚き、動きが止まってしまった。

「健人！」

エリーゼの言葉で我に返ると、すぐさま二本目の氷槍をウッドドールに向けて射出する。

さすがに空中で回避動作をすることはできず、狙い通り頭に当たると氷槍の先が突き抜けてダンジョンの天井にまで突き刺さる。ウッドドールは首吊りをした死体のように天井にぶら下ってしまった。

極度の緊張から解放された健人は、長距離マラソンが終わった直後のように呼吸を乱しながら、動くことのないウッドドールを呆然と見つめる。

「なんとか倒せたようね」

振り返ると、エリーゼは矢を番えて、いつでも攻撃ができる準備をしていた。

「念のため二本作っておいて正解だったよ」

「その判断は正しかったわ。ゴーレム系は人では実現することができない無茶な動きをする場合もあるから、特に不測の事態に備える必要があるの」

「それなら先に言ってよ……」

自慢げな顔をして語るエリーゼに呆れていた。

「言葉で言うより実感したほうが色々と効率がいいでしょ。それより天井を見て」

矢を消したエリーゼは、天井にぶらさがっているウッドドールを指差した。

不満げな顔をしながら健人もつられて見上げると、足元から徐々に黒い霧が出現し、数秒後にはウッドドール全体が黒い霧に覆われ、次の瞬間には消えて無くなっていた。

「…………」

非現実的な光景に目を奪われていたが「コン」と、硬いものが落ちた音で意識が現実に引き戻される。

音がした方を向くと、床に赤黒い小石が落ちていた。

その石をエリーゼが拾い上げ、健人に差し出すように見せる。

「魔物が倒した後に残る魔石よ」

「これが……魔石か……綺麗だ」

魔石を受け取り、じっくりと眺める。

琥珀（こはく）のように中が透けて見える楕円形の魔石は、宝石のように人を魅了する力が出ているように見え、美術品のような美しさを感じていた。

「強い魔物から取れる魔石は、もっと色が濃く、そして美しいわ。私の世界では美術品として集めている人がいるほどね」

「なるほど。集めたくなる人の気持ちがなんとなくわかる」

魔石をつまむように持ち光にかざして、探索中だということも忘れてじっくりと眺めていた。

「魔物を倒す目的も達成できたのだし、そろそろ帰りましょうか」

曲がり角はあったが分岐のない通路を歩いてきたので、迷う心配はない。

エリーゼが歩きながら作っていた地図を確認することもなく、二人は出口のほうに向かって歩き出した。

「今日、手に入れた魔石は俺に預けてくれないかな？」

「それはいいけど……どうするの？　この世界じゃ使い道がないわよ」

この世界では魔石の利用価値はなく、それを欲しがる健人の意図がエリーゼには理解できなかった。

「記念品としてアクセサリーにしたいと持ってね。エリーゼは反対？」

「ううん。それはいいアイデアよ！　実は私、初めて倒した魔物の魔石をずっと持っているの」

そういうと立ち止まり、腰につけていたポーチから、先ほど手に入れたのと同じくらいのサイズと色をした魔石を取り出し、自らの手のひらの上に置いた。

「お金と時間がなかったからアクセサリーにはしなかったけど、私もずっと持っているわ。恥ずかしい話だけど、不安になった時にこれを持つと、なんだか安心できるのよ？」

子どもっぽい理由に、少し顔が赤くなっていた。

健人は恥ずかしがる姿を微笑ましく見ていたが、エリーゼの眉間にしわが寄り目つきが鋭くなったことに気付く。

「健人。ゆっくりと私が見ている方に向いて」

一気に緊張感が高まる。

指示に従って出口の方向に顔を向けると、十メートルほど先に手のひら程度の黒い霧が出現していた。

「……何が起こっている？」

現実世界では起こり得ない現象に、先ほどまで浮かれていた気持ちが吹き飛ぶ。驚きと不安を感じると、無意識のうちに一歩、二歩と後ずさる。

そんな健人の心の動きに気づいたエリーゼは、手を取り自分の隣に引き寄せると、目の前で起こっている現象について説明を始めた。

「黒い霧だけの状態であれば無害よ。何が起こっても私が守ってあげるから、落ち着いて前だけを見ててね」

不安と恐怖に襲われていた健人を落ち着かせるために、手を握ったエリーゼ。その優しさに気づき、安心感を覚えるとともに、久しく忘れていた人の温もりに思わず涙が出そうになった。

感傷的になりそうな気持を心の奥底に押し込め、健人は視線を黒い霧に戻すと、人の頭程度の大きさにまで拡大していた。

「大きくなってる？」

予想外の変化に驚き、思わず声が出てしまった。

「見間違いじゃないわよ。この黒い霧は、周辺の魔力を使って人の背丈ほどの大きさにまで成長するわ。そして成長しきると、魔物が出てくるのよ」

「この黒い霧から……」

「魔物は黒い霧から生まれて、死ぬと黒い霧に包まれて消えるの……私の世界の法則がここでも通用するのであればね」

お互い無言となり、固唾を呑んで見守っていた。

ピリピリと緊張感の漂う空気のなか、黒い霧は成長する。ついに人の背丈ほどの大きさにまで拡大すると、エリーゼは健人から手を離して魔法の矢を創り出す。

「もうすぐ魔物が出現するわ。健人は少し下がって、この光景をよく見ててね」

無言で頷くとエリーゼから離れる。

エリーゼの準備が整うのを待っていたかように、黒い霧から目や口といった顔のパーツが無いのっぺりとした木製の顔が出てくる。しばらく様子を見ていると、棍棒を持った右腕が黒い霧から出現した。

「……棍棒の形が違う？」

先ほど健人が倒したウッドドールが持っていた棍棒は長いだけの木の棒だったが、目の前にいるウッドドールの棍棒は、先端に向かうほど太くなりトゲがある。

「魔物は個体差があるのよ……」

魔物の性能は一定ではなく、生物と同じように個体差があり、その最も分かりやすい例として所有している武器の違いがある。

武器の性能が良ければ同じ魔物でも手強くなるため、決して油断してはならないと、エリーゼは過去の経験から学んでいた。

「持っている武器の形は違うけど、ウッドドールね」

そう独り言をつぶやいてから、ゆっくりと慣れた動作で矢を番えて弓を引く。

狙われていることに気づくことなく、水中でもがく様にして黒い霧から出てきたウッドドールは、両手を上げて誕生による喜びを全身で表現した。

「あなた、運がないわね」

その一言が合図となり、弓から赤銅に輝く矢が勢いよく飛び出すと。狙い違わず頭の中心に突き刺さり、ウッドドールの頭部から炎が出現。瞬きする間に全身へと燃え移った。

木の体でも熱さを感じる器官があるのか、ウッドドールは火を消すために硬い石の上をもがくように転がりまわる。エリーゼは追撃をすることなく、黙ってその姿を見つめていた。

出現してから十秒。ウッドドールの動きが止まり短い生涯を終えると、黒い霧に覆われ消えてしまった。

消滅したことを確認したエリーゼは、構えを解いてウッドドールが倒れていた場所まで移動をする。そこには、魔石と武器として持っていた棍棒が転がっていた。

「武器が残っているなんで運がいいわ！」

ダンジョン内だというのにもかかわらず、飛び跳ねるように喜んでいた。

「ダンジョン産の武器は優秀よ！　木製の棍棒でも鉄のような硬度があるし、長さも十分。武器として使うわよ！」

地面に転がっていた棍棒を手に取ると勢いよく差し出す。健人は勢いに押されて慌てて受け取る。

ダンジョン探索では常に冷静だったエリーゼが喜ぶほど、武器が手に入ることは珍しかった。

「エリーゼがそう言うなら従うけど、ホームセンターで買った斧と鉈はどうする？」

「鉈はそのままリュックに入れておいて、斧は薪割りとして使いましょ」

「そっか。ちょっともったいない気もするけど……仕方がないか……」

購入したばかりの武器が用済みとなってしまい、少しだけ気分が盛り下がってしまったが、気持ちを切り替えるために、先ほど思い浮かんだことを提案することにした。

「実は魔石を見てから思いついたことなんだけど、探索のお礼と初探索の記念として、エリーゼに魔石を使ったアクセサリーをプレゼントしたいと思っているんだ。ずっと持っていた向こうの世界で初めて手に入れた魔石。それと、この探索で手に入れた魔石を材料として使いたいんだけど、どうかな？」

アクセサリー作りは健人のささやかな趣味の一つだ。今までは作っても飾るだけだったが、女性が近くにいるのであれば使ってもらいたいと考えていた。

「それは嬉しい提案だけど……いいの？　そこそこのお金が必要になると思うわよ？」

「好きなことをするのに、お金は関係ないさ」

「健人がそういうのであれば、お願いするわ。実は、アクセサリーにしたいとずっと思っていたの。今から楽しみになってきたわ！」

十代の少女が欲しいものを手に入れたように、満面な笑みを浮かべて喜びを表現していた。

嫌な現実から逃げるために無人島へと移り住んだ健人は、一人で生きて死ぬ予定だった。だが現実は、エリーゼと出会い、共同生活をする過程で忘れかけていた人と関わることの楽しさを徐々に思い出していた。

健人は自身の人生を救ってくれたエリーゼにお返しをしたいと考えての提案だったので、想像していた以上に喜んでもらえて、その気持ちにつられるように笑顔になっていた。

「コテージに戻ったら渡すわね。もう出口が目の前にあるけど、出るまでは気を抜かずに行きましょう」

健人は返事をしてから歩き出す。その後は緊張感が途切れることなく慎重に行動して、健人の初探索が終わった。

ダンジョンを出た時刻は十三時。長く滞在していたように感じた探索も、終わってみれば三時間という短い時間だった。

コテージに戻った二人は、荷物を置いて普段着に戻ると、作り置きをしていたカレーを食べることにした。

「今日の探索は、どうだった？」

「驚きの連続で、正直、なんて言えばいいかわからない」

魔法を覚えたことで健人はフィクションの世界に慣れていたつもりだったが、ダンジョン内の閉塞感、魔物との命をかけた戦闘、そして今までの知識では理解できない現象。どれもこれもが強く印象に残っている。ゴーレムダンジョン探索の感想を言葉に表現することができないでいた。

「さっきまでの出来事は夢なんじゃないかと思えるぐらい現実感がないよ」

現実感がないという言葉を聞いた瞬間にエリーゼは眉をひそめ、声のトーンを落として忠告する。

「間違いなく現実よ。夢だと思って油断していると死ぬわよ」

「……あぁ……肝に免じておく」

失言に気づいた健人は、言い訳をすることなく忠告に頷いた。

「「……」」

気まずい沈黙がダイニングを支配する。

健人はその場の空気を変えるために、ダンジョンで話していた魔石のアクセサリー作りについて話すことにした。

「探索中に話した魔石のアクセサリーなんだけど、エリーゼはどんなアクセサリーが良いと思う？俺は髪留めがオススメなんだけど……どうかな？」

「さっきの戦闘で髪が邪魔に感じたから、髪留めが欲しいと思っていたの。その提案に賛成ね……もしかして健人が作るの？」

アクセサリーを作るとしか聞いていなかったエリーゼは、誰かに作ってもらうものだと考えていた。だが、コテージに戻って冷静に考えてみると、魔石は他人に見せるわけにはいかない。誰かに依頼して作ってもらうことは無理だと考えなおして、健人が作るのではないかと推測していた。

「実はハンドメイドが趣味なんだよ。とはいっても、必要な部品を買ってくっつけるだけのお手軽ハンドメイドだけど」

過去にアクセサリーを作った時に「女っぽい」と馬鹿にされてから、健人は誰かに言うことなくハンドメイドが好きなことは隠していた。その趣味について話してしまったことに、いまさらだが恥ずかしさを覚える。カレーを食べるために持っていたスプーンを撫でるように触っていた。

「私は、素敵な趣味だと思ったわ。どうやって作るか気になるから、私も参加していい？」

「もちろん。一緒に作ろう！」

今まで趣味を分かち合う友達がいなかった健人にとって、エリーゼの提案は驚くとともに、非常に嬉しいことだった。

「そうとなれば、早めに材料を買わないとね。明日、本島にいって材料を買ってくるよ！　魔石は、さっき手に入れたのとエリーゼの世界で初めて手に入れた三個があるから、デザインはどうしようか？……とはいっても、この世界の髪留めがどんなものかわからないと決めようがないか……。先にサンプルを買ってきた方がいいかな……」

後半からはブツブツと独り言になってしまった健人を見て、エリーゼは異世界のことに夢中になっていた自分を思い出して口元がゆるんでいた。

「デザインは健人に任せるわ」

「うぁー。それは責任重大だな！……頑張って、エリーゼに合いそうなデザインを探してみるよ！」

結局、この場では決めることができない上にインターネットを使うつもりのない健人は、お店でデザインを悩むことを選んだ。

「そうしましょう。で、もちろん健人の分も作るのよね？　どうするの？」

「俺はストラップにするつもり。クルーザーの鍵に何もつけてないから不便だったんだよね」

ポケットから何も付いていない鍵を取り出すと、見えやすいようにテーブルの上に置いた。

エリーゼは目を細めて、それをじっくりと眺めてから質問をする。

「ストラップって？」

急速に異世界の知識を吸収しているエリーゼだったが、流石（さすが）にストラップの存在までは知らなかった。

「ごめん。説明が足りなかったか……。鍵を持ちやすくするための道具だよ。鍵に紐（ひも）をつけて、先っぽに魔石を取り付けるんだ。そうすると、紐を引っ張るだけで鍵がポケットから取り出せる。地味に便利なんだよ」

「なんとなく便利そうなことだけは伝わったけどよく分からないわ。完成したら見せてね」

本来は落下や紛失防止のために使われるストラップだが、健人は取り出すときに便利な道具として使うことをイメージしていた。だが、実物を一度も見たことがないエリーゼにとって、説明されてもよくわからない物でしかない。

「アクセサリー作りは健人に任せるとして、午後はゆっくり休みましょう。特に健人は初探索だったし疲れたんじゃない？」

これ以上は話を聞いても理解が追いつかないエリーゼは、話題を変えることにした。

「そうだね。ご飯食べてから急に眠くなってきた。気づかないうちに疲れていたみたいだから、休ませてもらうよ」

安心できる場所に戻ってから疲れを感じていた健人は、エリーゼの提案を受け入れる。食後すぐに部屋に戻ると、パンツだけを身に着けてベッドで横になった。

無人島に移り住むまでに蓄積した精神的・肉体的な疲労と慣れない生活。さらにゴーレムダンジョンでの戦闘によって、心身ともに疲れていた健人は、目を閉じた瞬間に意識を手放し、途中で起きることなく翌日を迎えた。


「……朝……？」

窓から差し込む朝日によって目を覚ました健人は、はっきりしない頭、全身を襲う気だるさに襲われていた。さらに熱があるようで、足や腰の節々に痛みを感じている。

心身ともに疲れたうえにパンツ一枚で寝てしまえば、風邪をひいてしまうのも当然だ。

健人は、気力を振り絞ってクローゼットにある服を着ると、ベッドから落ちていた毛布を引っ張り上げ、体に巻きつけて冷めきった体を温めることにした。

（風邪をひいたから、ご飯が作れないってエリーゼに伝えないと……）

せめて一声かけようと体を動かそうとするが、意思と反して体は動かない。毛布にくるまり膝を抱えて丸くなった状態から抜け出せなかった。

「健人、起きてる？」

体が動かない焦燥感にかられながらも、いつの間にか寝ていた健人は、ドアのノックとエリーゼの声で目が覚める。

「げほっごほっ」

返事をするために声を出そうとした健人だが、喉が乾燥してヒリヒリと痛み、咳き込んでしまった。一度咳が出てしまうと止まらず何度も咳き込んでしまう。すると、ドア越しから慌てるような物音が聞こえ始めた。

「――ょうぶ？　ドアを開けるわよ？」

声を出すために呼吸を整えていた健人の返事を待たずにドアが開く。数秒遅れて、心配そうな顔をしたエリーゼが顔を半分だけ部屋の中に入れて、様子をうかがっていた。

「顔色が悪いわね……いつまでたっても降りてこないから気になって部屋まで来たんだけど、その判断は間違ってなかったようね。とりあえず、飲み物と食べ物をもってくるわ。この世界の調理道具の使い方はわからないから保存食になっちゃうと思うけど、何も食べないよりかはましでしょ。大人しく待っているのよ」

一方的に話すと、ドアを閉めて一階に降りてしまった。

時間にして数分。階段を上る足音が聞こえたかと思うと、スポーツドリンクのペットボトル、桃の缶詰とフォークをトレーに乗せたエリーゼが、ベッドの隣に置いてある木製の四角いナイトテーブルに置く。

「すごい汗ね。異世界でも水分を失えば補給するのが……常識よね？」

他人の看病をしたことがないエリーゼは、自分の判断があっているのか迷い、表情はこわばっていた。

だがそれも、健人が無言で頷くとホッとしたように表情がゆるみ、ペットボトルを落とさないように両手で包み込んで渡した。

健人はスポーツドリンクをゆっくりと飲むと、喉が潤い、ようやく声が出せるようになる。

「ノドがヒリついて声が出なかったんだ。わざわざ持ってきてくれてありがとう」

「遠慮することはないわ。友達が病気で倒れているのであれば、看病するのが当たり前でしょ？」

エリーゼに出会ってから彼女に信頼してもらえるように行動していた健人は、友達と言われて安堵していた。

「そうだね。友達なら当然だ」

「あ、あたりまえじゃない！　一緒に生活をして、出かけたりする関係が友達じゃなければ、なんなのよ？」

確認されるような返事をされて恥ずかしくなったエリーゼは、顔を赤くして窓を見ていた。

「そんなことより、桃を食べたらすぐに寝なさい！」

これ以上からかわれたくないと思い、エリーゼは缶切りを手に取ったが、すぐにふたを開けることができず「この！　この！」と必死な表情を浮かべる。結局、五分以上の時間をかけて開けることができた。

「自分で取って食べられるでしょ？」

息を乱したエリーゼが、苦労して開けた缶詰を健人に差し出す。

「ここは食べさせてくれるところじゃないの？」

「あら、目の前にいる体だけは大きい坊やは、ママが恋しくて一人で食べられないのかしら？」

「……ごめん、俺が悪かった」

友達同士の冗談として言ってみたが、あっさりと切り返されてしまった。

健人は少し調子に乗っていたことを反省しながら缶詰とフォークを受け取り、桃を口に入れる。

ほんのりと冷たく、口の中に果実の甘味が広がった。

「体が弱った時は果物だな。風邪をひいたときの唯一の楽しみだ」

子どもの頃、風邪をひいたときに面倒を見てもらった記憶がよみがえった健人が、懐かしそうな表情をしてつぶやいた。

「なんだか変な表現ね。それより、食べ終わったらちゃんと寝るのよ？　しばらくしたら様子を見に来るから」

「わかった。ありがとう」

食べ終わった缶詰をナイトテーブルに置くと、人に心配してもらい看病してもらえることの嬉しさを感じながら、すぐさま夢の中へと旅立った。


ふと、誰かがいるような気配がして目を開けると、ダイニングに置いてあった椅子がベッドの横にあり、タブレットを使って本を読んでいるエリーゼの姿が視界に入った。

窓から夕日が差し込む部屋に、アイドルでも見かけることのない美貌を兼ね備えたエルフが隣にいる。美術館に置いてある絵画が目の前で再現されたような、思わず息を飲んでしまう幻想的な風景だ。

大切な人と一緒に過ごす楽しさ、安らぎを思い出した健人。エリーゼと行動できたのは、宝くじで大金を手に入れた以上に幸運だったと、改めて感じる一瞬だった。

「ずっとそこにいたの？」

「残念かもしれないけど、来たばかりよ。夕方になっても目覚めないから気になっていたのよ」

健人が起きたことに気付くと、タブレットをナイトテーブルに置き、体ごとベッドに向ける。

「少し寝すぎたみたいだ。でも、そのおかげで体調がよくなったように感じるよ」

そう言うと起き上がり、エリーゼを見つめる。

すぐに返事が返ってくると思って、そのまま黙っていたが、エリーゼは眉間にシワを寄せたまま喋ろうとしなかった。

「難しい顔をしているけど、何かあったの？」

寝ている間に問題が起きたと思った健人は、疑問を口にした。

声をかけられたことで、我に返ったエリーゼは、少しためらいながらも意を決して、出会ってからずっと疑問に思っていた疑問をぶつける。

「言いにくかったらいいんだけど……なんで健人は無人島で生活しようと思ったの？　私がいなかったら一人で暮らす予定だったのよね？　病院もない僻地（へきち）に移住するなんて、普通は想像したとしても実行は出来ないわ」

日本の常識をある程度理解したエリーゼは、無人島に一人で住もうとしていた健人は異端であることを理解していた。

エリーゼの真剣な表情を見て覚悟を決めた健人は、大きく息を吐くと、無人島にきた経緯を話す決心を固めた。

「そんな大した理由はないさ。教師をしてたんだけど、生徒とトラブルがあって仕事を辞めることになってね。そんなときに都合よく大金を手に入れたから、この島に移住することに決めたんだ」

「健人は先生をしていたの？」

無言で頷き、話を続ける。

「一年前にね。女性だけを集めた学校の先生をやっていたんだ」

「……また、すごい所ね」

エリーゼがいた世界には女性だけを集めた学校は存在しなかった。さらに女性だけを集める意味が理解できない。目を見開き驚いた表情をしていたが、すぐに先ほどの発言で気になったことを質問した。

「……なんで追い出されちゃったの？　トラブルって、どういうことかしら？」

「先生は生徒に手を出してはいけない決まりなんだ」

「それは当然ね」

当たり前だが、先生と生徒の恋愛は禁止されている。それは世界が変わろうが、共通したルールだった。

「俺を含めた男性教師は、ルールを守るためにいつも気を使っていたけど、生徒の方はそうじゃない。男性教師がラブレターをもらうことも珍しくなかった。普通は、相手を傷つけないように断るんだけど……俺は失敗してしまったんだ」

女子高校では、よほど変わった先生でない限り男性というだけで生徒からアタックされることは珍しくない。大抵は遊び程度の感覚だが、中には本気になってしまう子もいた。健人に迫った女子生徒は、その本気になってしまった方だった。

健人は、感情的に行動する生徒との距離感に気をつけていたが、どんな物事も全てを完璧にこなせる人間はいない。一つの失敗が築き上げた全てを壊してしまう場合もある。

「失敗？」

「そう、失敗。相手を傷つけちゃってね。感情的になった女生徒は親や友達に《先生に襲われた》といって、騒いだんだよ」

こう言ったケースでは、立場や力の強い「男性教師が女生徒を襲う」という構図が一般的であり、やっていないと男性教師側の主張を受け入れてもらうのは難しい。女生徒がそのような行動をした時点で、健人の教師人生は終わったようなものだった。

「そ、それは……」

異世界から来たエリーゼですら、その後の展開が想像できてしまい、言葉に詰まってしまう。

「親や校長に事情を説明して、関係者に関しては誤解は解けたんだけど、無関係な人たちが面白おかしく噂を広めてね。結局、勤めにくくなって辞めたよ」

エリーゼのそのような態度を気にすることなく、この話の結末を伝えた。

その言葉を聞いた瞬間、エリーゼは自身が過去に受けた嫌がらせを思い出し、瞳が怒りの色に染めあがる。

「何それ。信じられない！　私の世界にも無責任な噂を流す奴はいたけど、こっちにもいるのね！そういうヤツら！」

森の中で暮らし、人との交流がほとんどないエルフが街で活動をする。そんな生活を選択したエリーゼは常に好奇の目にさらされていた。事実無根の噂を流されて傷ついたことや危険にさらされたことも多い。そのため友人は作れず、ハンターとしてダンジョンを攻略するのに必要最低限の関係を維持することしかできなかった。

だからこそ、健人の気持ちは痛いほど分かり、自分が噂話で傷つけられたかのように怒っている。

「そこまで怒ってくれるとは思わなかった。ありがとう。でも、この件については自分の中で折り合いはついているし、大丈夫だよ」

予想外の反応に驚きながらも、健人は気にしていないことをアピールしてエリーゼを落ち着かせようとした。

「でも！」

それでも納得のいかないエリーゼはさらに何かを言おうとしたが、健人が優しく見つめていることに気づき、水をかけられたように頭が冷えて冷静になる。

「健人がそう言うのであれば、大丈夫なんだろうけど……」

エリーゼは、見ず知らずの自分を養うだけではなく、エルフだからと特別視せずに接してくれている健人に恩を感じていた。

命の恩人であり友達でもある健人を傷つけた女子生徒に対する怒りは、未だにくすぶっている。

「くぅー」

更に何かを言おうと口を開きかけた時に、エリーゼのお腹が空腹を訴える。かわいらしい音が部屋に響き渡った。

「あ！　あの！　こ、これは……」

普段は見せない失態に顔が真っ赤になる。両手を振って誤魔化そうとするが、健人の脳内には、先ほどのかわいらしい音がきっちりと刻み込まれていた。

「この話の続きはまた今度にして、ご飯を食べようか。多少は元気になったし何か作ってくるよ」

「大丈夫なの？」

健人は、怪訝（けげん）な顔をしているエリーゼを安心させるために、ベッドから降りてその場で軽く飛び跳ね、元気になったことをアピールする。

「本当に大丈夫だ。その代わり、今日は消化の良い食べ物になるよ」

「ありがとう。お昼は食べてないから晩御飯が楽しみ！」

「お昼食べなかったの!?　遠慮しなくてよかったのに……」

健人はエリーゼが、家主が寝ているのに勝手にものを使ってはいけないと考えて、お昼を抜いたと思っていたが、実際は違っていた。

「……だって、使い方が分からないんだもん」

キッチンの使い方がわからず、ご飯を食べていなかったのだ。

顔を横に向けて頬を膨らませていた。

異世界ではついぞ、心を開いて話せる友達を作ることができなかったエリーゼ。他人に弱みを見せるような子どもっぽいしぐさをしてしまったことに、自分自身で驚きながらも、同時に誰かに頼れることの安心感も覚えていた。

「今度、道具の使い方と、この世界の料理を教えるから機嫌を直してくれ」

らしくない子どもっぽいしぐさに、意外な一面を発見したと驚いた健人だったが、それもまた彼女らしさなのだろうと、すぐに考えを改める。

笑みをこぼしながらキッチンに向けて歩き出した。

お互いのことを信頼する二人の距離は急速に縮まり、親友とも言える仲になりつつあった。

翌日になって平熱に戻った健人は、無人島から約五時間かけて手芸雑貨店内まで移動し、アクセサリーパーツを選んでいた。

店内は、温かみが感じられる木製のインテリアで統一されている。透明な小袋にまとめられたアクセサリーパーツが棚一面に並べられ、布やハサミといった小道具も並んでおり、雑多な印象を与えていた。

（エリーゼならポニーテルでも似合いそうだし、カチューシャで、おでこを出すのもありだな。い

や、クリップで両サイドの髪をまとめてハーフアップにした髪型も似合いそうだ）

髪留めといっても種類は豊富だ。ドーナツ状のゴム紐に飾りを付けたヘアゴム、そこに薄布をつけたシュシュ。Uの字に曲げた細長い金属やプラスチックで作られたカチューシャ。髪をはさむクリップなど、髪型によって使うものは変わる。

女性であれば日々の生活で積み重ねた知識と経験で、自分に似合いそうな髪留めを選ぶことは、難しくないだろうが、男性が選ぶ場合はそうではない。あれこれと想像はしてみるものの、どんな種類を選べばよいのか決めきれないでいた。

（困ったなぁ）

脳内で目の前にある髪留めをつけたエリーゼの姿を想像しながら一歩も動けないでいる。

健人が、店内にいる女性客の注目を集め始めたころに、店員が悩んでいることに気づいて声をかけた。

「長いこと髪留めを見ていらっしゃいますが、何かお悩みでしょうか？」

店員の近づく気配を感じ取っていた健人は、慌てることなく話しかけられた方に顔を向ける。

軽いウェーブがかった茶色い髪と、白いワンピースの上にくすんだ水色のカーデガンを羽織った女性が、笑みを浮かべて健人を見ていた。

「ええ。女友達に、手づくりの髪留めをプレゼントしようと来たんですが、どんな種類が似合うのか悩んでしまって……」

「そうなんですね。よろしければ私がご提案しましょうか？」

「そうしてもらえると助かります」

すでに三十分近くも悩んでいた健人は、一人で選ぶことを半ばあきらめていたため、これ幸いと提案を受け入れた。

「では、プレゼントするご友人のお顔立ち、髪の長さ、色、だいたいの年齢などを教えてもらえないでしょうか？」

「そうですね……色白で顔の彫りは深く、目はやや切れ長といった感じですね。髪は金髪で肩甲骨あたりまで伸びています。年齢は十代後半です」

「身長は高めでしょうか？　また、普段どのような服装を好まれていますか？」

店員の質問に正確に答えようとして、目を閉じながらエリーゼの姿を想像する。

「私より少し低いぐらいなので百七十センチ前後はあると思います。激しい運動をすることもあるので、動きやすい服装を好んでいますね。普段はジーンズとTシャツ。寒ければカーデガンを羽織っています。そういえば……暑くなったらタンクトップを着たいとも言っていました」

健人は身軽な服装で読書をしているエリーゼの姿を思い出していた。

一通り必要な情報を引き出した店員は、先ほどの言葉を思い返しながら、髪留めが置いている棚を眺めて商品を選んでいく。

「背が高く外国人っぽい顔立ちで、もうすぐ大人の仲間入りをする年齢。さらにカジュアルな服装を好む女性……そうですねぇ……そのような女性に似合いそうなものといったら……シンプルなヘアゴムで髪を束ねて、アクセントにヘアピンを使うといったのはどうでしょうか？」

そうして店員が手に取ったのは、通称アメピンと呼ばれる、細い棒を折りたたみ片方を波立たせた金色のヘアピンと黄色いヘアゴムだった。

「カチューシャやバンスクリップのようなタイプですと、激しく動いたときにずれたり、最悪落ちてしまうので、ヘアゴムとヘアピンのセットがオススメです」

「せっかく髪を束ねても、髪留めが落ちてしまったら意味がないですね……オススメされたこの二つを購入したいと思います。色は黄色系統がいいのでしょうか？」

「ヘアピンの存在感を強調したいのであれば、髪とは異なる色を選ぶべきですが、お客様から聞いた女性のイメージですと、あまり派手なものは好まないと感じました。黄色系統がよいかと思います。どうでしょうか？」

「確かにその通りですね。彼女はシンプルなデザインを好むタイプなので、オススメされた髪と同系色のものを購入したいと思います。ありがとうございました」

自分以上にエリーゼの事を考えた店員のアドバイスに従い、ヘアゴムとヘアピンのセットを購入することに決めた。

「いえ。ご不明な点があれば、遠慮なくお声がけください」

店員にとってはなんでもない日常の一コマだったようで、事務的な対応が終わると健人から離れて別の場所へと去っていった。

再び一人になった健人は髪留めが置いてある棚を眺めると、エリーゼの髪色に近い金色のヘアゴムと球体を乗せられそうな丸皿付きヘアピンを手に取る。今回は、この丸皿に魔石を乗せてプレゼントする予定だ。

本番用に二個。さらに予備として二個のヘアピンと、念のためヘアゴムを五個をショッピング用の籠に入れた。

さらに、ヘアピンを作るのに必要なレジン液、箱型のUVライト、丸カン、リーフ状のアクセサリーパーツ、ストラップのヒモ、シリコンの型などを次々と籠に入れて、容量限界まで商品を詰め込むと、レジへと向かい籠を置く。

「目的の材料は、すべてそろいましたか？」

レジにいたのは、先ほど健人にアドバイスをした店員だった。

「実はレジン液をもっと買いたいのですが、お店にどのぐらいありますか？」

紫外線に反応して硬化するレジン液は、アクセサリーを作るときには比較的よく使う。買い出しを一度で終わらせたい健人は、ここでまとめて購入しようと考えていた。

「そうですね……確か、段ボール一箱分はあったと思います」

「では、このお店にあるものすべてください」

「す、全てですか？」

予想外の一言に驚いた店員は、自分が聞き間違えてしまったかもしれないと思い、言葉に詰まりながらもう一度確認をとる。

「全て、です」

「しょ、少々お待ちください……」

バックヤードに走り去ると奥から「店長ー」という声が聞こえて、約一分ほど待っていると、先ほどの店員が段ボールを抱えて戻ってきた。

「このお店にあるレジン液をすべて持ってきました。本当に購入されるのですか？」

「ええ。籠に入っている商品と一緒に購入します」

「……山盛りですね……」

通常では考えられないほどの量が入っている籠をしばらくの間見つめていたが、これ以上何かを言うのをあきらめ、淡々と商品の精算を進めていた。

この日、健人が訪れた手芸雑貨店は過去最高の売り上げを記録し、店員に忘れられない記憶を植え付けたのだった。

一発当てた成金にしては地味な爆買いをした健人は、魔力による身体能力強化をフル活用して急いで帰り、早速アクセサリー作りに取り掛かることにした。

目の前には、二人で食事をするのには広すぎるダイニングのテーブルに、隙間なくアクセサリー作り用の材料が並べられている。

「……ちょっと買いすぎちゃったかな？」

「趣味にお金を使うのはいいんだけど、量が多すぎぎね」

どう考えてもこんなに材料はいらないだろうと、あきれた顔をしたエリーゼは、大きく息を吐いてもの言いたげな目をしていた。

「だよねぇ……」

家についてから冷静になった健人は、レジン液を段ボール一箱分を買う必要はなかったと反省していた。さらに言えば、他の材料も半分程度の量でも十分だった。

だが、反省はしても後悔はしていない。健人は気持ちを切り替えると、前回の探索で手に入れた魔石とエリーゼの世界から持ち込んだ魔石の三つをテーブルに置いた。

「買ってしまったものは仕方がないし、有効活用するためにさっそく髪留めを作ろう！　で、魔石を三個並べて初めて気づいたんだけど、最後に手に入れた魔石だけ赤い色が少し鮮やかだね」

「あぁ、それね。同じウッドドールでも少し強いタイプだったからだと思うわ。ほら、武器の形も違ってたでしょ？　特別な武器を持っているタイプは通常より強力で、質のいい魔石を残すのよ」

何でもないように色の違いを説明しているが、同じ色の魔石を使いたかった健人にとっては大問題だった。

「そうだったんだ……今のところ使い道はないけど、質の良い魔石を手に入れたのは運がよかった。けど、今回作るヘアピンはペアにする予定だし、同じ色の魔石を使いたいなぁ」

チラチラとエリーゼの顔色をうかがいながら、わざとらしく咳払いをして話を続ける。

「で、そこで相談なんだけど、俺が初めて倒して手に入れた魔石とエリーゼが倒したウッドドールの魔石を交換しない？」

「え？　ええ。私は問題ないわ……健人こそいいの？　初めて倒した魔物の魔石でしょ？」

「初探索を無事に終えた記念だと考えれば問題ないよ。それより、ヘアピンの完成度の方が重要……かな」

「へぇ……そうなんだ……それなら、その提案をありがたく受け入れるわ」

物としての価値で考えるのであれば、健人の方が明らかに得をしているが、大切な物をプレゼントしてもらえたような気がして、エリーゼは自分の方が得をしているように感じていた。

むろん言葉通り、ヘアピンのためだけに提案したのであって、特に深い意味は込められていない。

「ヘアピンを作る前にヘアゴムを渡すね。これを使ってサイドの髪をハーフアップでまとめてから、ヘアピンで両サイドの髪を押させる髪型にしてみない？　教師時代に生徒から聞いた髪型の中で、使えそうなものを選んだんだけど……」

「特にこだわりがあるわけじゃないから、健人のオススメにしてみるわ。でも、言葉だけだとわからないから、私の髪を使って手本を見せてもらえない？」

「……う、うん。完成したらね」

女性の髪を整える。そんな予想外の提案に驚きながらもなんとか反応した健人は、ぎこちない動きをしながら準備を始めることにした。

「よし、それじゃ、作りますか！」

まずは、A4サイズのカッター台を目の前に置くとニッパーやピンセット、シリコンでできた半球の型、レジン液など必要な道具を手際よく配置する。

道具の配置が終わると、UVランプを電源延長ケーブルに差し込んでから、エリーゼの髪と同じ輝きを持つ金色のヘアピンと赤黒い球状の魔石をカッター台の中心に置く。準備が整うと、隣に座って身を乗り出して見つめているエリーゼに、これから何をするのか説明を始めた。

「魔石は球状だけど表面には細かい凹凸があるし、常に身に着けるのであれば、普段の生活で傷つくことも多い。実際、エリーゼがこの世界に持ち込んだ魔石には、大小さまざまな傷がついている。魔石を長持ちさせるのであれば、外側をコーティングしたほうがいいだろう……ということで、これからレジン液を使って、魔石をコーティングする作業に入るから」

「液体なのにコーティングできるの？　もしかして、乾燥したら固まる液体かしら？」

健人の話を興味深く聞いていたエリーゼが、液体なのに固まるという珍しい表現が気になって質問をした。

「ちょっと違うかな。レジン液は紫外線……太陽の光みたいなのをあてると、硬化する液体なんだ。半球の型にレジン液を流し込んでから魔石を入れて、さっき用意した紫外線を出すＵＶランプに入れると、型通りの形に固まるんだよ。半球の型の場合、この作業を繰り返せば球状になるって寸法さ」

「へー。そんな便利な液体があるのね……」

太陽の光が当たると固まるのであれば、この液体は地下でとれるのかな？　と、エリーゼの思考はアクセサリー作りに関係のない方向へ思考が進んでいく。

「レジン液を硬化させると、ガラスのように透明でさらに落としても割れないから、魔石をコーティングするのには最適なんだ。練習がてら一つサンプルを作るね」

そういうと、健人は半球の型にレジン液を注いでから、シェルパウダーを入れると、気泡ができないように慎重にかき混ぜて、箱型のＵＶライトの中に入れて硬化させる。

十分に時間が経過したことを確認してから、UVライトから型を取り出し中身を抜き取ると、半球状のレジンがカッター台の上を転がった。

もう一度、レジン液とシェルパウダーを型に入れてかき混ぜる。先ほど取り出した半球状のレジンをずれないように慎重に重ね合わせて、UVライトに入れて硬化させた。

二つの半球が合わさり、球状になったレジンを半球の型から抜き取ると、接触面に着いたバリを複数のネイル用のヤスリを使い整えてサンプルが完成した。

「あっという間にできたわね……光を当てただけで固まるなんて、この世界の魔法だと言われたら信じてしまいそう」

「確かに、原理を知らない人から見たら魔法を使っているように思えるかも」

クラークの三法則では「十分に発達した科学技術は、魔法と見分けがつかない」と定義されている。タブレット、テレビ、そして目の前の光景その全てが、科学に関連する知識が乏しいエリーゼにとって、高度な魔法で創られたように感じられていた。

エリーゼが魔法と科学の違いについて考え込んでいる姿に気づかないほど集中している健人は、レジン液で作った球体をつまんで持ち上げると、蛍光灯の光に透かして仕上がりを確認していた。

「久々に作ってみたけど、気泡も入らず透明度も問題なさそうだ！　これならヘアピンを作る作業に取り掛かっても問題ないだろう」

サンプルを見ながら何度も頷いて仕上がりに満足した健人は、エリーゼの方に顔を向けてヘアピンのデザインについて話を始める。

「ヘアピンにつける魔石なんだけど、素材の色を活かしたいから、デコレーションしない予定なんだけどいいかな？　それとも、サンプルで使ったようなキラキラと光るデコレーションは欲しい？」

「さっきのキラキラした粉はきれいだと思ったけど、身に着けるのであればシンプルなほうが好きだわ。レジン液を使うだけで十分よ」

「分かった。その案で作るから少し待ってて」

すぐさま作業に戻った健人は、サンプルを作った時と同じように作業を行い、レジンでコーティングした魔石が三つ完成した。

健人は仕上がりの確認が終わると、ヘアピンの台座に瞬間接着剤をつけてから、同じ色をした二個の魔石を丸皿の中に置く。

「これで完成？」

健人の作業が一通り終わると、エリーゼが口を開いた。

「アクセサリー作りはこれで終わりだけど、接着剤が完全に乾くまでは触らない方がいいよ。ヘアピンはエリーゼに渡すから、二、三日は日の当たる場所に置いてもらえるかな？」

そういうと、健人は作ったばかりのヘアピンをエリーゼに手渡した。

「ありがとう！　大切に使うわ」

お礼を言い終わると、クルクルと回りながらスキップしそうな勢いで部屋へと向かった。

「あとは俺の分だけだな」

残された健人は自分用のストラップに魔石をつける。

全ての作業が終わって部屋に戻ると、物作りが終わった心地よい充実感に包まれながら、深い眠りについた。


「もう少し力を入れても大丈夫よ？」

「わかった……」

初めて経験に緊張して、思わずゴクリと喉を鳴らした。

「もう少し力を入れる……いくよ！」

先ほどまで恐る恐るといった様子だったが、エリーゼの希望通りに鷲掴みにして力を込めて引っ張る。

「イタタタ！　やっぱり、優しくして……」

アクセサリー作りから二日後。

健人は約束通り髪を結ぼうと、エリーゼの後ろに立って髪の毛をいじっていた。

「力を入れて良いといっても、限度があるわよ……」

予想していた以上の痛みに耐えられず涙目になったエリーゼが、洗面台に置いてある鏡越しから健人を睨んでいた。

「ごめん……」

健人の髪は短く、伸ばしたことはない。さらに他人の髪の毛を結ぶ経験もしたことがないため、慣れない手つきでエリーゼの髪を強く引っ張ってしまい怒られてしまった。

また運が悪いことに、髪の毛を持ち上げて動かすたびにシャンプーと体から発する匂いが混じった独特な香りが鼻腔(びこう)をくすぐり、健人の集中力を妨げている。

結局、慣れてしまえば一分で終わる髪型を整える作業は、今日に限って言えば十分もかかってしまった。

(彼女なし、独身の男には難易度が高かった……)

朝から疲れ切った表情を見せている健人をよそに、エリーゼは洗面台にある大きな鏡を前で、様々な角度から髪型と作ったばかりのヘアピンの見栄えを確認して満足していた。

「この髪型気に入ったわ！　それにヘアピンもよ！」

鏡に映るエリーゼは、子どものように無邪気な笑顔を浮かべていた。

「さて、十分満足したことだし、今日はこれから遊びましょ！」

勢いよく回転して健人の方を向くと、髪につけたヘアピンを優しい手つきで撫でながら、少し照れた表情をして本日の予定を声に出した。

「接近戦の訓練はしなくていいの？」

先端部分にトゲが付いた棍棒という原始的な武器を手に入れた健人たちは、魔法の訓練に加えて接近戦闘の訓練もメニューに組み込んでいた。

ウッドドールの動作は単純で戦いやすいとはいえども、攻撃された時に体が緊張して動けなくなってしまえば、大怪我を負ってしまう。戦闘状態になったとき十分な力が発揮できるように、今は体の動かし方や攻撃の捌(さば)き方などといった、基本的な動作を繰り返して体に覚えさせる段階だった。

「一日ぐらいサボっても問題ないわよ！　それより島を散策して、外でお弁当を食べましょ！」

新しいアクセサリーを身につけ陽気になったエリーゼの機嫌を損ねる必要はない。そう考えた健人は、提案を受け入れてピクニックをすることに決めた。

「その話乗った！　お昼ご飯は、定番だけどサンドウィッチを作るよ。レジャーシートが俺の部屋にあったはずだから、作っている間に持って来てもらえる？」

「いいわよ！」

子どものように全速力で階段を駆け上るエリーゼを見つめながら、今日もいい一日になりそうだと予感していた。

ダンジョンの奥にいた魔物

無人島で二人っきりのピクニックを楽しんでから一ヶ月。その期間、健人は棍棒を片手にウッドドールと戦い接近戦の経験を積みながら、より安全に、そして戦いの幅を広げるために日本で購入した様々な道具も試していた。

ある時はオイルを投げつけて魔法で火だるまにしたウッドドールに追いかけられたり、またある時は、大量のローションを床にばらまいてウッドドールと一緒に滑ったりするなど、数多くの失敗とともに工夫を重ねていた。

銃器といった戦闘向けの道具を使えば話は別だろうが、武器を手に入れるようなコネや実践経験のない人間であれば、成功より失敗が多くなってしまうのは当然だと、健人は受け入れていた。しかし、日本の道具に多大な期待をしていたエリーゼにとっては別だった。

「今日の目的地は、最後に残った未踏エリアよ。今日こそは変な道具を使わないで、魔法と棍棒を使ってね」

ゴーレムダンジョンの入り口で準備を進めている健人にエリーゼが声をかける。

一度は振り向いたが、気まずさのあまり視線を外してしまった。

「はぁ……今回も持っていくつもりね……。今日、役に立たなかったら終わりにするのよ？」

弟を心配する姉のような小言を言い終わると、これからの予定を確認するために、お手製の地図を取り出す。

「今回探索するエリア以外は、すべて確認して何もないことがわかっているから、未踏エリアに地下へ続く階段があるはずよ。一階をすべて探索して変わったところが見つからなければ、地下はゆっくりと探索しましょ」

接近戦の練習の一環として未踏エリアを探索していた健人たちは、ハイペースで探索を進め、ゴーレムダンジョンの一階をほぼ制覇していた。残るエリアは最奥の部分だけであり、今日一日で踏破する予定だ。

「地下の探索ペースは、落としても問題ないの？」

「ええ。この世界に出現したダンジョンがどんなタイプなのか、そして私が知っているダンジョンと違いがあるか調べる必要があったんだけど……今のところ問題なさそうね。地下への入り口が確認できたら、あとはゆっくりと調べればいいわ」

ハイペースで探索していた理由は、エリーゼが知っているダンジョンと同じかどうか調査するためであり、大きく変わらないようであれば、命を賭けて探索する必要すらないと考えていた。

「なるほどね。エリーゼの世界と同じダンジョンであれば、今までの常識が通用するから魔物が外に出る頻度は低い。だから、ゆっくり探索しても大丈夫ってこと？」

「その通りよ。理解してもらったことだし、そろそろ出発しましょうか」

健人が無言で頷いたことを確認すると、エリーゼが先頭となる、いつも通りの隊列でゴーレムダンジョンに向けて歩き出した。

凹凸の多い入り口を抜けて、人の手で磨き上げたような平らな石を並べた床に変わると「探索が始まった」と意識が切り替わり、健人は棍棒を持つ手に自然と力が入る。だが、連日ウッドドールと戦っていたためか、いくら歩こうが魔物の姿はない。

魔物を狩りすぎてしまった場合、一時的に出てこなくなるときがある。そのことを知っていた二人は、周囲を警戒しながらもウッドドールが出ないことに疑問を持つことなく、奥に進んでいく。

結局、未踏エリアの入り口につくまでにウッドドールは一体しか出現せず、元気が有り余っている健人の攻撃を頭に受けると、一撃で倒れてしまい、それは戦闘と呼べるものではなかった。

「ここまで順調に進めたけど、こっから先は魔物が多いかな?」

「前の世界の経験から推測すると、フロア全体の魔物が減っているはずだから、地下に降りなければ魔物はほとんどいないはずよ……でも、何が起こるかわからないから気は抜かないでね」

自分に言い聞かせるように最後の一言をつぶやく。なぜか久しく感じることのなかったダンジョンへの恐怖を覚えながらも、未踏エリアに一歩を踏み出した。

再び歩き始めてから三十分。エリーゼの予想通り、遭遇しなかった。

曲がりくねった通路を歩いた先に、人の背丈を優に超える飾りのない無骨な金属製のドアが二人の視界に飛び込んだ。

「こ、これは……」

「エリーゼ、何か知っているのか?」

健人は、かすれた声を出して戸惑っているエリーゼに声をかけた。

「ええ。この奥におそらく、このフロアには出てこない強い魔物がいるはずよ。私たちの世界ではフロアボスと呼んでいたわ。倒せば強力な魔石か武器が手に入るんだけど……こんな浅い階層、特に一階に出てきていいものじゃないわ……」

金属製のドアを見上げていたエリーゼが、声を震わせながら驚いている理由を口に出した。

「何かが……おかしい？」

「ええ。少なくとも私の世界で、一階にフロアボスが出現した話は聞いたことがない……」

エリーゼの世界でも、下層に行くとフロアボスと呼ばれる魔物が存在していた。

魔物の種類によって扉の材質といった見た目は変わるが、大きな扉の中に入ると強力な魔物が存在することは変わらない。フロアボスは通常、下層に行くための道をふさいでいるのではなく、一部エリアを独占しているだけなので、先に進むために避けて通ることも可能だ。また、部屋から出ることはないので、探索の障害にはならない。

実際、エリーゼがこの世界に来るために潜ったダンジョンでは、フロアボスは全て避けて通ってきた。

「危険だし、ドアを開けずに帰る？」

「心情的には賛成したいけど、ドアの中は確認したいわ。地図を見る限り、未踏エリアはもうここしか残ってない。地下に行くためには通るしかないみたい……道をふさぐように存在するフロアボスなんて私の知識には無いわ……」

目の前にあるフロアボスは、地下に進む階段を完全にふさいでいた。この世界のダンジョン特有なのか、それとも偶然なのか判断できないエリーゼは、この先の部屋を確認することを心に決めた。

「わかった……これからゆっくりとドアを開ける」

「……うん」

いつでも動き出せる姿勢になったエリーゼが固唾を飲んで見守るなか、両手を鉄製のドアにつけると、力を込めてゆっくりと押す。

最初はビクともしなかったドアだったが、魔力を全身に巡らせて身体能力を最大限にまで向上させると、何かを引きずるような大きな音を立ててドアが動き出した。急に動き出したことに驚いて健人は思わず手を離してしまうが、動力源が他にあるのか、自動ドアのように止まることなく完全に開いてしまった。

「健人！　前を見て！」

勝手に動くドアに意識が捕らわれていると、エリーゼの声が後ろから聞こえた。

「ッ!!」

フロアボスから目を話すという危険行為をしていることに気がつき、慌てて部屋の様子を探る。

十メートルほど離れた部屋の中心には、全長五メートルはある金属製のデッサン人形のような顔のない、細い体を持つ魔物がいる。健人が視線を向けた時は、その身長に釣り合うほどの長大な両刃(もろは)の大剣を振り上げた状態だった。

顔がないのに目があったような錯覚を感じながら、体を動かすことを忘れて、魔物の動作を眺めていた。

素早く振り下ろされた大剣は、魔物の手を離れて健人に向かって一直線に飛ぶ。

(あ、これ死んだ……)

ゆっくりと流れる時間のなか健人は死を覚悟したが、横から強い力を感じて車に衝突したかのように勢い良く跳ね飛ばされた。

通路の上を転がり止まったところで、痛みをこらえて起き上がろうとする。不安と焦りの感情が入り混じったエリーゼの顔が目の前にあった。

健人の上にまたがっていたエリーゼが勢いよく立ち上がると、手を差し伸べる。

「健人のバカ!! 何しているの! 走って逃げるわよ!」

何か考える前に差し出された手をとり、刀身の半分以上が壁に突き刺さった大剣を横目に、エリーゼの後ろを追いかけるように走り出した。

背後から地響きが聞こえる。

通り過ぎた道からは、黒い霧がいくつも発生し、二人を倒すためだけに魔物が誕生する。

「クソ! 魔物が出てくるなんてツイてない!」

文句を言いながらも健人は立ち止まり、リュックから学校用ワックスの入った容器を取り出す。

「これで、どうだ!」

助走をつけて放り投げ、氷槍を創り出して空中で当てると、通路一面にワックスが降り注ぐ。すると、先頭を走っていたウッドドールがワックスで濡れた地面を踏んでしまい転倒した。後続を走っていたウッドドールも転倒、あるいは他のウッドドールと衝突して、追いかけるどころではなくなっていた。

「よし！」

「《よし！》じゃないわ！　逃げるわよ！」

先に走っていたエリーゼが健人の所まで慌てて戻り、手を取って再び走り出すと、金属が何かにぶつかる音が鳴り響く。

背後が気になった健人がちらりと振り返ると、ウッドドールを押しつぶすように転倒し、立ち上がろうとしている金属製の巨大なデッサン人形の姿が目にはいった。

「ストライク！　と、冗談を言っている状況じゃないか……」

再び前を向いてエリーゼの背中を見つめながら走り出すと、今度こそ立ち止まらなかった。

ダンジョンを全力で走り、体力の限界を感じてきた頃にようやく視界が明るくなり、無事にゴーレムダンジョンの外に出る。

「はぁ……はぁ……はぁ……」

ダンジョン内の乾燥した空気ではなく、新鮮でみずみずしい空気が健人の肺を満たした。

魔物の脅威から解放された健人は、力尽きて仰向けになって寝転がる。限界まで走った体は休息を求め、動かすことも声を出すこともできなかった。

「途中から追うのをやめたみたいだから……大丈夫だと思うけど……息を整えたらコテージまで移動よ。……今後の対策を練りましょう……あいつは倒さないとまずいわ……」

健人より体力的に余裕のあるエリーゼは、息を切らして膝をつきながらも、ゴーレムダンジョンの入り口を見つめていた。

コテージに戻った二人は、肉体的、精神的に疲れ果て、ダイニングにある長いテーブルに突っ伏していた。

先ほどの騒ぎが嘘のように、お互いの息使いしか聞こえない静かな空間。しばらく動かずに休んでいると、忘れていた喉の渇きを体が訴え始めた。

残った力を振り絞って健人は立ち上がる。

「飲み物をとってくる」

ゾンビのようにフラフラと歩く。冷蔵庫から五百ミリリットルの水のペットボトルを二つ取り出す。

ダイニングに戻り、片方をエリーゼに渡してから、一気に水を喉に流し込む。飲み込んだ瞬間、水が細胞ひとつひとつに染み渡るような錯覚を覚え、生き返るような気持ちになり、先ほどの探索で消耗した体力が少し戻ってきたように感じていた。

正面で疲れ切った様子で座っていたエリーゼも、水を飲んでから心なしか笑顔を取り戻していた。

「ゴーレムダンジョンにいたフロアボス……名前がないと不便だな……仮にアイアンドールと名付けるけど、確かにアイツはヤバい気がする。でも、絶対に倒さなければいけない魔物？　地下を目指すのを諦めたら倒す必要ないんじゃない？」

お互いに十分休んで心に余裕が出来始めると、自然と話題は先ほど出会ったアイアンドールになる。

「フロアボスは基本的に部屋から出てまで、侵入者を追いかけることはしないと言われているわ。でも、アイアンドールはゴーレムダンジョンの出口近くまで追いかけてきた。それもためらう素振りすらなく当たり前のようにね。それに部屋を出てから魔物が大量に出現していたし、もしかしたら……アイツが一階の魔物の出現や行動を、ある程度コントロールできる可能性だってあるわ」

目を閉じてアイアンドールの姿を思い浮かべると、エリーゼは自身が出した推測を伝える。

「実は、その気になればいつでも外に出れるんじゃないかしら？　大量の魔物を引き連れたアイアンドールが、ゴーレムダンジョンの外にいつ出てきてもおかしくない……私は、そんな風に考えているわ」

エリーゼが作った木製の柵など、アイアンドールにとって、あってないようなものだ。健人は、魔物にに支配された無人島を想像して身震(みぶる)いする。

「そうなったらこの島は……」

魔物に支配された無人島。その姿に思わずゴクリとのどを鳴らした。

「そうね……物量で私たちを押しつぶした後は支配者として君臨して、無人島の資源を使って数を増やし続けるでしょうね。幸いなことに、海を渡ることはできないから本島にまでドールたちが出ることはないと思うけど……飢えず、休息が不要で、増え続ける。そんな魔物がひしめく無人島で、私たちが生き残る方法はないわ。生き残りたいのであれば、先手を打つしかない。ヤラれる前にヤレってね」

逃げ道のない無人島で、不眠不休で活動する魔物から身を守るすべはない。一日、二日であれば可能かもしれないが、時間が経過するにつれて生存率は間違いなく下がっていくだろう。

秘密を抱えたまま外部に助けを求めるわけにもいかない。この状態は、援軍の来ない籠城戦に似ていた。違う点と言えば、魔物は降伏を受け入れずに、殺戮（さつりく）の限りを尽くすということだろう。

「参考事例なんてないし《ゴーレムダンジョンから出て来ますか？》と、魔物本人に聞くことはできない。だが、大丈夫だろうと思っていたら、ある日突然、魔物に襲われて居場所はなくなっている……確かに、ヤラれる前にヤったほうが良いと思う。でも、それは勝算があったらだ。エリーゼは、アイアンドールに勝てると思う？」

魔物が襲ってくるかどうかわからない。確証はなく、通常より襲ってくる可能性は高い程度だ。だが、襲われたら逃げ道もなく、魔物に殺されるだけの運命が待ち受けている。

先ほどの説明を受けてようやく現状を正しく認識した健人は、ダンジョンを攻略した実績のあるエリーゼであれば、アイアンドールを倒すアイデアがあると思い、彼女に意見を求めた。

「あるわ」

期待に答えるように、エリーゼは自信に満ちた顔で力強く頷いた。

「実は過去に何度かアイアンドールに似たような魔物は倒したことがあるよ。基本的な戦法は、前衛が引きつけている間に、強力な魔法の矢を創り出して放つ。単純だけど効果的な戦法よ。それで使う魔法だけど、初探索の時にウッドドールを燃やした火の矢があったことを覚えてる？」

「ああ。この世に誕生した瞬間に燃え上がり、消滅した可哀想なウッドドールのことならよく覚えている」

ウッドドールが消滅した場面を思い出しているのか、健人は目を閉じ、腕を組んで頷いていた。

「ちょっと！　表現に悪意がこもってない!?」

「ご、ごめん！　本当にごめん！　何も考えずに言っただけなんだ！」

半目で睨んでいるエリーゼに気が付くと、慌てて立ち上がり身振り手振りで他意がないことを伝える。しかし、慌てれば慌てるほど先ほどの発言に裏があるのではないかと思えて、エリーゼの目つきはさらに鋭くなっていく。

普段なら、このまま健人への追求が始まるところだったが、今はアイアンドールの脅威に備えるのが先だ。そう判断したエリーゼは、大きく息を吐いてから本題に戻ることにした。

「何も考えずにって……まぁ、いいわ。話を戻すけど、魔力を込めれば鉄さえ溶かすほど強力な火の矢が創れるのよ。アイアンドールを倒す矢を創るのには五分はかかると思うわ。その間、健人は注意を引き付けておいてほしいんだけど……」

健人の魔法でも似たような攻撃は可能だが、エリーゼが五分かけて創る魔法を放つとなると、二倍以上の時間が必要だろう。数秒遅れただけで命取りになる戦闘で、それは無謀だ。

「ああ、任せてくれ！　五分はなんとか時間を稼いでみる。それに俺の方でも、あいつを倒せる便利な道具が手に入らないか、伝手(つて)を使って探してみるよ」

「……大丈夫なの……？」

経験の浅い健人に頼るしかない自分への不甲斐なさと、健人のアイデアに対する不安、未知の道具に対する期待。エリーゼは、今までに感じたことのない複雑な感情を抱いていた。

「一応、考えはある。確かに失敗が多かったし、さっきのワックスがうまくいったのも偶然だ……でも少しでも勝率を高めるためにも魔法以外の選択肢はあった方がいいと思う」

「……健人がそういうのであれば、任せたわ」

危険な前衛を担当してもらう引け目もあり、エリーゼは言葉を飲み込んで素直に従うことにした。

「さっそく明日、本島で準備してくる」

「それなら私は、ゴーレムダンジョンの入り口を念のため見張っておくわ」

今後の話し合いも終わり、今晩の過ごし方に話題が移るが、さすがにコテージで寝る気にはならない。二人ともクルーザーで夜を明かすことに決まった。

無事に翌朝を迎えると、健人は道具を購入するために本島に向かい、エリーゼはゴーレムダンジョンの監視と入り口付近の調査に向かう。健人の準備は順調に進み、ゴーレムダンジョンから逃げ出してから三日が経つと、平穏を維持したまま全ての道具を揃えることができた。

アイアンドールの討伐が明日へと迫った夜。健人とエリーゼは、マグカップに入ったホットレモンティを楽しみながら、ダイニングで静かな夜を迎えていた。

「準備は整ったみたいね」

つい数時間前まで慌ただしく活動していた健人だったが、金に糸目をつけず走り回り、目的であった大型の専用容器に入った液体窒素を手に入れていた。

今はゴーレムダンジョン前にあるテントに保管している。エリーゼには液体窒素の効果や使うまでの段取りは伝えてあり、後は明日が来るのを待つだけの状態だった。

「一応ね。本当に効果があるのか不安だけど、これぱっかりはやって見ないとわからない。ウジウジしてても意味がないし、アイアンドールを倒すことだけ考えるよ。それより、ゴーレムダンジョンの方はどうだった?」

「外はいつも通りだったけど中には大量のウッドドールがいたわ。恐らく、この前逃げ出した時に出現したヤツだと思う……」

一度出現した魔物は自然消滅しない。消えるときは誰かに倒されたときだ。

この無人島で魔物を倒せる生物は健人たちだけであり、ゴーレムダンジョンに魔物がいるのは、エリーゼの予想した範囲内である。

だが、予想の範囲内だからといって問題がないとはいえない。

五メートルもあるアイアンドールを倒すためにエリーゼの魔法が必要だが、高出力の魔法を放つためには時間が必要であり、ウッドドールはその邪魔をする可能性が高かった。

「アイアンドールと戦う前に、倒しておかないとマズイな」

取り巻きになりそうなウッドドールを先に倒す。この結論にたどり着くのも当然だろう。

「ええ……」

エリーゼも同じ結論を出していると思い話かけた健人だったが「とりあえず返事をした」といっ

た彼女の態度に疑問を抱く。

「明日は、ウッドドールの数を減らしてから、アイアンドールを倒す流れで問題ない？」

「ええ……」

「明日は晴れると良いな」

「ええ……」

質問に返事はするものの、何か他のことを考えているのか、内容を理解せずに壊れたロボットのように同じような言葉を繰り返すエリーゼ。

「どうした？　さっきから歯切れが悪いというか……気になることでもある？　もしそうなら、遠慮なく言って欲しい」

何か悩みを抱えていると感じた健人は、会話を中断して話を聞くことに決めた。健人の言葉を聞いたエリーゼは、ビクッと一瞬動いてから体を硬直させる。言いにくい話を切り出そうとしているのか、口を開いては閉じる行為を何度も繰り返していた。

怒られるのが分かっていながらもミスを報告しなければいけない新入社員のように、エリーゼは先ほどの言葉を聞かなかったことにしようとも思った。

だが、健人が心配そうに顔をのぞく姿を見て、衝動に突き動かされるように悩みを打ち明けることに決めた。

「……このことを話そうか悩んでいたんだけれども……聞いてくれる？　私は、まだここに住む必要があるから戦うしかないけど、健人は違う。戦わずに本島に戻る選択肢だってあるはずよ？　私に付き合う必要はないわ。悪いことは言わないから、この島から離れなさい」

不安な表情をしたエリーゼが、健人の顔を見つめている。

口に出してしまえば、ためらっていたのが嘘だったかのように淀みなく、アイアンドールに出会ってから気にしていたことを伝えることが出来た。

先ほどの言葉は紛れもなくエリーゼの本心。だが、それと同時に、それでも残ると言って欲しいと、祈るような気持ちでもいた。

「普通に考えれば、無人島から離れるべきなんだろう。でも、生徒との事件が原因で親しい人との関係はすべて途絶えているんだ。これだけならまだ何とかなったかもしれないけど、実名報道したニュースを面白おかしくまとめたサイトがいくつもあってね……俺の名前で検索すれば、そのまとめサイトがすぐに見つかるんだよ」

一時期、記事を削除するように依頼するために、検索サイトから削除申請をしていたが生徒に訴えられたのは事実だといった理由で、一部のサイトは削除に応じることなくインターネット上に未だ掲載され続けていた。

「でも、その事件は無実ってことで決着がついたんでしょ？」

「あぁ。でも、残念なことに無実だったことは報道されなかった。関係者を除く第三者にとって、俺は今でも《生徒に手を出した元教師》ってことになっている」

個人にとっては大きな出来事だが、世間から見れば「またか」と思われるほどありふれた事件であり、最後まで追う人は少ない。さらに「実はこの人は無実でした」と宣伝してくれる人など、運に恵まれない限り表れないだろう。

「そんなことって、ありなの？」

エリーゼのキレイな顔にシワが作られる。

「良いか悪いかは別として、人は他人の不幸に興味を持ってしまうものだし、そしてすぐに忘れてしまう。それに人の不幸でお金を稼ぐ行為は、日常的に行われていることだよ」

アクセス数を集めて収入を得たい。ただそれだけの動機で、人の不幸をもてあそぶ人間がインターネット上には溢れている。そんなインモラルな人間たちの使い捨てのおもちゃとして、健人は利用されていた。

「そんなことって！」

「エリーゼ落ち着いて！」

怒りのボルテージが徐々に上がっていることを察した健人は、エリーゼの言葉をさえぎって話をつづけた。

「怒ってもらえるのはうれしいけど、インターネットが普及した今では、残念ながらそんな珍しい話ではないよ。それに結果的には感謝してるんだ」

「感謝？　他人の不幸が好きな人間に？」

「そうだよ。職を追われたおかげで宝くじには当たったし、無人島やクルーザーといった小金持ち程度じゃ手に入れられない贅沢をしている。なにより……エリーゼに出会えた幸運に比べれば、俺の不幸なんて無かったも同然だよ」

先ほどとは違う意味で口をパクパクと魚のように開閉させながら、エリーゼは声を出せずに顔を赤くしていた。

健人もつられるように顔を赤くするが、ずっと恥ずかしがっているわけにもいかず「ゴホン」とわざとらしく咳払いをして気を取り直すと、先ほどの質問に答える。

「最初の話に戻るけど、実名で検索される心配があるから本島に戻る気が起きない。それに俺はこの無人島に来たとき、ここで生きて、そして死ぬ。そう決めたんだ。この島を乗っ取ろうとする魔物と戦う覚悟は、ずっと前からできている」

エリーゼと出会ってなければ、もしかしたら違う結末になっていたかもしれない。だが、今の健人にとって一人で逃げるという選択肢はなかった。

「……私と一緒にいてくれて……ありがとう……」

一人で戦うかもしれない不安から解放されたエリーゼ。涙を流しながら、なんとか感謝の言葉だけは口にすることができた。

「お礼を言われることじゃないよ。二人とも自分のために戦うだけだろ？　俺にとっては最後に残った安住の地。エリーゼにとってはセーフティエリアとして必要な場所。無人島は、俺たちにとってなくてはならないものだ。二人で一緒に戦って、そして勝ち残ろう」

「明日は絶対に勝ちましょう。それも完璧な形でね」

ダンジョンの出現に伴う魔物の脅威。これらすべては、エリーゼが来なければ発生しなかったかもしれない。むろん、健人もそのことについて考えたこともあった。だがそれは、健人が手に入れたものに比べて些細な問題だった。

現代日本の社会から追放された健人と、長い旅の末に落ちつける場所を見つけたエリーゼ。全てを失ってからようやく手に入れた二人だけの居場所。無人島での生活を守りたい気持ちは同じだった。

フロアボス——通称アイアンドールの討伐当日は、雲ひとつない晴天だった。

日が昇り始める五時過ぎには起床。おにぎりとお味噌汁といった日本食を堪能（たんのう）してから安全靴やヘルメットを身に着け、ゴーレムダンジョン前まで移動していた。

「……いよいよだね」

テントから非常食の詰まったリュックと液体窒素が入った容器を取り出した健人は、ゴーレムダンジョンの入り口に立っていた。

普段より声は硬く、初めて探索したときと同じような緊張をしている。いくら覚悟を決めているといっても命の危険を意識して戦った経験は少ない。緊張するなというほうが無理な話だ。

後ろに立っていたエリーゼは、健人の左肩に軽く手を置くと前に出る。そのまま数歩進んでから勢いよく反転した。

「緊張しているわね。いつも通り私が前に出て指示を出すわ。健人の判断にも期待しているけど、無理そうだったらサポートに徹してもいいからね」

「ありがとう。気を使わせてごめん」

「その代わり、アイアンドールと戦うときには頑張ってもらうわよ？」

緊張を和らげようと軽い冗談を言ったエリーゼは、いたずらっ子のような目つきで笑っていた。

その笑顔につられて笑った健人は、いつの間にか先ほどより緊張感が薄れているのを自覚していた。

「それじゃ出発！」

もうこれ以上の会話は不要とばかりに、出発の号令を発したエリーゼは健人の返事を待たずに先に進み始める。健人は地面に置いていた荷物を慌てて掴み、ゴーレムダンジョンの中に入る彼女を追いかけるように走り出した。

乾燥した空気、天井から降り注ぐ不自然なほど明るい光、戦闘を想定したと思われるほど広い通路。コツコツと地面を叩く音が反響するだけの静かな場所。探索を始めた頃は、そのすべてが不安と恐怖を掻き立てていた。

ゴーレムダンジョンに入ってすぐの一直線の通路を歩きながら初心のころを思い出していると、急にエリーゼが足を止めて弓を構える。その行動の意味を察した健人は、すぐさま持っている荷物を降ろして棍棒を構えた。

「見て。前方から三体のウッドドールがいるわ……最悪……奥にいる一体は弓を持っている。弓を持つ個体は初めて見たわ……」

エリーゼの驚愕の声に従い前方を注視した健人は、弓を持ったウッドドールを中心に、棍棒を持ったウッドドールが左右に分かれて、こちらに向かっている姿が視界に入った。

「こっちに気づいたわ！」

警告を口にすると、中心にいたウッドドールが弓を構える。

「俺に任せろ！」

戦闘になったことで意識が切り替わった健人は、今までの探索で培ってきた経験から、何をするべきか理解していた。

即座に魔法を使う準備に入る。

判断が早かったため発動が遅い健人でも間に合い、ウッドドールが肩にかけている矢筒から矢を取り出すのと同時に足元から魔法を放った。

魔力をまとった冷気が地面を伝うと、エリーゼの数メートル先に人を隠すには十分な大きさの氷壁が出現した。エリーゼは薄く笑うと、すばやく手のひらを上に向けて真白に輝く矢を一本創りだす。

一方、感情を持たないウッドドールは、事態が大きく変化しているのにもかかわらず行動は変わらない。弓を大きくしならせて矢を放つが、氷壁に衝突した瞬間に硬い音が響いただけで、貫くことはおろか傷をつけることすらできなかった。

「ナイスアシストよ！　弓は私が倒すから、残りの二体は任せたわ！」

健人の返事を確認することなく、先ほど創った真白に輝く矢を弓に番えると、天井に向けて放つ。空気を切り裂くように弓から飛び出した矢には、細い糸のようなものがあり、エリーゼの手とつながっていた。

糸がついた矢は、天井に向かって一直線に飛んでいく。もう少しで衝突するといったタイミングで角度を変えるとさらに加速。弓を放ち終わって棒立ちしているウッドドールの頭を貫き、勢いが衰えない矢は地面に突き刺さる。

致命傷を負ったウッドドールは、黒い霧に包まれ魔石だけを残して消滅する。数瞬遅れて、込められた魔力を使い切った矢も白い粒子となって消えた。

敵を完全に倒したと確信したエリーゼは、健人の戦いに参戦しようとする。だが、健人が戦っていたウッドドールの頭に氷槍が突き刺さっており、戦闘は終わっていた。

「もう少し経験を積んだら、一人前の探索者になれるかも」

黒い霧に包まれて消滅するウッドドールを横目に、出会ってから数か月で急成長している健人に驚いていた。

状況判断も良いが、特に魔法の扱い方が上手い。地面を伝って魔法を発動させるのは高度な技術が必要であり、数日練習したらすぐに使えるような難易度ではなかった。

「いつの間に、そんな高度な技術が使えるようになったの？」

青い粒子となって消えてゆく氷壁を見上げながら、そう質問せずにはいられなかった。

「魔法は手と足から出せる。そう聞いたときからずっと、地面を伝って魔法が出せないか練習したんだよ。出来るようになったのは、アイアンドールに出会った日だから見せる機会がなかったんだけどね」

「普通、独学でやろうと思ったら年単位の時間が必要よ……。それをわずか数ヵ月で出来るようになるなんて、魔力操作の能力は想像していた以上に高いのかもしれないわ」

魔力操作だけは、トッププレイヤーに近い水準だ。このまま成長すれば魔法の発動時間が遅いという問題も、そう遠くない未来に解決するだろうと予感させるには十分だった。

長年、探索者としての経験を積んだエリーゼがそう思えるほど、健人の成長するスピードは速く、そして、強敵と戦うパートナーとして心強かった。

「そんなに驚くこと？　エリーゼはなんでも褒めてくれるから、すごいと言われても実感が持てないなぁ」

成長が速い、能力が高い、これらは誰かと比較することで分かることだ。比較対象のない健人にとって、エリーゼの言葉に説得力が感じられないのも無理はない。

「そんなことより、さっきの矢はすごかったね！　魔法の矢って、あんな風に自由自在に動かせるものなの？」

そんな実感が持てない言葉より、先ほどエリーゼが披露した新しい矢の方が、健人の好奇心を強く刺激していた。

「飛んでいる矢を操作するのは、さっきの健人が使った魔法よりさらに難易度は高いのよ？　あそこまで高度に操作できる人はほとんどいないわ」

少し自慢げに語るエリーゼの話を、健人はほほえましい気持ちで聞いていた。

実際、自動追尾はおろか、一度放った魔法の軌道を変えることすら難しい。エリーゼですら、特別な矢が創れるようになるまでは、放った矢を操作することはできなかった。

「この魔法は、私のとっておき。これを見た者はみんな死んでいったの。矢が操作できることを知っているのは健人だけよ。秘密にしてね！」

「わ、わかった……エリーゼの事は誰にも言うつもりはないし、秘密は守るさ」

この魔法の存在を知った人を、冷たい目をしたエリーゼが無表情のまま殺す姿を想像した健人は、思わず身震いをした。

「なんで口ごもっているのよ」

大きくため息をつくと、エリーゼは床に落ちている魔石を拾いに歩き出した。

健人も倒した魔物の魔石を拾い上げてリュックにしまうと、降ろしていた荷物を再び身に着けて、ゴーレムダンジョンの奥へと進む。

手書きの地図にしたがって入り組んだ通路を慎重に歩く。魔物と不意に遭遇しないようにゆっくりと移動していたため、十分距離が取れた状況で健人たちが先に魔物を見つけることが多い。エリーゼの弓と健人の魔法で近づいてくる前に一方的に攻撃して倒していた。

ウッドドールの討伐数が二桁になり、このままアイアンドールのところまで順調に進めると思っていた健人たち。だがダンジョン探索は不測の事態がつきものだ。

フロアボスの直前にある広い部屋にたどり着くと、一体のウッドドールが先に進む道をふさぐように待ち構えていた。手には西洋風の黒い両刃の剣と、木の葉のような形をした黒い盾を持っている。剣を構えた立ち姿は歴戦の猛者のようであり、その佇(たたず)まいに健人は飲み込まれそうになっていた。

「これはまた個性的な個体ね……。健人、時間稼ぎをお願いできる？　盾を貫くほど強力な矢を創るわ」

声をかけられたことでハッと我に返った健人は、短く「任せて」とつぶやくと荷物を降ろし、棍棒を片手に一人、前に向かって歩きだす。

部屋の真ん中ほどまで移動すると、今まで身動きしなかったウッドドールが、予備動作も見せずに跳躍した。

「毎回、飛ぶのが好きな魔物だなっ！」

魔法で迎撃しようとしたが、盾で身を隠している相手には分が悪いと考え、サイドステップで大きく距離をとる。数瞬遅れて先ほどいた場所にウッドドールが着地した。痛みを感じない体は便利なもので、すぐに立ち上がり健人の方を向く。

着地と同時に攻撃することを決めていた健人は棍棒を振り下ろすが、剣で受け流されてしまい、それを合図にウッドドールの猛攻が始まった。

「ハァハァ……」

戦闘が始まってから一分。

接近戦の技術を学んだばかりの健人がケガを負うこともなく立っていられるのは、回避に専念しているからだ。永遠に回避し続けることができれば時間稼ぎの目的は達成できるだろう。だが、極度に高まった緊張感によって通常より体力の消費が激しく、また、剣を受け流すたびに棍棒が削れ、限界だと心の中で悲鳴を上げていた。

「くそっ」

頭を狙った突きが目前に迫るが、棍棒で受け流して紙一重で軌道を変えて避ける。

攻撃に転じる余裕はない。相手が硬直した隙にバックステップで距離をかせぐと、横目でエリーゼの方を見る。

「ハァハァ……まだか……」

創り出した矢に魔力を込めている姿が目に入った。

視線をにじり寄ってくるウッドドールに戻す。

「まだ前哨戦だというのに、このありさまか……」

棍棒を持つ手は、白くなるほど力が込められていた。

武器の性能、そして圧倒的な体力差により、健人は徐々に敗北へと追い込まれていた。


（このままじゃ間に合わないかもしれないわ……）

健人の危機を一番理解していたのは、間違いなくエリーゼだ。

徐々に輝きが強くなる緑の矢を手のひらに創り出している彼女は、このまま魔力を注いで矢の威力を高めるか、今すぐ矢を放って援護に回るか悩んでいた。

過去の探索では、前衛がピンチに陥（おちい）ろうが確実に倒せる方法を常に選んでいたが、親しい人間の危機には冷静ではいられなかった。初めての経験に戸惑っているなか、ウッドドールの剣によって健人は弾き飛ばされ、地面に転がる。

（ダメ！　これ以上は見ていられない！）

流れるような動作で緑に輝く矢を放つ。

身に着けた技術はエリーゼの期待を裏切ることなく、ウッドドールの側頭部に向かって飛んでいく。だが、命中すると思った瞬間、人間の反応速度を凌駕（りょうが）する動きで矢と頭の前に盾を滑り込ませる。盾に突き刺さると、衝撃でウッドドールがフロアボスへつながる通路へと吹き飛ばされた。

「健人！」

倒せなかったことを後悔する暇はない。ケガの具合を確認しようと、ようやく体を起こした健人に駆け寄ろうとする。

「大丈夫だ……擦り傷ぐらいしかない。それよりアイツは倒せたのか？」

エリーゼがたどり着く前に、痛みに顔を歪（ゆが）めながらも自らの足で立ち上がった。

「ううん。盾で防がれたから倒せてないと思う……」

「そうか……棍棒もこの状態じゃ使えないし、どうするかな」

先ほど吹き飛ばされた衝撃で、健人の棍棒は半分に折れていた。

次の手を考えながら何気なく折れた先を探していると、ウッドドールが持っていた剣が床に転がっていることに気が付く。

「いや、こいつを使うか」

黒い剣を持つと数回振り、感触を確かめ、通路の方に顔を向ける。

「剣なんて使えたの？」

「棍棒と同じような使い方しかできないけど、相手が武器を持っていなければ何とかなると思うし、何とかする。それより魔法の準備を任せたよ」

話している間に吹き飛ばされたウッドドールは、飛び跳ねるように立ち上がる。全身に傷ができているが消滅するほどではないようで、戦闘意欲に燃えているかのように勢いよく走り出した。

「わかった。負けそうになったら逃げてもいいから！」

そう言うとすぐさま後ろに下がり矢を創りだす。

「お前らは、接近する前に何らかの行動をするよな！」

走っていたウッドドールは勢いを利用して盾を健人に向けて投げるが、その動きは予想していた。

慌てずに横にずれて回避する。その隙に接近してくるが、魔法のダメージの影響が大きいのか先ほどより動きは鈍い。

「ハッ！」

健人を捉えようと突き出してきたウッドドールの右手を切り上げると、宙を舞った。

「これで終わりだ！」

勝利を確信した健人は、トドメに頭をたたき割ろうと剣を振り下ろす。

その瞬間、偶然にもエリーゼの声が耳に届いた。

「奥からアイアンドール！　健人、お願い！　避けて！」

もうそれは、警告というよりも悲痛に似た叫びだった。

通路から勢いよく飛び出したアイアンドールは、ウッドドールの真後ろに立つと、味方ごと横なぎに長大な剣を振るう。攻撃の動作に入っていた健人は避ける余裕はなく、かろうじて持っていた剣を盾に代わりに使うことで直撃を避けることができた。

衝撃をもろに受けた健人は、勢いよく床を転がり減速せずに壁に衝突する。かぶっていたヘルメットが砕け散り、身動き一つとれずに横たわった。

「健人！」

パートナーの名前を叫び近寄ろうとするが、とどめを刺そうとアイアンドールが歩いている姿を捉えた。

「――させない！　お前だけは、絶対に、この世から消すわ！」

最悪の未来を想像すると憎悪のこもった目で、アイアンドールを睨みつける。

「……エリーゼ……」

怒りを爆発させたエリーゼの声を聴いたのを最後に、健人の意識は暗闇へと落ちていった。

「健人に求めている役割は時間稼ぎ。回避、受け流しを中心に体に叩き込むわ」

エリーゼの訓練は、どこぞの鬼軍曹かってほど厳しかった。

訓練中は木の棒で何度も叩かれ、アザがいくつもできたし、体力の限界を迎えて意識が朦朧としても遠慮なし。考える前に体が動くまで、言葉通りに叩き込まれた。

そのかいもあって、アイアンドールの不意打ちに防御が間に合った。

エリーゼの訓練によって命を救われた形になった俺だが、助けられたのはこれだけではない。

無人島に移り住んで彼女と出会い、同じ時間を過ごし、友達とも言える関係まで仲が深まったのは掛け値なしに嬉しかった。

俺の経歴を聞いて態度を変えないどころか、怒ってくれる人がどれほどいるだろうか。

今まで友達だと思っていた人間は全員、厄介ごとはごめんだと言わんばかりに離れてしまった。

もちろん、そんな人間関係しか築けなかった俺が悪いという意見もあるだろうし、精神がタフな人たちにとっては正しいのだろう。でも残念ながら俺は、そうではなかった。

俺を普通の人間として扱ってくれた。

多くの人間に否定された俺を友達だと言ってくれた。

生きる価値がないと思っていた俺を本気で心配してくれた。

他人から見れば些細なことかもしれないけど、俺にとっては、命を賭けるに値するほどの出来事だった。

意識が覚醒するのに合わせて、激しい金属音や爆発音が聞こえてくる。俺を見捨てることなどできずに、彼女は命がけで戦っているのだろう。俺がおとり役をやらなければいけないのに……。

地面に顔をつけ、横になったまま目を開くと、長身のアイアンドールの攻撃を舞うようにかわし、攻撃直後の硬直した隙を狙って、矢を打ち込んでいるエリーゼの姿が目に入った。

俺よりずっと、上手く戦えている。

だがこのまま観戦しているわけにはいかない。本来であれば俺がやらなければいけない仕事だ。

幸い骨は折れていないようで、体中の痛みさえ我慢すれば、まだ戦える。

「今すぐ……そっちに……行く」

声を出したことで意識がはっきりした。

教わった通りに魔力を全身に巡らせる。だが、それだと足りない。〝見えない器〟からさらに魔力を引き出すと、いつも以上の力が溢れてくるように感じた。だけど、思ったよりケガがひどいのか、それとも魔力を過剰に回し続けているせいなのか、大量に血を吐いて咳き込んでしまった。

「健人？」

俺が立ち上がったのが意外なのか、驚いた顔が見えた。

異常を察知したのか、目がないはずのアイアンドールもこちらを向いている。

「俺のことを……思い出してくれたみたいだな」

床を蹴り、最速スピードでアイアンドールの足元まで移動すると、すぐさま跳躍。相手の頭に向けて全力で剣を振るい吹き飛ばす。

「お前の相手は俺だ！」

体の限界を超える魔力を巡らせ、身体能力を向上させた力任せの一撃で、アイアンドールを文字どおりに吹き飛ばした健人。だが、ダメージはほとんど与えられなかった。アイアンドールが空中で一回転してから着地すると、すぐさま健人に向かって走り出し、上段から剣を振り下ろした。
魔力によって身体能力、反射神経が向上している健人は、常人では目で追うのが難しい一撃を、

剣の腹を叩いて弾く。だが反撃をする隙はない。アイアンドールから放たれる攻撃が嵐のように降り注いだ。

アイアンドールの力は強いが、技術は拙い。攻撃を防ぐだけであれば、エリーゼの魔法が完成するまで時間を稼げていただろう。しかし体の限界を超えた魔力を体内に巡らせているため、魔力の消費は激しく、また体への負担も強い。動くたびに健人の体が悲鳴をあげていた。

(大気中の魔力を吸収するより消費の方が早い……残りの魔力は半分。体が持ったとしてもあと二〜三分で魔力切れか)

何度目か分からない横薙ぎの一撃を、かがむことで回避し、立ち上がると同時にバックステップで距離を取る。

横目でエリーゼの方を見ると、その視線の意味を理解したエリーゼが声を出す。

「もうすぐ回復するわ！」

健人が倒れてからアイアンドールと一騎打ちをしていたため、エリーゼの魔力は尽きかけ、強力な魔法を発動させるための魔力が不足していた。それがようやく、魔法を使える量まで回復するところだった。

健人は無言で頷くと、迫り来るアイアンドールに視線を戻す。

(エリーゼの魔法が完成する前に魔力は尽きる。時間は向こうに味方している……賭けにでるか……)

アイアンドールの猛攻が再開し、剣の嵐が降り注ぐ。一歩も引きさがることもなく攻撃を避けるが、攻撃に転じることができず、貴重な時間を消費していた。

魔力の減りが早く、さらに出血により力が入らなくなり始めたことを自覚している健人は、当初予定していた作戦を変えることにした。


荷物を置いた場所に戻り魔力の回復に努めていたエリーゼは、身体能力を強化していなければ、目で追うことが難しいほどの速さで繰り広げられている剣戟を見つめていた。

「すごい……」

果敢にもアイアンドールに立ち向かう健人に目を奪われ、思わずつぶやいてしまった。

出会ったときから優しく面倒見は良かったが、決して強い人間ではなかった。それが、エリーゼが知っているハンターのほとんどが時間稼ぎすらできずに殺されてしまう。そんなアイアンドールに、劣勢であるが見事に戦えているのだ。

（なんでアイツと対等に戦えるの？）

無茶な魔力の使い方をして、ようやく肉体的には互角に近い能力を発揮して打ち合っている。一見、健人の身体能力向上の魔法に目が行きがちだが、真に驚くべきことは、戦闘経験が少ないのにもかかわらず、ひるむことなく打ち合っていることだ。

普通の人間であれば、最初の一撃で心が折れて立ち上がることはできなかっただろう。それが、委縮することなく本来の実力をいかんなく発揮して、対等に戦っている。

（私の責で戦っている健人は傷だらけ。このままだと負けてしまうわ……）

生まれ故郷を離れて旅に出たエリーゼは、住んでいた世界で生きることを諦めて異世界にたどり着き、健人と出会う。一緒に過ごした数ヵ月は、元の世界にいた長い年月より価値があった。彼女のために必死になって戦っている健人を見ることで、その事実にようやく気付くことができたのだ。

（まだ手遅れじゃないわ！　もっともっと二人で楽しみたい！　ここで倒れるなんて、絶対に許さないんだから！）

健人の時間稼ぎのおかげで回復した魔力を使い、エリーゼは左手に真白に輝く矢をいくつも創りだす。

激しい戦闘を見守ることしかできないエリーゼは、自分でも気づかないうちに、音が漏れ出すほど奥歯を強く噛んでいた。

密着状態から抜け出すことができずに、数えきれないほどの剣撃を回避していた健人。何度目かわからない攻撃を避けると、アイアンドールがバランスを崩し、最初で最後となる隙を見つける。

（今だ！）

ずっとチャンスをうかがっていた健人は、剣を弾いて壁際まで後退する。

体勢を整えなおしたアイアンドールは、誘い込まれたことに気づかず、壁際で待ち構えている健人を串刺しにしようと剣を突き出した。

攻撃を見切っていた健人は、左側に移動して紙一重で避けるはずだった。しかし予想をはるかに超えるスピードで繰り出された突きは、脇腹を半分ほど突き刺し、勢いを落とすことなく剣先ごと健人を壁に叩きつけた。

体が燃えるような、尋常ではない痛みに持っていた剣を落としてしまう。

壁から剣を引き抜こうとするアイアンドールを妨害するために、全身を使って壁に刺さっている大剣を抑え込む。

（ようやく動きを止めた！）

無傷とは行かなかったが、アイアンドールの動きをようやく止めた健人は、さらに体内に魔力を流し込む。体は軋み、目から血が流れ出し、大剣を押さえつけている手や腕には新しい傷ができる。

（その手放さなかったのが、お前の敗因だ！）

魔法を発動させるのに十分な時間を手に入れた健人は、命がけの綱引きをしながらも準備をしていた魔法を発動させる。

足元から発生した冷気が地面を伝わり、アイアンドールの周辺にまで移動すると、氷壁が四方を囲むように出現する。氷壁が上昇する勢いに負けて、健人を突き刺した剣は遠くに跳ね飛ばされた。

一瞬のうちに氷壁に囲まれたアイアンドールは、素手で氷壁を叩くがヒビ一つ入ることはない。

硬いものを叩く重く低い音を聞きながら、健人は身体能力の強化を止めて壁にもたれ座る。

残り僅かな魔力すべてを氷壁に使い、さらに強度を強化した。

「容器を投げてくれ！」

大声で叫びエリーゼの方に顔を向ける。勢いよく走った彼女が液体窒素の入った容器を投げ飛ばすところだった。

「いっけぇー!!」

今まで耐えてきた感情を爆発させるような大きな声を出して投げられた容器は、弧を描きながらアイアンドールの頭上まで近づくと、後から放たれた数十本の矢が、天井から急降下して容器に突き刺さる。

矢が刺さった勢いで半壊し、液体窒素をばらまく容器は、勢いよくアイアンドールに向かって落下。数秒後には、氷壁の内側から白い煙が噴出しはじめた。

「酸欠になる前に離れるわよ!」

涙で頬を濡らしたエリーゼが駆け寄り、動けない健人の代わりに、両脇を持って引きずるように氷壁から急いで離れる。

「頑張ったわね……」

部屋の出入り口まで移動して、健人のケガの状態を調べていたエリーゼがつぶやいた。

全身に打撲、脇腹には十センチもある切り傷、内臓が傷つき吐血し、過剰な魔力を体内に巡らせたことで、全身の筋肉はボロボロになっていた。

腰につけたポーチからポーションの入った細長いビンを取り出したエリーゼは、意識が朦朧(もうろう)とし出している健人に半分飲ませると、残りを脇腹に振りかけた。

ポーションの効果は絶大で、逆再生しているかのように傷が消えていく。

「高級なポーションだから増血する効果もあるわ。あとは、私に任せてゆっくりしてなさい」

異世界の人間にも効果を発揮したことに密かに安堵したエリーゼは、子どもを寝かしつけるような優しい声を出していた。

体力、精神、魔力その全てが尽きかけていた健人は、返事をすることなく目を閉じて深い眠りにつき、魔力の供給が断たれた氷壁が徐々に光の粒子となっていく。

「これで終わりよ！」

健人の髪を一撫でしてから立ち上がる。消えかかっている氷壁の方を向き、先ほどと同じ真白に輝く矢を何本も作成する。

矢を束ね、構えた弓から一斉に矢が飛び出すと、アイアンドールの頭上付近の天井に向かい、急降下して雨のように降り注いだ。

急速に冷やされ脆くなった体では矢の衝撃に耐えられず、命中するたびに粉々に砕け散り、最期は氷壁が消滅すると同時に、黒い霧に包まれた。

「あの液体はスゴイわね……。疑っていたわけじゃないけど、こんな簡単に砕けるなんて思わなかったわ」

軌道がコントロールできる矢の威力は低く、通常の状態であれば、アイアンドールの表面を削るのが限界だったろう。だが四方を氷に囲まれ、液体窒素によって低温状態になり脆くなったアイアンドールには、エリーゼが放った矢の威力で十分だった。

あっけなく倒せたことに驚いて棒立ちしていたエリーゼだが、すぐに現状を思い出すと、必要なものを回収して健人を背負い、ゴーレムダンジョンの出口に向かって歩き出した。

魔物に出会うことなく無事に脱出したエリーゼだったが、極度の疲労により体力の限界を超えていた。コテージにたどり着けずテントで倒れこむように寝てしまい、二人はテントで翌日を迎えることとなる。

「……ここはどこだ？」

健人が目覚めると、そこは布越しに光が当たるテントの中だった。

「おはよう。ちゃんと、目覚めてくれたのね。ここは、ゴーレムダンジョン前のテントよ」

声がした方に顔を向けると、横座りをして健人の顔を見つめているエリーゼがいた。

「エリーゼが運んでくれたのか。ありがとう。それにしてもポーションの効果はすごいね。あんなボロボロな状態だったのに、もうどこも痛くないよ」

「今回は処置が早かったのと高級なポーションを使ったから、痛みどころか傷跡すらないわよ。下級のポーションだったら、ここまで回復していないわ。どれも同じだと思わないでね」

「……そっか。俺のために貴重なポーションを使ってくれて、ありがとう。おかげで命拾いをしたよ」

体を起こすと、頭を下げてお礼を言う。

「初めて探索した時にも言ったけど、大きなケガをしたら使うって決めていたから。そこは気にしなくてもいいわ」

一瞬の間をあけてから声のトーンを落とすと、健人に警告をする。

「でもこれからは、必要以上に魔力を使って身体能力を強化するのは禁止よ」

「確かに体への負担は強かったけど……禁止するほど？」

「体を痛めるだけじゃないのよ？　最悪、魔力を貯める〝見えない器〟が壊れてしまうわ。そうしたらポーションを使っても回復しないし、魔法が使えなくなるわよ」

「………」

勝つためとはいえ、危険なことをしていたことに気づき、健人の背中に冷たいものが走った。

「わかった。無茶は、出来るだけしない」

「出来るだけじゃなくて、しないの！」

健人の「出来るだけ」という言葉に怒ったエリーゼは、前のめりになって詰め寄る。座ったままだった健人は、迫力に押されて後ろにのけぞりながらも、日本人らしい曖昧な言葉で逃げようとした。

「ぜ、善処するよ……」

「……」

苦し紛れの言葉には反応せず、エリーゼは無言で睨む。

「そ、それより、アイアンドールは何か残した？」

逃げることに失敗した健人は、視界の隅に入ったウッドドールの魔石から、戦利品のことを思い出し、話題を変えるために質問をした。

「……露骨ね」

エリーゼは眉を吊り上げ、今までにないほど感情を表に出している。そのことに気づき、健人は驚き口をつぐむ。

息遣いが聞こえそうな距離で見つめ合い、沈黙が続く。

「…………」

「…………」

意見を変えない健人に根負けしたエリーゼは深いため息をつくと、腰につけたポーチから拳ほどの大きさもある魔石を取り出し、手のひらに乗せた。

「上質な魔石を残して消えたわ」

それは、最初に手に入れた物とは比べ物にならないほど赤く透き通っており、不思議な魅力を放つ魔石だった。

「キレイだ……」

テントの中に転がっている魔石と同じものだとは思えず、吸い込まれるようにゆっくりと顔を近づけて眺める。

「普通は一階でこんな上質な魔石は手に入らないのよ？　せっかく苦労して手に入れたのに、買い取ってもらえないのが残念ね」

子どものように魔石を見つめている健人を見て、先ほどとは打って変わり機嫌をよくしたエリーゼは、笑顔になっていた。

「売らなくていいよ。それに使い道がなくてもキレイなんだし、飾っておこうよ」

「……そうね。記念品として飾っておくのも悪くはないわ」

知らない間に機嫌がよくなったと感じた健人はこのチャンスをものにするべく、急いで立ち上がる。その場で飛び跳ねて体調を確認してからエリーゼに声をかけた。

「よし！　体の調子もいいし、そろそろコテージに戻ろう！」

「もう。調子が良いわね……その提案には賛成よ。コテージに戻って汚れを落としたら、ゆっくりしましょ」

あからさまな行動に怒る気力もうせてしまい、エリーゼは口元を緩める。

テントを出た二人は、手が触れ合いそうな距離で歩きながらコテージへと向かった。


アイアンドールの戦いから一週間が経ち、地下一階に到達した健人たちは、ダンジョン探索を一時中断してノンビリとした日常生活を堪能していた。

朝早く目覚めた健人が外に出ると、ジリジリと音が聞こえてきそうなほど強い真夏の陽射しが、肌を容赦なく痛めつける。

日に焼けることを気にせず、Tシャツにハーフパンツというラフな格好のまま、小さな畑で育てている野菜のところまで、ゆっくりと歩き出した。

「お、これも収穫できそうだな」

健人の手には、網目状に編まれた竹製の野菜籠があり、ズッキーニ、トマトといった夏野菜が入っている。

みずみずしい野菜を必要な分だけ収穫すると、朝食を作るためにコテージへと向かった。

「美味しそうね。これから朝食を作るの？」

窓際に立つエリーゼから声がかけられた。

「うん。作るのに時間がかかるから、テレビを見ながら待っててもらえる？」

「ちょうどよかった。朝食は、私に作らせてもらえないかしら？」

「料理できるようになったの!?」

「何気に失礼なこと言うわね……」

呆れたような声を出してエリーゼは頬を膨らませるが、その表情は柔らかい。

だが、自ら発した失言に意識がとられて彼女の表情を見ていない健人は、野菜を落としそうになるほど慌てて、フォローの言葉を口にした。

「いやいや！　変な意味じゃないからね！　この世界の道具を使って料理ができるのかなって、心配しただけなんだ。決して、エリーゼが料理できないとは思ってないよ！」

「へぇー」

窓から身を乗り出し、目を細めて健人をじっと見つめる。

慌てている姿を見て満足したエリーゼは、ふっと微笑んでから手を差し出す。

「そういうことにしておいてあげるわ。手に持っている野菜を渡してもらえる？」

「あ、ああ……」

急に態度が変わったことに理解が追いつかない健人だが、言われた通りに野菜籠ごと渡すと、エリーゼは鼻歌を口ずさみ奥にあるキッチンへと向かった。

「なんだったんだ……」

最後まで、からかわれたことに気づけなかった健人は、野菜籠を渡した体勢のまま呆然と立ち尽くしていた。


「さて、頑張りますか！」

健人の前では自信たっぷりだったが、現代人ほど機械の操作に慣れていないため、不安を覚えていた。キッチンの前に立って気持ちを切り替えたエリーゼは、真剣な表情に切り替わり料理にとりかかる。

野菜籠をシンクに入れると、井戸からくみ上げた水で洗う。水を軽く切ってからトマトはヘタを取り、ズッキーニと冷蔵庫から取り出したニンジン、玉ねぎを薄切りにする。

鍋にオリーブオイルを入れてから野菜を入れて炒め、トマトを押しつぶすと塩と赤ワインと鳥ガラの素を入れて、一度沸騰させてからじっくりと煮込む。灰汁（あく）をとって少量の砂糖と数種類の香草を入れて味を調えると、野菜入りトマトスープが出来上がった。

「うーん。なんとなく似てるかな？　香草が違うから違和感は残るわね……」

朝食として作ったのは、エリーゼが住んでいた世界の料理だ。

まったく同じという食材は少ないが似ているものは多く、かろうじて故郷を思い出せる程度には味を似せることに成功していた。

野菜トマトスープが入ったこげ茶色のスープ皿と食パンを乗せた平皿をトレーに乗せると、健人が待つダイニングへと向かう。

「お、完成したみたいだね。何を作ったの？」

「異世界風野菜トマトスープよ。完全に再現できなかったから、ちょっと不満かしら」

「異世界風！　それは楽しみだ！」

「いつか世界中にある食材を使って完全に再現してみたいわね」

また一つ、新しい目標ができたと内心で喜びながらテーブルに皿を並べ、キッチンに戻って鍋を持ってくると二人の間に置く。

「「いただきます！」」

息の合った二人の掛け声で、少し遅めの朝食が始まった。

「では早速、エリーゼが作ったスープをいただくよ」

「口に合うと嬉しいわ」

健人は笑顔のままスープを口に入れる。

まず始めに香草が脳を刺激し、後からトマトの酸味と甘みが口の中に広がる。一つ一つは知っている味だが、組み合わせを工夫するだけで、新鮮な味付けになることに驚いていた。

「美味しい！」

この少し変わった味付は、健人の好みだった。

「気に入ってもらえてよかったわ」

軽い緊張感に包まれていたエリーゼは、口に出して褒めてもらえたことで、ほっと一息ついた。

「それにしても、不思議な味だね。この味付けが異世界風か……」

「私はここにきてから、毎日の食事がそんな風に驚いていたわ」

多様な調味料、魔物のせいで食べることが難しい魚、見た目も美しいお菓子。エリーゼにとって、毎日が驚きの連続であり、健人が作った料理はどれも美味しいと感じていた。

「でもたまに、故郷の料理が食べたくなる時はあったわ」

だが、子どものころに慣れ親しんだ味には勝てない。

海外旅行をしていると日本食が恋しくなるように、エリーゼは元の世界の味を求める気持ちが日に日に強くなっていた。

お金がないころに好んで食べていた野菜トマトスープを口に運びながら、もう戻ることのない故郷に思いを馳(は)せていた。

「また異世界料理を、ごちそうしてもらえないかな?」

いつの間にか食べる手が止まっていたエリーゼは、健人の声で意識が現実に引き戻される。

「研究用に食材を使わせてくれるのならいいわよ」

「もちろん！　今度、色んな食材や調味料を買ってくるよ！」

異世界の料理をもっと堪能したい健人と、自分が住んでいた世界を知ってもらいたいと思っていたエリーゼの双方にとって、異世界の料理を再現することは魅力的だった。

その後も食事と会話を楽しんだ二人は、食後のコーヒーを飲みながらダイニングでテレビを見ている。

「先日未明、都内が震源地だった地震の影響ですが――」

立ち入り禁止と書かれた黄色いテープを背景にして、ニュースキャスターが原稿を読み上げている。地震の規模は大きくないが震源地が都内だったため、テレビが大々的に取り上げていた。

「東京で地震があったんだ。大した震度じゃなかったのに一部地域立ち入り禁止？　なにかあったのかな……」

「気になる？」

健人の実家は東京だ。両親、友達といった関わりが深かった人間が多く住んでいる。そのことを知っていたエリーゼは何気なく質問をした。

「いや……俺にはもう関係ない、かな」

関係ないと割り切っていたが、その表情はどこか寂しそうだった。

エリーゼは、金銭がトラブルで絶縁していたことを思い出して強い後悔に襲われる。

「ごめんなさい……」

「もう終わったことだから気にしなくていいよ。昔のことより、これからのことを考えていきたい」

健人の優しい気づかいを感じ取ったエリーゼは、新しい話題を提供するべくテレビのリモコンを手にした。

「それなら、ちょうど話したいことがあったわ。テレビを消してもいい？」

「もちろん」

テレビを消すと、原稿を読み上げていたニュースキャスターの姿が消える。

「あまり大したことじゃないんだけど、いい加減、戦利品をどうするか考えたいと思うの」

探索で手に入れたものは魔石、剣の二種類があり、どれも邪魔になるからといってゴーレムダンジョン前のテントに押し込んでいた。まだスペースに余裕はあるが、探索を再開したら小さなテントでは入りきらなくなる。中断している今だからこそ、考えておく必要があった。

「まずは剣だけど、あれは健人が使ってね。寝室に置いて、朝起きたら毎日素振りをするように」

「エリーゼは使わないの？」

「私は遠距離がメインだから、アイアンドールの一撃にも耐えるような良質な剣は不要よ。それこそ、ホームセンターで買った鉈で十分」

アイアンドールと打ち合った剣は非常に丈夫で、普通の金属なら折れ曲がってしまうほどの衝撃を受けても、折れず曲がらず傷付かなかった。今もなお、手に入れた時と変わらない姿を保っている。

最初の持ち主であったウッドドールと同時に消えていたら、最後の戦いで生き残ることはできなかっただろう。

まともな武器が少なく補充がきかない状況において、健人に使わせる以外の選択肢は存在しなかった。

「わかった。ありがたくいただくよ」

エリーゼの意見に素直に従って頷くと、次は健人が質問をする。

「残り問題は魔石だね。アイアンドールの魔石はダイニングに飾りたいと思うんだけど、いいかな？」

「それは賛成。でも、私にはどうすればいいかわからないから、任せても大丈夫？」

「ああ。台座を買って、玄関に飾ることにするよ」

武器問題が片付いたら次は魔石だが、ウッドドールが残した質の悪い魔石と、アイアンドールが残した質の良い魔石の二種類ある。そのうちの質の良い魔石は置物として使うことに決まった。

問題は、数が多くこれから増える可能性が高い質の悪い魔石だ。だが、これについては健人に考えがあった。

「それと、ウッドドールから手に入れた魔石は、何かに使えないか研究したいんだけど」

「どうせ今のままだと死蔵しているだけだし、いいけど……どうして？」

ためらうように理由を説明した。

「銀行に預けている資金は三億円弱あるんだけど、この生活を維持していると五十年後には無くなってしまう可能性があるんだ」

大金を手に入れて人間関係が壊れた健人にとって、資産を伝えるのは抵抗がある。出会った頃のままであれば絶対に教えることはなかっただろう。

だが、今は違う。一緒に困難を乗り越えたエリーゼであれば、大金が目の前にあったとしても健人の親族のように醜(みにく)い争いを繰り広げることはない。そう確信していたため、少しためらいながらも金額を告げたのだった。

「街中で暮らせない俺たちにとって贅沢かもしれないけど、この生活を維持しなければいけない。無人島は絶対に手放したくないから、今のうちからお金を稼ぐ方法を模索しないとね」

健人は宝くじで十億円を手に入れていたが、無人島を購入して住みやすいように手を加えている。さらに、クルーザーも購入したため残高が三億円を切っていた。一般的な生活であれば三億円でも十分だが、今の生活を維持しようとすると、そうはいかない。

税金の支払い、クルーザーや無人島にある各設備のメンテナンス。残金を気にすることなく消耗品などを買う生活を続けるのであれば、お金が尽きる可能性も当然でてくる。

さらに、エルフであるエリーゼは間違いなく、健人より長生きする。

彼女がいつまでここに残るかわからない。だが、無人島を第二の故郷だと思って暮らしてくれるのであれば、自分が死んだ後も安心して生活できる基盤を作り上げたい。健人はそこまで考えた上で、エリーゼの世界では当たり前だった魔石をエネルギーとして使う方法を研究したいと望んでいた。

「そうだったんだ。五十年先かぁ……健人は、おじいちゃんね」

種族差による寿命の違い。五十年後も今の美貌を維持しているエリーゼと、年を重ねてしわくちゃになった健人。二人の姿を想像したエリーゼは、笑顔を作りながらも悲しい気持ちを抱いていた。

「だからこそ、身体が動くうちにもう一稼ぎしようかと思ってね」

遠い未来かもしれない。だが、必ず来る別れが少しでも明るくなるようにと願いながら、エリーゼは健人の提案に同意したのだった。

人の悪意

九州の東シナ海に面している無人島は、夏真っ盛りとなる八月を迎えていた。

「うん。全部揃ったし、準備は万全だ」

異世界からきたエルフのエリーゼに無人島の夏を楽しんでもらえるようにと、密かに道具を買い揃え、シュノーケル、フィン、パラソルなどが部屋の主人を追い出すように鎮座していた。

室内を眺めながら満足そうに頷いた健人は、自室を出て階段を降りる。エリーゼは読書を一人静かに楽しんでいるところだった。

「上で何かやってたみたいだけど、終わったの?」

ダイニングの椅子に腰掛けていたエリーゼは、タブレットをテーブルに置いて声をかける。

「これから説明するけど……今日は何も予定が入ってなかったよね?」

無人島に住んでいる無職に予定があるわけもない。答えがわかりきっている質問をする。

「そうね。特にすることがないから本を読んでいたわ。そろそろ探索を再開する?」

「いや、それはまた今度にしよう」

近所に出かけるような感覚でダンジョン探索に誘われる。いつもであればエリーゼの提案に同意する健人も、今回ばかりは違った。

「それより今は夏だ！　夏と言えば海だ！　ということで、海で遊んでみない？　道具は全て揃えたし、見たこともない景色が見られるよ。どうかな？」

エリーゼの世界では、魔物が海を支配していたため海で遊ぶことはできなかった。そのことを覚えていた健人は、海の楽しさを伝えたいと、夏になる前からずっと考えていた。

「それは嬉しいけど……どうやって遊ぶのか、わからないわよ？」

健人の提案に興味を持つが、当然ながら海の遊び方など知らない。迷惑をかけてしまうのではないかとエリーゼは不安を抱いていた。

「もうプランは考えてあるから俺に任せて！」

「そこまで言われたら……遊ぶしかないわね」

自信ありげな表情を浮かべた健人を見て、冷静を装いながらも海で遊ぶことに心躍(こころおど)らせていた。

「よしっ！　まずは水着に着替えようか」

二人で健人の部屋に向かうと、数日前に購入した水着がベッドの上に置いてあった。一度も着ることなく大量に余った下着からサイズを推測したため、今回はすべてのサイズを買うという暴挙にはでていない。

気になるデザインだが健人の趣味で選ばれた。大人の雰囲気が漂う露出度の高い紺色のビキニだ。

「これまたスゴイわね……」

水着を手に取り、体に合わせるようにして着替えた姿を想像する。エリーゼにとっては下着のように感じられ、戸惑いを隠せないでいた。

いまだに元の世界の常識に縛られているエリーゼは、肌を晒すことに抵抗がある。見ず知らずの他人に見られる可能性があれば、水着を着ることを拒否していただろう。だが、幸いにもここには二人しかいない。自分を納得させる正当な理由があった。

「……見る人は健人だけだし、まぁいっか」

覚悟を決め、小さくつぶやくと水着を持ったまま、隣の自室に戻る。

荷物をまとめるのに忙しかった健人は、エリーゼのつぶやきを聞き逃したことに気づかず、意気揚々と荷物をまとめて一階のダイニングへと向かった。

数分後、足音が階段から聞こえエリーゼが降りてくる。引き締まった肉体と露出度の高い水着姿に健人は目を奪われる。

「……似合うね」

気の利いた感想が思い浮かばず、思ったことをそのまま口にする。

「え？　あ、ありがとう。褒められるとは……思わなかったわ……」

人から褒められることに慣れていないエリーゼには、ストレートな言葉は予想以上に効果があった。長い耳の先まで一気に赤くなる。

「そ、そんなことより、荷物を持ってビーチに行けばいいの？」

「う、うん。そろそろビーチに行こうか」

エリーゼの羞恥心が移った健人は、ぎこちない動作で荷物を持ち上げると、クルーザーを係留しているビーチにまで向かう。魔力で強化した身体能力のおかげで、荷物を抱えているのにもかかわらず、その足取りは軽かった。

「準備するから、エリーゼは少し待っていてね」

「手伝えることがあったら教えて」

ビーチに到着すると青と白のパラソルを組み立て、地面にに突き刺す。その周囲にレジャーシートを敷いてから荷物を置き、木製の椅子を二脚組み立てた。

「はい。日焼け止め。今日は日差しが強いから、ちゃんと塗ったほうがいいよ」

一通り準備が終わると、健人は作業を見守っていたエリーゼに日焼け止めを手渡す。

「分かったわ。健人も塗るのよ？」

「エリーゼが塗り終わったらね」

日焼け止めを受け取ったエリーゼは、顔、首、腕と肌が露出している部分を丁寧に塗る。

健人は塗り終わるのを待っている間に、フィンやシュノーケル、マスク、フローティングベストをクルーザーに積み込む。さらに荷物を積み込もうとビーチに戻ったところで、背後から怒ったような声をかけられた。

「一人で働かないの！　はい。そこに座って」

「え？」

一人だけ働いて休もうとしない健人を見かねたエリーゼが、大股で歩いて近づき手をとる。なすがまま引っ張られて先ほど設置したレジャーシートのところまで移動すると、両肩をガッシリと掴まれて座らされた。

「動かないでね……私も手伝うから、一緒に楽しみましょ」

「気を使わせてしまったみたいだね。悪かったよ」

これから小言を言われるのかと言葉通りに動かずに座る。だがその覚悟は不要だった。日差しで暖かくなった背中に心地よい冷たさを感じ、健人は思わず声を出してしまう。

「ふぁゃ！」

「あはは、変な声——動かないの！」

間抜けな声を聞かれてしまい、慌てて振り返ろうとした健人だったが、片手で頭を掴まれて動きを止められてしまった。

「日焼け止めを塗るだけだから。ふふふ、今度こそ変な声は出さないでね」

健人は、再び背中の中心からひんやりとした感触を覚えたかと思うと、彼女の細い指先が上へ、下へと動き、背中全体を撫でるように移動する。

今度こそ笑われないようにと、くすぐったい気持ちを我慢して時が流れるのを待っていると「ペチッ」と軽く叩かれ、背中から指が離れた。

「はい、終わり！　顔や腕は自分で塗ってね」

「あ、ありがとう……」

顔が赤みがかった健人は、立っているエリーゼから日焼け止めを受け取り、残った部分を塗り始める。

「それで、これからどうするの？」

日焼け止めを塗っている健人を見下ろしながら、楽しみにしている遊びの予定を質問する。

「この島には、海につながっている洞窟があるんだ。クルーザーで入口まで行って、シュノーケリングをしようと思ってる。一通り楽しんだら、お昼ご飯はビーチで食べよう」

「洞窟!? いいわね！　早く行きましょう！」

テレビで見かけたシュノーケリングが体験できると知ったエリーゼは、まるで小さい子どものようにはしゃいでいた。

遊びに誘って正解だったと安心した健人は、日焼け止めを塗り終えると一緒にクルーザーへ向かい、エリーゼのために道具の説明を始める。

「シュノーケリングに必要な道具は、水中で目と鼻に水が入らないようにするマスク。呼吸用のシュノーケル。浮き輪みたいに浮力のあるフローティングベスト。そして最後は、水中で移動するためのフィン。それじゃ早速、一緒に道具を身に着けてみようか」

フローティングベストを上半身に着けてから、床に座ってフィンを足に取り付ける。さらに、目と鼻をガードするマスクにパイプ状のシュノーケルを取り付けてから、水が入らないようにマスクをしっかり顔に密着させる。

健人が実演してから丁寧に教えると、十分もかからずにシュノーケリングに必要な道具を身に着けることができた。

「最後に、シュノーケルをくわえてから海に入れば完璧だ」

「わかったわ。それにしても、フィンを付けると歩きにくいのね」

「その代わり、ゆっくりと足を動かすだけで水中を魚のように移動できるようになるから便利だよ」

「へぇ。それは楽しみね！」

テレビで見た魚のように、水中を優雅に移動する姿を想像し、エリーゼは一人静かに興奮していた。

「準備も終わったし、そろそろ行こう！」

マスクとフィンを取り外すと運転席まで移動し、クルーザーのエンジンをかけ、波による侵食で作られた洞窟――海食洞(かいしょくどう)へと向かった。

シュノーケリングの人気スポットといえば青の洞窟。太陽の光が洞窟内で反射して神秘的な空間を創り出す場所だ。日本でもいくつか該当する場所はあり、常に大勢の観光客を魅了している。だが残念なことに常に人がいるため、発見された当初のような神秘的な雰囲気は薄れてしまっていることが多かった。

一般人が、青の洞窟の本来の雰囲気を楽しむのは難しいが、健人たちは違う。

「マスクをしっかり押さえて、足から落ちるよ」

洞窟の入り口から少し離れた場所にクルーザーを停めると、見本を見せるかのように手でマスクをしっかりと抑えた健人が飛び降りる。続くエリーゼもマスクを押さえて飛び降りた。

「俺の後についてきて」

シュノーケルをくわえてからフィンを付けた足を動かして青の洞窟へと向かう。

「これは……すごいわね。それ以外の言葉が浮かんでこないわ。私が住んでいた世界にもこんな場所があったのかしら？」

フローティングベストの浮力に任せて、脱力したまま仰向けになったエリーゼが、ぼんやりとつぶやく。真夏の光を反射して一段と青く輝く洞窟内で、息を呑むほどの驚きを体験していた。

「あったとしても魔物のせいで、見ることはできないわね」

「それは残念だね……」

「だから、この世界では色んなことを体験してみたいわ」

「それは楽しそうだ」

「健人も、一緒だからね」

波はなく、静かな空間。

二人は言葉を発することなく、誰にも邪魔されずにゆっくりと流れる時間を堪能していた。

「そろそろお昼にしよう」

時間にして三十分。神秘的な雰囲気を満喫した二人は、青の洞窟の光景を脳内にしっかりと刻み込んでから、ビーチに戻って、手際よくバーベキューの準備を進めていた。

「バーベキューコンロを組み立てるから、エリーゼはクーラーボックスから食材を出してもらえる？」

荷物置き場にある青いクーラーボックを開けると、エビ、イカ、ホタテといった魚介類が入っていた。その下には焼きそばの麺もある。エリーゼは言われた通り食材を手にして戻ると、健人がバーベキューコンロに火をつけるところだった。

「食材を持って来たわ」

「ありがとう」

エリーゼから食材を受け取ると、健人は適温になった鉄板に置く。ジュゥと焼ける音と香ばしい匂いが二人の空腹を刺激する。ほどよく焼けたら麺を追加してよくかき混ぜて最後に味付けすると、海鮮焼きそばが完成した。

その場で見守っていたエリーゼは、料理を手早く紙皿に盛りつけてその場で食事を始める。

「美味しいわね！」

口に入れると潮の香りが広がる。朝から何も食べていないことも合わさって、普段食べている料理より美味しく感じた。手に持ったフォークは止まることなく、山盛りだった海鮮焼きそばが目に見える速さで減っていく。

このままだと自分の分もなくなると思った健人は、慌てて海鮮焼きそばを確保すると、椅子に座って、海を眺めながら食事に手をつけた。

「そういえば、健人にお願いがあるの」

お腹が膨れて食事の手を止めたエリーゼが、健人の隣に座る。

「ん？　どうした？」

「私、実は泳げないの。泳ぎ方を教えてもらえないかしら？」

恥ずかしがるように海を見ながらお願いをした。

エリーゼの世界では泳げないことが当たり前だったが、日本では子どもでも泳ぐことができる。

海の楽しさを覚えたエリーゼは、今度は泳ぎを覚えたいと思っていた。

「もちろん！　顔を水につけることはできるから、バタ足の練習をしようか。泳げるようになるまで何日でも付き合うよ」

「ありがとう！」

勢いよく椅子から立ち上がり喜ぶエリーゼを見ると、言葉通り何日でも付き合う覚悟ができた。

「今すぐ行くわよ！」

「え？　今すぐ⁉」

驚く健人を置き去りにして、エリーゼは元気よく走り出した。


「まさかここまで物覚えが良いとは……もう教えることはないよ」

突然始まった水泳教室は、なんと初日に終わってしまった。

エリーゼは持ち前の運動神経の良さをいかんなく発揮し、泳ぎ方を教えてから数時間で、クロール、平泳ぎ、バダフライを苦労することなく覚えていった。先ほどの覚悟はなんだったんだろうと、健人が思ってしまうほどだ。

「健人の教え方がいいからよ？　浮き輪を使ってバタ足の練習するとか、私じゃ思いつかないわ」

先ほどまで休むことなく泳いでいた二人は、休憩と称して波打ち際を並んで歩いていた。

「それは俺がすごいんじゃない。誰でも知っていることだよ」

「そうだとしても、教えてくれた健人には感謝しなきゃね！」

満面の笑みで健人の顔を見る。

エリーゼにとって、泳ぎ方を教えてくれたのが健人だという事実の方が大事だった。

「まだまだ覚えることはたくさんあるけど、そのうち無人島を出て旅をしてみるのも良いかもしれないわね」

「そうだね。焦る必要はないし、俺と一緒に、この世界との付き合い方をゆっくりと覚えていこう」

エリーゼは、急に立ち止まる。

それに気づかず健人は数歩先まで歩いてしまった。

「どうし――」

慌てて振り返るとエリーゼは、迷子になった子どもの様な表情をしていた。

二人の会話が止まり、静かな波音だけが聞こえる。

「頼りにしていい？」

すでに健人は魔法を使えるようになった。最初に交わした約束は、既に終わりを迎えている。

本来であれば、そろそろ独り立ちをしなければならないエリーゼだが、心地よい今の関係をズルズルと引きずってしまっている。その後ろめたさが、偶然にも出来た居場所を離れたくないという気持ちが、エリーゼの心を不安定にさせていた。

「アイアンドールの時みたいに、俺が死にそうになるまで頼っていいよ」

誰が聞いても冗談だとわかる一言。だが、不安を抱いていたエリーゼにとって、冗談でも頼って良いと返事をしてくれた健人に、今まで感じたことのない安らぎを覚える。

「そんなになるまでは、頼らないわよ」

その一言で、ビーチに二人の笑い声が響き渡った。

「名残惜(なごりお)しいけど、もうすぐ夕方だ。暗くなる前に帰ろう」

「……そうね……」

街灯のない無人島では、太陽とともに生活をするしかない。まだ遊び足りなかった二人だが、帰ることに決めた。

ここで手を握れば完璧だったのだが、大事なところで気が利かない健人は、帰るのが寂しいといった表情をしているエリーゼに気づくことなく、歩き始めてしまった。

早めに帰宅したことで、夕方には荷物を片付け終わった。

今はダイニングで海で遊んだ後の心地好い疲れに浸りながら、二人は火照(ほて)った体を冷やすために冷たいジュースを飲んでいる。

「今日は、思いっきり遊んだわ」

「最近はずっと家にこもってたからね。たまにはこうやって遊ばないと！　初めての海は、どうだった？」

夏を楽しんでもらうために用意した計画。その成果を聞き出す。

「すべてが新鮮で、そして楽しかったわ！　青の洞窟はずっと見ていたくなるほど神秘的だったし、海鮮焼きそばは、本当に美味しかった！　それに泳げるようになったことも嬉しかったわ！　今日一日で一体、どのぐらいの初めてを経験したのか分からないぐらい、驚きの連続だったのよ！」

出来事を一つ一つ思い出すように語る声は、明るく楽しそうだ。

初めての海は楽しい雰囲気で終わるはずだった。だが、BGM代わりにつけていたテレビによって、状況が一変する。

「――の記者会見で公表した、新宿に発生したダンジョンの続報です。現地にいるレポーターによると、ダンジョン発生により避難地域に指定された新宿区の一部地域は、ゴーストタウンのように静まり返っているようです！　ただいま、現場と中継がつながりました――」

健人との談話中に聞き慣れた、だが決して、テレビから聞こえてくるはずのない単語を耳にする。

「これって、どういうことか分かる？」

「分からないわ……私が教えて欲しいぐらいね……」

理解の追いつかない健人は質問をするが、それはエリーゼも同じことだった。二人は会話を中断すると、テレビをかじりつく様に見つめていた。

翌日からニュースの話題はダンジョン一色だった。日本政府が発表したダンジョンと、それに伴う魔物と魔法の存在は世間を大きく賑(にぎわ)わせる。

まず最初に出た反応は、その存在を疑う人間。だがそれは、ダンジョン探索の記録動画と捕まえた魔物を見せるとすぐに聞かなくなる。ダンジョン周辺であれば魔力があるため、魔法もデモンストレーションをすることで、一部の疑い深い人間を除き多くの人が信じることになった。

今までフィクションの世界にだけに存在した、ダンジョン、魔物、魔法が実在すると確信した人々の意見は、大きく二つに分かれる。一つは「ダンジョンや魔物に危険性」についてだ。エリーゼの世界でさえ完全に解明できていないこれらについて、ダンジョンが出現して間もない日本の政府が答えられるはずがない。自衛隊が封鎖して外に出さないように管理していると、答えることしかできなかった。

だがもう一つの魔法が使える可能性については「魔力を貯める〝見えない器〟――魔力臓器が存在すれば、魔法は使える」と正式な発表があった。魔力臓器を所持している確率は千人に一人の割合。近日中に日本国民を対象にした検査を実施するので、それまで待って欲しいと繰り返し首相が熱弁していた。

ダンジョンの発表からここまで、わずか半月の出来事であり、異常なほど事態が早く推移している。

「手際が良いわね……。ダンジョンや魔法についての知識が不自然なほどある。特に魔力を貯める〝見えない器〟……魔力臓器と名付けたアレを発見するのが早すぎるわ。新宿のダンジョンが、いつから出現したのかわからないけど、つい最近のはずよ。地下通路の一部が突如としてなくなって、ダンジョンの入り口が出現したのであれば、長い間隠せるものじゃないわ」

この半月間、テレビや健人に買ってもらったパソコンで新宿に出現したダンジョンについて詳しく調べていたエリーゼが、不審点を指摘する。

「向こうにも、私と同じ異世界人がいるのは間違いないわ」

ダンジョンの入り口を中継しているテレビを睨みつけるように言い放った。

「新しいダンジョンに異世界人か……事態が急変して理解が追いつかない。とりあえず状況を整理しよう」

エリーゼは首を縦に振って、健人の提案に同意する。

「仮に異世界人がいたとしたら、ダンジョン、魔物、魔法の知識は俺たちと同等か、あるいはそれ以上あるよね？」

「そうね」

ダンジョンの最下層までたどり着いたのであれば、エリーゼと同等の知識を得ていてもなんら不思議ではなかった。

「ということは、その知識を日本に合うようにアレンジして管理体制を整えたくなるよね。特に、社会が乱れそうな危険については早めに管理したいはずだ。魔力臓器の検査をするということは、魔法が使える人数の把握と管理が目的なのかな？」

話しながら考えを整理し、何よりも先駆けて魔力臓器の検査を行うことを決めた、日本政府の方針を推測していた。

「私の世界では魔力が貯蔵できる量——魔法の威力や規模に違いはあったけど、魔法は全員が使えたわ。そんな世界でも、強力な魔法が使える魔力臓器の大きい人間は国が管理していたの。一部の人間しか使えないこの世界では厳密に管理しそうね」

　個人が何の制限もなく魔法の力を手に入れても、最初のうちは周囲に自慢するだけだろう。だが——イジメ、セクハラ、恐喝(きょうかつ)……自身を守らなければならないとき、偶然手に入れた力を使う人間は必ず出てくる。魔力を体内に循環させて身体能力を向上させただけで、普通の人間が取り囲んでもかなうことはない。そんな危険な力を、国が野放しにするはずはなかった。

「それを聞いて少し疑問に思ったんだけど、エリーゼの世界基準だと俺の魔力臓器って、どのぐらい優秀なの？」

　比較対象がエリーゼしか居なかったからこそ、今更ながら思い浮かんだ疑問であった。

「私の世界だったら、国が居場所を管理するレベルよ。この世界の標準が健人レベルじゃなければ、要注意人物として管理されると思うわ」

「うぁ……」

　自身が持つ魔力臓器の想像を超えた性能と、日々の行動を監視される息苦しい生活をイメージした健人は、絶句していた。

「でもさ、魔力はダンジョン周辺しかないよね？　そこまで気にする必要ないんじゃない？」

　魔力がなければ魔法は使えない。魔法さえ使えなければ、先ほどの懸念は不要だろう。

「最近気づいたんだけど、魔力の範囲が広がっているのよ。具体的には、無人島の近海にまで拡大しているわ。ダンジョンが生み出した魔力が、世界中を覆う日もそう遠くないと思うのよ。日本政府側にも異世界人がいたら、同じ結論を出しているでしょうね」

いつの日か、世界中が魔力に包まれる。日本に限定すれば、そう遠くない未来に魔力で満たされるだろう。そうなれば先ほど懸念したことは、高い確率で現実となる。むろん、魔力臓器を持つ全ての人間が、すぐに魔法が使えるようになるわけではない。だが、ある日突然使えるようになる可能性はあり、また健人のように魔法を使える人間に師事すれば、すぐに魔法が使えるようになる。

「……いつになるか分からないけど、この世界が魔力で満たされる日が来る。そのために管理体制だけは早めに作っておこうということか」

「そういうこと。それにね。私たちの世界には、魔物の接近を拒む結界装置や魔石を使った爆弾など、この世界に存在しない魔道具がたくさんあったの。魔力だけではなく、魔道具も登場したらこの世界は大きく変わると思うわよ」

魔法と、魔石を使った魔道具の開発が進んだら、この世界がどうなるか誰も予想できない。

この島で使える便利な能力ぐらいしか考えていなかった健人が、その可能性に気付き頬を引きつらせていた。

「全ての元となるダンジョンの存在は、今後さらに重要になりそうだね……。政府が本腰を入れてダンジョン関連の研究をするのは間違いないと思う。俺たちが調べている魔石についても向こうのほうが早く進めそうだ」

「結局、私たちが調べたことなんて、魔石に魔力を注ぐと小さな爆発が起きる程度だしね……」

エリーゼはベテランの探索者だったが、さすがに魔道具の作り方は知らない。知識もなく、碌(ろく)な設備もない場所では、遅々として研究が進まなかった。

「考え方を変えたほうがいいかもしれない」

「どういうこと？」

エリーゼがお金の心配をせずに、この世界を楽しめるようにと心に誓って始めた魔石の研究は、ライバルがいないことが前提であり、数十年の歳月をかけて行おうとしていた。だがここにきて、新宿にダンジョンが出現し、日本政府が管理することになった。一介の元教師では、太刀打ちができないほど優秀な人材と資金が集まる組織と正面から戦うのは無謀だろう。

「魔石のエネルギー利用は頭の良い人達に任せて、俺らは資源が発掘できる場所としてここを守るって考え方。石油で儲かっている中東の国々のようにね」

強力なライバルの出現によって事業の方針を転換し、健人は新しく進むべき道を決めた。

「私たちは石油王を目指すわけね！」

「…………なんで、そんな言葉知ってるの？」

エリーゼがスラングに近い言葉を覚えていることに、健人は呆れていた。

「本で書いてあったのよ」

毎日のように電子書籍を購入して読み漁っているエリーゼは、一般常識からスラングやネット用語など幅広い知識を驚くほどのスピードで手に入れていた。

「まぁいいか。その通りだよ。世界で二カ所しかないエネルギー資源を最大限活用するために、ダンジョンを運営して資金を貯める。幸いというか、この島の所有者は俺だ。誰かに奪い取られる心配も少ない」

不労所得。それもマンション管理といった規模が小さく、すぐに廃れてしまうものでもない。少なくとも百年単位で大金が入ってくる仕組みを作ろうと、健人は意気込んでいた。

数か月前は失意のどん底にいた人間が、守るべきもの、残してしまう人へ、人生をかけたプレゼントをする。生きる目標を見つけ、健人は再び社会に出ようとしていた。

「寝て起きるだけで大金が転がり込んでくる……ふふふ、楽しそうね」

「楽しいだけじゃないけどね。既存の利益を犯すんだから、各所から恨まれると思うよ。それをどうやって回避するか、悩みの種は尽きないね」

世の中を大きく変えようとすれば、現在の仕組みで多大な利益を得ている組織や人間の反発は避けられない。変化が大きければ大きいほど、その反発は強くなる。魔力、魔石といったものがこの世界でどこまで通用するかわからない。だが、物事を円滑に進めるためには、今から考えておくべきことだと健人は考えていた。

「なんなら、この島を売り飛ばして、その金で余生を過ごす？　それはそれで楽しそうだから、私は賛成よ。面倒を見てくれた恩もあるし、最後まで付き合ってあげるわ」

巻き込まれた健人が頑張る必要はない。冗談のように言いながらも発言したエリーゼは本気だった。

「それは嬉しい提案だけど……最終手段だな。エリーゼの立場は不安定だし、今後の事を考えると、ここを簡単に手放してはいけないと思う」

「……健人が考えて出した結論なら私は付き合うわ」

「ありがとう。最高の結果が出るように挑戦してみるよ」

二人のひきこもり生活は、もうすぐ終わる。

新宿に出現したダンジョンは、そう予感させるには十分な出来事だった。


先日のテレビ会見から数日で魔力臓器の検査が始まり、約半年ほどかけて政令指定都市の住民検査は、ほぼ終了した。

検査で魔力臓器の存在が確認されると、半日で終わる講習を受け、魔力臓器の質に応じて一級を頂点とする五段階に分かれた魔法士の免許が発行された。

五級の人間が身体能力を向上させても、才能ある人間が鍛えれば到達できる範囲であるのに対し、一級にまでなると動体視力や第六感も優れ、条件さえそろえば弾丸すら避けることができる。二級以上になると、極秘裏に身辺調査が実施され、危険人物として行動が監視される体制がとられていた。

さらに検査を実施中に魔法士の免許を取得している人間だけが受験できる、ダンジョン探索士が新設された。ケガや死亡といった危険は全て自己責任となるが、ダンジョンの探索ができるようになった。

限定的だが一般公開したのには理由がある。

魔法が使えない人間の身体能力が追いつかないことが原因で、自衛隊が中心となった初期の探索で犠牲者が発生していたのだ。また、他にも弾薬の補給といった問題もあり、魔法を使える人間だけに探索させたほうが安全で効率が良いと日本政府内で結論が出ていた。

魔法が使えるもの全員が持つ魔法士と、ダンジョンに入るために必要なダンジョン探索士。この二つの免許を持たずにダンジョンに入れば違法とされ処罰される。ダンジョン探索には必須の免許となった。

そんな事情があったため、エリーゼと夏を楽しもうとしていた健人は、急きょ予定を変えて試験と免許の取得。起業の手続きなどを優先したので遊ぶ暇などなく、気がついたら冬を迎え、年を越していた。


「健人は、魔法士とダンジョン探索士のテストを受けたのよね？　ずいぶんと忙しかったようだけど、どうだったの？」

寒さが一段と厳しくなる深夜。石油ストーブで暖められたダイニングで、二人が向かい合って座っている。

携帯電話を買ってもらい、健人が東京に行ってからも毎晩話していたが、放っておかれたと感じていたエリーゼの言葉にはトゲがあった。

「エリーゼがやってくれたように魔力を流されて、魔力臓器の存在を確認されたよ。もちろん、俺は持っていたから、そのまま講習を受けることになったんだけど、魔法を人に向けて使わないようにという道徳的な部分と、魔法を使ったら一発で留置場行き。さらに一般人とケンカは違法になるから気を付けろといった、法律面の説明をしてもらって終わったよ」

「何それ？　それだとまともな魔法が使えないじゃない」

エリーゼが疑問を持つのも当然だった。魔法士の免許を持っただけで魔法を使いこなすことは難しい。だがそれは、魔法が使える人間と使えない人間という、新しい社会問題が表面化するのを少しでも遅らせるための苦肉の策だった。

結局のところ、魔法士の免許は「自分は凶器をもっている」といった自覚を促すための免許であり、また、一般人に「この人間は魔法が使える」といった警告をするためだけの効果しかない。

「極端なことを言えば、魔法士の免許は魔力臓器があることを証明するだけの資格らしいからね」

「なるほど……魔法を使いたいのであれば、ダンジョン探索士の免許を取得してダンジョン内で使いなさいってことね」

「そのためのダンジョン探索士らしいからね。これを取るときは魔法の使い方を教わったし、ダンジョン特区であれば魔法を使っても良いと説明されたよ」

ダンジョン探索士の免許は数日かけて本格的に魔法を学び、最後はダンジョン内に入って探索を体験する。また魔法の習熟度を確認するために、ダンジョン探索中にテストがあり、基準に満たない場合は試験に落とされるという本格的なものだった。

さらにダンジョン特区と呼ばれる、ダンジョン周辺数キロ以内であれば魔法の使用は許可され、ダンジョン探索士の免許さえ取得すれば、魔法を使う機会は格段に増える仕組みになっていた。

「ダンジョン探索士の免許はとれたの？」

「もちろん」

　すでに何度も魔法を使い、ダンジョンを探索している健人にとっては、受かって当然の内容だった。だが、魔法が使えるようになったばかりの未経験者にとって難易度は高く、一般的には突破率は低い試験だ。

「でも、魔法士一級だったこともあって、いろいろと目立ったみたい」

　魔法士の免許を取得した人の中で、一級に入るのは一％以下だ。ダンジョン探索士に一発合格したことも合わさり、関係者から目をつけられていた。

「あんたねぇ……」

　エリーゼの口調が珍しく荒くなり、不用意に目立った健人を非難するような目つきをしている。

「いやいや！　免許は必要なものだし！　偽るのも難しいし……仕方がないよ……多分……」

　失敗を指摘されて健人の声が徐々に小さくなる。

　その姿を見たエリーゼは、怒っているのが馬鹿らしくなって問い詰めるのをやめた。

「ちゃんと反省しているのなら、不問にしてあげる」

　人の体を貫くような鋭い目つきが和らぐ。

「それより、やっぱり一級だったのね。私の動きについてこれるし、アイアンドールと対等に戦えた。魔力臓器の質は高いと持っていたけど……本当に高かったのね」

　健人が一級だったことに納得したと同時に、この世界の魔力臓器のレベルがエリーゼの世界と同水準だったことに安堵もしていた。

「それにしても、一般公開するとは思わなかったわ」

「ダンジョンと魔石は国が管理して民間人に探索させる形の方が、経済的にはいいのかもしれない。なんせ、別の世界で使われていたエネルギーなんだから、魔石は新しい市場になると期待しているんだよ」

「国は女王アリで、ダンジョン探索士は働きアリって感じね」

「物は言いようだね……」

「私がいた世界では、そんな感じの扱いだったのよ……」

エリーゼの住んでいた世界ではダンジョンを探索するハンターは使い捨ての駒であり、いくらでも補充できるものだと考えられていた。扱いはひどく、特に駆け出しのハンターは人間扱いされていなかった。そのような経緯もあり、思わず辛辣な表現を口にしてしまったのだった。

「ダンジョン周辺の土地は国が買い取ったし、手に入れた魔石や道具も国に売却して研究が終わったものだけ、民間のショップに卸して販売されるらしい。民間人はダンジョンのドロップアイテムで賃金を得て満足する。国は貴重な資源が手に入り、産出量がコントロールできる新しい市場を創りだす。そんな未来がすぐそこまできているよ」

ダンジョンの管理までを一企業に任せてしまえば、外国が干渉しやすくなるため避けなければならない。だが探索だけを民間企業に任せるのであれば、新しい雇用が生まれて失業率が改善する。そうなれば、内閣の支持率は向上して安定した政権運営ができる。

健人は、日本政府の思惑をそのように捉えていた。

「忙しくて大変だったけど、ダンジョンを探索する免許は一通り取得できたな」

「これで少しはゆっくりできるの?」

最近は別々で行動することが多かったため、また以前のようにゆっくりとした生活が送れることをエリーゼは期待していた。

「最後に、無人島の管理体制を強化したら終わりだよ」

「そんなの必要?」

エリーゼは「まだやることがあるの?」と問い詰めたい気持ちを抑えて質問をした。

「この島にダンジョンがあると知られたら、無断で上陸する人は絶対に出てくる。気休めかもしれないけど、コテージとゴーレムダンジョンの入り口にだけでも監視カメラを設置して、上陸できそうなビーチには、警報機を配置する予定だよ。もうすでに買ってあるから、あとは設置するだけなんだけどね」

試験を受けるために東京に滞在している間、電池で動く監視カメラと赤外線を横切ると音が鳴る警報機を数十個ほど購入していた。警報機は中継機を使えば距離を伸ばせるため、個人向けとはいえ、周辺を監視するだけであれば十分な機能を持っていた。

「必要なのはわかったけど、別にしばらくゆっくりしてからでも良いじゃない? うん。そろそろ、冬らしい遊びを教えてほしいわ」

だがまだ納得のいかないエリーゼは、聞き分けのない子どものように遊んで欲しいとねだる。

「ここだと雪は降らないし、冬らしい遊びは難しいかなぁ」

「冬らしくなくてもいいわ。そうだ! ストーブで暖まりながら、一緒にアクセサリー作りしましょう。それとも……私と遊びたくない？」

健人にすがりつくように、遊びの提案をする。

一人で誰とも会わず、話さない生活は本人も気づかないうちにストレスとなって、エリーゼの心に重くのしかかっていた。

「どうした？　エリーゼの提案は魅力的だけど、何かが起こってからじゃ遅い。先に設置させてもらえないかな？」

「それは分かるけど、数日ぐらい大丈夫でしょ？」

「俺とエリーゼが暮らすこの島を守るために必要なんだ。エリーゼだってこの無人島が大切だろ？」

健人の両手がエリーゼの肩にかかり、お互いの顔が近づく。

「ええ。そうよ」

「俺たちは、この島での生活が何よりも大切だ。それを守るためなら何でもする。少なくとも俺はそう思って行動しているつもりだ。決してエリーゼの事を後回しにしているわけじゃないんだ。数日だけ我慢してもらえないかな。それですべてが終わるから……」

健人の必死な説得により我に返ったエリーゼは、心が弱くなっていたことに気づき自己嫌悪感に襲われた。

「……ごめんなさい。少し感情的になっていたわ。私も手伝うからさっさと終わらせて、それから一緒に遊びましょう」

「ああ。そうしよう。さっさと終わらせて、ゆっくりアクセサリー作りを楽しもう」

「それは楽しみね」

ようやくいつものエリーゼに戻ったことに健人は安堵する。

翌日から二人で作業を始めると、二日かけて監視カメラ、警報機の設置が終わり、来るべき未来に備えて現状で出来る環境整備が終わった。

警報機の設置が終わった数日後。備蓄の尽きた食料を調達するために、健人は本島に上陸していた。

買い物が終わり無人島へ帰るためにクルーザーに乗り込もうとすると、港の組合長である工藤に声をかけられる。

「ちょっと待ちな」

「……なんでしょう？」

嫌味を言われるのかと、うんざりしながらも返答をする。

「お偉いさんの秘書と名乗るヤツから、直々にお前宛の封筒を預かっている。何かやらかしたのか？」

帽子をかぶり、派手な赤いダウンジャケットを羽織った工藤が、眉間にしわを寄せて健人に近づく。

「なんのことですか？　人が住んでいない場所で静かに暮らしているだけですよ」

「本当かぁ？　最近、東京に行ってたみたいじゃないか。そこで悪さをしたんじゃないのか？」

工藤は組合長という役職にはついているが、実際に働いているのは地元に残った数少ない若者だ。

暇な時間を持て余し、ささいなことでも大げさに表現して暇つぶしのネタを探していた。

「東京にできたダンジョンを見学しようと思って行っただけです。それに悪いことをしたら、偉い人じゃなくて警察が来ると思いますよ？」

「クルーザーに島、金の出所が怪しいんじゃないのか。お前いくら持っているんだ？」

工藤は、漁港では表立って誰も逆らうことができないため王様気分に浸っている。港を利用している健人の情報を把握するのは当然の権利だと歪んだ考えを持っていた。

「工藤さんもクルーザーや島の値段は予想できますよね？　あんな高い買い物をしたらお金なんて残らないですよ。だからこそ、買った島で生活しているんですから……」

健人は視線を下の方に向け、悲壮感のただよう表情をしてお金がないことをアピールする。

「ちっ。少しは残しておけよな……あと、金がないからって犯罪に走るなよ」

健人の迫真の演技により当面の生活費はあるが、大金は残っていないと思い込ませることに成功した。

「はい。お金が無くなる前に働きます」

「そうしろ。何なら、俺が紹介してやってもいいがな！」

「はい。そのときはよろしくお願いします」

礼儀正しく頭を下げて、感謝の気持ちを伝える。

（低賃金で誰もやりたがらない、キツイ仕事をやらせるつもりなんだろうな）

だが、その行動とは裏腹に工藤の事は信用していなかった。

「まぁ金の事はもういい。それよりこの封筒だ。何かあったら港を貸している俺の責任問題になるかもしれん。ここで封筒を開けて内容を見るんだ」

「別にいいですけど……」

ここで断ったら強引に封筒を奪い取られる未来しか想像できない健人は、不本意ながらも頷いた。封筒を受け取り開けて中を取り出すと、工藤が強引に奪い取る。

「何が入ってあった？　ん？　写真だけか？」

工藤の手には一枚の写真があった。

「変な耳をしているが、これまたえらい別嬪(べっぴん)だな。お前の知り合いか？」

「そうだったら、一緒に歩いて自慢していますよ」

知り合いと言ってしまえば紹介しろと、ヘビのように執念深く付き纏われるのは間違いない。そう予想した健人は、他人だと言い切ることで言い逃れることにした。

「それなら、なんでお前にこの写真を渡そうとしたんだ？　怪しいな……お前、何か隠しているだろ」

「うーん。こんな美人を見かけたら、絶対に忘れないと思うんですけどねぇ」

「……ちっ。面白くねぇな。くれぐれも、また、警察のお世話になるようなことするんじゃねぇぞ」

完全に納得したわけではなかったが、またしても健人の演技が功を奏す。

面白そうなことにはならないと感じた工藤は、追求するのを諦めると同時に捨て台詞を吐いてから、写真を投げ捨てるように返して立ち去った。

「また、ね。あの人の性格なら調べて当然か……。今になっては、どうでもいいことだけどね」

冤罪(えんざい)事件のことを指摘されても動揺しなかった自分に驚きながらも、落とさないように慌てて受け取った写真を再び見る。

そこには、風で帽子が飛ばされたエリーゼの姿が写り込んでいた。

この写真だけならば「日本のどこかにエルフがいるんですかね？」と言い逃れすることはできただろう。だが、無人島の持ち主である健人宛に送られた。

工藤の言うお偉いさんが「無人島にエルフが住んでいるのは知っている」とメッセージ代わりに使っているのは間違いない。

「工藤さん。この写真は、本当に面白くないですね……」

作り笑いをしていた表情が一変して、引きつった表情になっていた。


封筒をポケットに入れて急いで無人島に帰ると、エリーゼは珍しく畑の手入れをしているところだった。

「話したいことができたから、ダイニングに行こう」

「どうした……ってちょっと待って！」

気持ちが先走る健人は、エリーゼの返事を待たずにコテージに入る。キッチンに移動して二人分のコーヒーを入れてダイニングに戻ると、顔に土がついたままのエリーゼが待っていた。

「まったく、買い出しに行ったと思ったら、慌てて帰ってきて……何かあったの？」

「この写真を見てほしい」

ポケットにしまっていた封筒から写真を取り出し、テーブルの上に置く。

「これは……」

風が吹いて帽子が宙を舞い、それを捉えようとしている自分自身の写真を見て絶句し、そして、何が起こっているのか正しく把握した。

「ごめんなさい。私が原因で……」

「ううん。俺が一緒に同行しないかと提案して案内したんだから、エリーゼが気にする必要はないよ」

「でも……」

異世界人を匿っていたとして、健人にまで迷惑をかけてしまうことを想像すると、胸が締め付けられるような息苦しさを感じていた。

隙があったのは間違いないが、エリーゼを見て会話した健人でさえ、魔法を見るまでは本物のエルフなのか半信半疑だったほどだ。致命的なミスとは言えない。写真を見ただけで、異世界人が日本にいると騒いでも、妄想だとして片付けられ、忘れられてしまうはずだった。

だがここで、ダンジョン、魔法、魔物といったファンタジー要素が現実に現れたことで状況が変わる。

「新宿にダンジョンが出現しなければ、誰も本物だとは思わず、ネットの海に埋もれていたはずだ。だから、運が悪かった。そう思うことにして、これからどうするか考えよう」

「……送り主と話し合うの？　見たところ写真しかないようだけど」

「実は裏側に小さく電話番号が書いてあった。ここに電話しろってことなんだと思う」

工藤は写真に写ったエリーゼにしか興味はなく、裏側に記載されていた電話番号を見逃していた。

「電話するしかないわよね。問題は、相手が何を言ってくるかってことかしら」

「そうだね。生のエリーゼを見たいがために写真を送りつける……ということはないと思うから、何かしら要求されると思うんだよね」

「そうね。私の身柄かしら？」

「それは当然、言ってくるだろうね。エリーゼは無国籍だから、この日本には不法滞在していることになる」

「それって何か問題なの？」

「最悪、それを名目として長期間収容される可能性は十分あるかな」

突如としてこの世界に出現したエリーゼは、当然、国籍は持っていないため、見つかれば不法滞在として扱われる。また、その特殊な事情から、退去強制手続きを取ってもエリーゼを受け入れる国がない。そう言った理由で、エリーゼを確保するために無理やり長期間収容する可能性は十分高かった。

そうなってしまえば、無人島で生活できなくなるどころか不自由な生活を強いられてしまう。

「それは嫌ね……」

「ああ。そうだな」

心から嫌そうにしているエリーゼを見て、最悪、彼女だけでも逃がす方法を考えようと心に誓った。

「それともう一つ、懸念がある。ダンジョンについて何か言ってくるかもしれない」

「私のことがバレたからって心配しすぎよ。ダンジョンは大丈夫じゃないかしら？」

「俺たちが、《ダンジョンとともに異世界人が出現した可能性が高い》と考えているように、向こうも同じことを考えてもおかしくないんじゃないかな？」

健人の頭を悩ませるもう一つの問題がダンジョンだ。

異世界人だけ手に入れてダンジョンを放置するなど、そんな都合の良いことにはならない。この生活を守るのであれば、同時にダンジョンも守らなければならなかった。

「あ！　確かにそうね……そう考えないほうが逆に不自然ね」

健人の指摘により、エリーゼもダンジョンが狙われる可能性が高いことに気が付く。

「そうそう。さすがに俺を脅して無理やり、この島を奪い取るようなバカなことはしないと思うけど、売ってくれと打診はされるだろうね」

戦前の日本であれば力ずくで奪い取ってきたかもしれない。だが現在であれば、そのような方法を取れば法治国家として大きな問題に発展する。さすがにそんなバカなことをしないだろうと予想していた健人は、無人島の売却を打診されるといった、平和的な解決方法をとると考えていた。

「売るの？」

無人島の売却という話に驚いたエリーゼは、持っていたマグカップを落としそうになりながら質問をした。

「まさか！　お金をいくら積まれても売る気はないよ」

一戸建てを購入した人を一国一城の主と表現することがある。本島から離れ、海に囲まれた無人島に住んでいる健人も同じような感情を抱いていた。自分の領土全てを売り払う貴族はいないのと同じで、金額の多寡に関係なく、売るという選択肢は存在しない。

「どちらにしろ、一度は直接会わないとダメだろう。これから準備して、明日にでも電話するよ」

「私もできる限り協力するわ」

エリーゼを守って、無人島も手放さない。

改めて何一つ譲れないと理解した健人は、まだ見ぬ写真の送り主をどうやって説得するか考えを巡らせていた。


翌日、写真に記載されていた電話番号に連絡をする。ワンコールで梅澤と名乗る国会議員の秘書が出ると、健人が恐縮してしまうほどの低姿勢で応対し、数日後に健人の住む無人島に来ることとなった。上陸メンバーは、近年になって話題に上がることが多くなった烏山議員と、その秘書の梅澤。さらに魔法が使える護衛の三名。

大人数で来ると予想していた健人は、その少なさに驚く。何か裏があると予感すると、交渉が不利になりそうなダンジョンで手に入れた剣や魔石などを隠し、準備を進めて当日を迎えた。

コテージの前で烏山議員を待っていた健人たちだったが、彼らが姿を現したのは予定から一時間も遅れてのことだった。

「出迎え、ご苦労」

最初に声を上げたのは、髪は薄く白髪交じりで中年太りした五十代と思われるの烏山議員だった。一歩後ろにはスーツ姿の三十代と思われるの男性が二人歩いている。片方は眼鏡をかけた優しそうな色白な男性。もう一人は坊主頭にサングラスを身に着け、スーツの上からでもわかるほど筋肉のついた色黒の男性だった。

「遅れたくせに態度がでかいわね」

「気持ちは分かるけど我慢して……」

一時間も遅れたことに謝罪するわけでもなく、堂々と話しかけてきた烏山議員に、エリーゼは激しい嫌悪感を抱いていた。

「ほほう。それが異世界のエルフか。向こうでも珍しい存在らしいな」

そんな空気に気づかないのか、それとも気づく必要がないと考えているのか、烏山議員は立ち止まることなくエリーゼの目の前にまで近づく。

パーソナルスペースにまで踏み込み、好色そうな視線を向けられてしまい、エリーゼは思わず半歩後退してしまった。

「お待ちしていました。どうぞ中へお入りください」

健人が素早くエリーゼの前に割り込む。

先ほどのセリフを聞かなかったことにすると、右手をコテージの方に向けた。

「おま――」

「烏山議員。時間が足りませんので……」

健人の行動に腹を立てた烏山議員が声を荒げようとした瞬間、後ろに控えていた眼鏡の男性が小声で耳打ちする。烏山議員は短い舌打ちをした後に、健人に案内されるままコテージへと向った。

ダイニングに到着すると、烏山議員はふんぞり返って椅子に座る。

エリーゼが用意したペットボトルを受け取り、喉を潤すとようやく話し合いが始まった。

「私どものために、ご足労いただきありがとうございます。私が清水健人で、隣に座っている女性がエリーゼです」

ホストの最低限の役目として、正面に座る三人に自己紹介をした。

「ご丁寧にありがとうございます。私は秘書の梅澤です。ご存知だと思いますが、私の隣に座っている方が烏山議員で、背後に立っているのが烏山議員のプライベートを護衛する黒柳です」

メガネをかけた梅澤が自己紹介をすると、二人の後ろに立っている護衛の黒柳は軽く頭を下げたが、烏山議員は特に気にすることなくエリーゼだけを見ていた。

「本日は隣の彼女――エリーゼについて話が聞きたいとか？」

コテージ前と今のやりとりで、烏山議員が自由に話し出すとエリーゼへのセクハラが止まらないと感じた健人は、やや性急だが本題に入ることにした。

「ふん。無駄な挨拶は終わったか。お前たちに時間をかけるのも惜しい。とりあえず、そこの女とこの島をワシに渡せ。むろんタダとは言わん。この島を購入した金額程度は、ワシの懐から出してやろう」

だが、相手の話を聞くつもりのない烏山議員は、一方的に要求を突き付ける。

「なぜ、この島が欲しいのでしょうか。どこにでもある無人島です。烏山議員が手に入れるほど、価値のある島とは思えませんが？」

「お前はワシをバカにしているのか？　昨日までは半信半疑だったが、ここにきて確信した。この島に魔力がある。それはダンジョンがあるということだろう？」

魔法を扱えるようになった人間は、魔力の存在に敏感になる。この無人島に近づけば魔力、そしてその発生源であるダンジョンの存在に気づくのも自然な流れだった。

「確かにその通りですが、この島を売るつもりはありません」

言い逃れはできないと判断すると、ダンジョンの存在は認めるものの、烏山議員の提案をはっきりとした口調で断った。

「ほぅ……」

烏山議員の眉がピクリと動く。

健人はその変化に気づきつつも、無視してエリーゼに話しかける。

「それに彼女も、ここから出たいというのであれば、無理に引き留めるつもりはありませんが……」

「ここから出ていくつもりはないわ」

「ということですので」

独りよがりの意見ではないことを証明するかのように、息の合ったやりとりだった。

「ワシの提案を断ると？」

「結果的に、そうなってしまいます」

強気な烏山議員に気圧されることなく、確固たる意志をもってすべての提案を拒否する。

「ほぅ……金は不要とは豪胆(ごうたん)だな。手元にある資金で死ぬまで生活できるわけもあるまい。それとも、将来など考えない短絡的な人間かね？」

出来るだけ高値で売りたい強欲ものか、それとも現状を正しく理解できない大バカか、烏山議員は目の前にいる健人が、どちらに属する人間が判断に迷っていた。

「将来を考えるからこそ、今回の提案はお断りいたします」

「……欲張ると後悔するぞ」

健人を脅(おど)すように目を細めてにらみつける。

どちらにしろ、これからとる手段は変わらない。早々に平和的に解決する方法を破棄した。

「後悔するとはどういうことでしょうか？」

ダンジョンに潜ってから精神的にも鍛えられた健人にとって、烏山議員の脅し程度は気にするものではない。表情を変えることなく淡々と会話を続ける。

「手に入れる方法は、何も金だけではないということだ」

金では動かないと判断した烏山議員は、アプローチを変えて脅すことにした。

「そこの女。お前、国籍は持っているか？」

「…………」

「黙っていても意味はないぞ。異世界人が、この世界の国籍を持っているはずなどないのだから」

「…………」

「先に言っておくが、ごまかしても無駄だ。そこの女が異世界人だと証明できる人間がそろっているからな」

健人たちが黙っていることで優位に立ったと勘違いした烏山議員が、機密情報の一部である異世界人の存在を口にした。

「金で解決してやろうというワシの温情が、少しは理解できたかね？」

「言いたいことは分かりました。確かに国籍は必要でしょう。ですが、日本にこだわる必要はない。もっと合理的な判断ができる国の国籍を取得する選択肢だってあります」

ゴーレムダンジョンを手土産に国籍を取得できる可能性はある。一方的に脅してくる烏山議員に対する牽制として、健人はその可能性を示唆した。

「お前にそんな高度な交渉ができるのかね？」

「少し前だったら難しかったでしょう。ですが、新宿にダンジョンが出現したおかげでだいぶやりやすくなりました。繰り返しになりますが、エリーゼは国籍が必要なのであって、日本の国籍にこだわる必要はありません」

日本がダンジョンの存在を公にしたことで、世界中から注目を浴びている。そのダンジョンの土地を抑えている健人の依頼であれば、取引に応じて国籍を発行する国があっても不思議ではない。

健人はその事実を交渉のカードとして使った。

「ほう。このワシを脅すか？　黙らせる方法などいくらでもある」

「強引な手段を取ると、人権団体が黙っていないのでは？」

脅してくる烏山議員に対して、さらに牽制する。

「人権とは人間なら誰しもが持つ権利だな。だが、異世界から来たエルフは人間に含まれるのかね？　彼女は耳の長さが違うだけではなく、寿命が我々の数倍はある。ＤＮＡだって同じではないだろう。そんな生物を人間として定義してよいのか？」

これは、国籍に続くもう一つの問題だった。

「彼女は自分で考えることができ、感情もあります。耳と寿命がちょっと長い人間です」

「お前の中ではそうかもしれんが、他の連中はどう思うかな？　寿命の長さを研究したい人間は山のようにいるだろう。ワシの知り合いにも人権を認めんほうが、研究が早く進むと考える奴もおる。彼らに、その女の身柄を渡したら、さぞ面白いことになるだろうな」

烏山議員は口元を釣り上げて、健人を嘲笑する。

先ほどの言葉に我を忘れそうになったが、エリーゼが無言で手を重ね合わせてくれたことで、健人は落ち着きを取り戻す。

「その発言は、日本政府としての発言でしょうか？」

「そうなら、最初から言っている」

「……なおさら彼女を渡すわけにはいきませんね」

個人として来ているのであれば、悩む必要はなかった。

「ワシの提案を断るか」

「利害が一致しません。お断りいたします」

もうこれ以上の会話は必要ない。はっきりと拒否をすると、後ろに立って会話を見守っていた護衛の黒柳が、全身に魔力を巡らせて身体能力を強化をする。魔力の高まりと同調するように、筋肉が膨張し、身体が一回り大きくなる。魔力臓器が優秀であり、魔法士としてのレベルが高いことの証明でもあった。

相手の魔力の動きを察知した健人はすぐに身体能力を強化し、ゆっくりと立ち上がり、にらみ合う。健人が対抗する意思を見せても、黒柳は慌てることなく無表情で相手を観察したままだ。

そこには、経験に裏付けられた自信が滲み出ており、隙は一切見られない。

「そいつは、荒事専門の人間でなぁ。元々強い上に、最近になって魔法まで使えるようになった。お前みたいな小僧では絶対に勝てんぞ」

烏山議員の言葉に合わせて、黒柳は指を鳴らして威嚇する。

「それは楽しみですね」

先ほどからストレスが溜まっていた健人は、お返しだと言わんばかりに、烏山議員たちを嘲笑する。

「……手加減は不要だ」

格下だと思っていた人間にバカにされて我慢できなくなり、ついに実力行使を選択した。

黒柳は機械のように無表情のまま、顔に着けていたサングラスを取り、投げつける。

健人が最小限の動作で回避すると、黒柳は常人では出せないスピードでテーブルを飛び越え、流れるような動作で健人の顔に向けて拳を繰り出した。急所を狙った攻撃は、当たれば運が良くても重傷を負うような威力だった。

だが健人にとって、その攻撃脅威ではない。片手で簡単に受け止めてしまうと、力づくで腕をひねって床に組み伏せる。

技術的には黒柳の方が上ではあったが、強化された身体能力は健人の方が高く、技術だけでは決して覆ることのない、生物としての圧倒的な差があった。

「なっ！」

予想外の事態に驚いた烏山議員は、事態を飲み込めず呆然としていた。

にらみ合いが続くなか、この事態を仲裁するために動いたのは秘書の梅澤だ。

「黒柳さん。力の差は歴然です。無駄なことはやめてください」

梅澤の指示に従い、黒柳は力を抜いて抵抗をやめる。

彼の目には安堵の色が浮かんでいた。

「おとなしく帰ることにします。解放してもらえませんか？」

「その言葉が嘘だとして、同じ結果になりますからね」

何度襲われても撃退できる自信があった健人は、おとなしく指示に従い、床に押し付けている黒柳を開放した。

「ありがとうございます。黒柳さんは、そのまま外に出てください」

立ち上がり全身に冷や汗をかいている黒柳の肩を叩いて外に誘導する。

「烏山議員。時間も押しています。ここは一旦、引きましょう」

声をかけられたことで、烏山議員の止まっていた頭が再び動き出す。

「まだ、何も終わってないぞ！」

「ですが、飛行機に乗り遅れてしまいます」

言い終わると同時に、梅澤は頭をさげる。

「ちっ。このワシの提案を断ったことを後悔させてやる」

この後は、遅刻できない予定があると思いだした烏山議員は、しぶしぶといった様子で立ち上がり、不機嫌そうな足音を立てて無人島から出て行った。

◆◆◆

烏山議員は自分の資産を増やすことに余念がなく、手段は問わず人を蹴落とすことで成り上がった人物だ。自分以外の人間は思い通りに動くべきだと考えている。事実、彼の意見に反対するような人間は排除され、周囲には従順か、もしくは価値観が一致している人間しか残っていない。

東京に向かう飛行機に乗ってからも気持ちは鎮(しず)まらず、ますます膨れ上がる怒りの矛先は、健人たちに向かっていた。

「九州にいるヤツらを無人島に向かわせろ」

「……良いのですか？」

烏山議員が指名した「九州にいるヤツ」とは、敵対者を物理的に排除して烏山議員を裏側からサポートした荒事専門の人間だ。むろん、日本では違法とされるような武器も所有している。

そのような荒事のプロを、魔法が使えるといっても一般人に仕向けることに、秘書の梅澤は疑問を抱いていた。

「無人島に人は居るべきではない。そう思うだろう？」

「……わかりました。彼らに連絡を取ります」

表情を見て、何を言っても意見を変えることがないと悟った梅澤は、早々に会話を打ち切る。無人島に住んでいる彼らを哀れに思いながらも、スーツケースからパソコンを取り出してメールで連絡をすることにした。

「魔法が使えて調子に乗っていたようだが、現代の武器には敵わんはずだ……分かっていると思うが、あの女は無傷だぞ」

「承知しました」

キーボードをたたく手を止めて返事をすると、無心になってメールを送る作業に戻った。

メールを送信してから三日後、目出し帽をかぶった黒ずくめの五人の男性が、白昼堂々と健人が

住む無人島へと上陸する。

ゴムボートから降りた五人の片手には拳銃が握られている。街中で見かければすぐに通報されてしまう格好をしていた。だが、無人島では目撃される心配はない。

特に隠れるような動きなどせず、誰にも気づかれずに順調に進んでいると思い込んだ侵入者は、ゆっくりとコテージへと向かっていた。

「まさかとは思ったけど、本当に襲ってくるとは思わなかった」

不審者が上陸するとコテージ内にアラームが鳴り響き、緊急事態に気づいていた。

「私の言ったとおりでしょ？」

「今回は俺の負けだよ。それで、どうしようか」

二階の空き部屋に集まった健人たちは、コテージを取り囲もうとしている侵入者が映った、複数のモニターを見つめながら話し合っていた。

「生かして返す意味はないから、ダンジョンの中でヤッてしまいましょ。全てを飲み込んでくれるわ」

「……殺すって意味？」

いきなり物騒な解決方法を提示したことに驚くと、思わずモニターから視線を外してエリーゼの顔を見つめてしまった。

「気絶させて放置するだけでも十分よ。後は、魔物が勝手に処理するわ」

元にいた世界、特にハンター同士のトラブルは話し合いが決裂したら暴力で解決することも多い。

襲って来た相手を返り討ちにするのは、エリーゼにとって当たり前の発言だった。だが、驚いた健人の顔を見て「この世界では違う」と瞬時に思い直すと、魔物で処理させるといった言い方に変えた。

「それでも……」

「相手は日本では違法とする拳銃を所有して、私たちを脅し――いや、殺しに来ているわ。手加減する必要はないのよ？」

暴力で解決することに納得できない健人の説得を試みるが、その結果は思わしくない。未だに、納得のいかない表情を浮かべている。

「ならいいわ。私が一人でやるから見てて」

平和な日本に住んでいたら、瞬時に殺してでも自分の身を守る決断を下せる人は少ない。エリーゼは後ればせながらそのことを思い出し、すべて一人で解決することに決めた。

（ここで逃げたら、俺のことを信じているエリーゼを裏切ることになる。そんなことは絶対にできない）

だが、孤独に生きて死ぬはずだった健人を救ったエリーゼに、全てを押し付けてしまうのは、彼の矜持（きょうじ）が許さない。

（ここでエリーゼに任せてしまえば絶対に後悔する）

腹をくくった健人は、侵入者をこの世界から消し去ることを選んだ。

「エリーゼに押し付けることはしない。俺もやるよ」

「……そう決断するって、信じていたわ！」

望んでいた言葉を引き出したエリーゼは、驚いた後に手を合わせて喜ぶ。

二人の方針が決まり視線を再びモニターに戻すと、侵入者はコテージの壁際にまで近づいていた。

「二階の窓から飛び降りて、ダンジョンまで走って逃げましょうか」

今から一階に降りると、侵入者と鉢合わせする可能性が高い。直接戦っても勝てる自信はあったが、コテージ内が侵入者の血で汚れてしまうことを嫌ったエリーゼは、二階の窓から脱出して、そのままダンジョンまで誘い込む方針を提案した。

こういった荒事ではエリーゼの指示に従うことに決めていた健人は、無言で頷く。

話がまとまった二人は、魔力で身体能力を強化させてから音を立てて窓から飛び降りる。

ゴーレムダンジョンに向かって侵入者が見失わない程度のスピードで走り出した。

「いたぞ！」

着地した地点に近かった侵入者が気いた。

大声を上げてから、逃げ出す二人に向けて拳銃を向ける。

「動きが早い！」

だが、左右に動きながら高速で動く二人に照準を合わせることができずにいた。

「撃つな！　追え！」

集まってきた他の人間に指示を出すと、すぐに手を下ろして追いかける。

魔法が使えない侵入者は健人を見失わないようにするのが限界で、余裕はない。ゴーレムダンジョンに誘導されているとも気づかず、後を追うように進み、不自然に舗装された通路にまでたどり着いた。

何も知らされていない侵入者は、普通の洞窟と勘違いしたまま、通路の真ん中に横並びで立っている健人たちに声をかける。

「もう、逃げ場はないぞ。大人しくしていれば命だけは取らないでやる」

彼らは「男は殺し、女は拉致する」と指示を受けている。その警告は嘘で塗り固められていた。

「どうした？　怖くて声すら出ないか？」

侵入者は警告に反応しないことを不気味に感じていた。手に持っていた拳銃を健人に向けて、じわじわと近寄る。

「誰に頼まれたかしらないけど、降参するつもりはないよ」

時間をたっぷりかけてから、健人はようやく返事をした。

「……撃て」

五つの銃口を向けられても怯えることなく、平然と断った健人を不気味に感じながらも、トリガーに指をかけて銃弾を放った。

ゴーレムダンジョン内に乾いた音が鳴り響く。

弾丸が放たれ当たるまで、わずかな時間しかない。だが身体能力が強化され、魔法の発動準備が終わっている健人にとっては十分な時間だった。突如として侵入者と健人の間に氷壁が出現し、弾丸を弾く。

氷でできた壁の出現に侵入者は驚きながらも二発目、三発目と撃つが、健人が魔力を供給し続けている氷壁を突き破るどころか、傷つける事すらできなかった。

「くそっ！　近づいてから撃つぞ！」

拳銃では氷壁を突き破ることができないと侵入者が判断すると、左右に分かれて氷壁を迂回するように走り出した。

（そろそろ、俺たちも攻撃に転じるか）

エリーゼの顔を見てアイコンタクトを送ると、二手に分かれて侵入者に襲い掛かる。魔力で強化された健人の身体能力は凄まじく、侵入者は反応する暇すらなく宙を舞い吹き飛んだ。

「撃て！　撃て！」

残った侵入者達は慌てて撃とうとするが、二人の動きについていけず、発砲しても当たらない。

全員殴り飛ばされてしまった。

「うっ……化け物め……」

魔法が使えない侵入者にとって、二人は人間の皮をかぶった別の生き物のように感じられ、怯えながら捨て台詞を吐いた。

無残にも敗れた侵入者の一言は、健人の心を鋭く切りつける。

「時代の流れに乗り遅れた凡人の言葉なんて、気にしたらダメよ」

「化け物が……仲良しごっこ……か」

「いい加減、あなたの声も聞き飽きたわね」

化け物と呼ばれることに苛立ちを感じると、手のひらに魔法の矢を創り出す。

これから何をされるのか直感的に理解した侵入者は口を閉ざした。

「ねぇ。運が良ければ助かるかもしれないとか思ってないかしら？　甘いわね。私たちの居場所を荒そうとした人間を許すわけないでしょ」

いつも一緒にいる健人ですらゾッとする、冷たい声だった。

「四人は俺がトドメを刺すよ」

罪を背負うと決めていた健人は、氷槍を創り出す。

「ごめんね。ありがとう」

自分のわがままで殺人にまで手を染めてしまうことに対しての謝罪と、一緒に背負ってくれる感謝の気持ちが絡み合った言葉だった。

「た……助けて……くれ」

「一瞬で終わらせてあげるわ。バイバイ」

対等な生き物ではなく道端に転がっているゴミ、いや汚物を見るような目をして、胸に矢を突き突き刺した。一瞬の痙攣の後、侵入者は息絶える。

「こっちも終わったよ」

覚悟を決めていた健人は葛藤することなく、残り四人の侵入者の頭に氷槍を突き刺し、頭をつぶしていた。

「お疲れ様」

全ての作業が終わった健人たちが死体を見守っている。

数秒後に身に着けていた道具ごと地面に飲み込まれるようにゴーレムダンジョンに吸収され、通路の奥から叫び声に似た地響きが鳴り渡った。

「……この音は?」

健人のかすれた声がゴーレムダンジョン内に響き渡る。

エリーゼから死体が飲み込まれると聞いていたが、実際にその現象に遭遇したことで、得も言われぬ不安に駆られ、身体が小刻みに震えていた。

「たぶんだけど、ゴーレムダンジョンが初めて死体を吸収した喜びの声かしら? ごめんなさい。私もこの音がなんなのか分からない……でも今は他に優先することはあるわ。彼らが乗ってきた船も処分しましょう」

そう言うと健人の震える手を優しく包み込み、ダンジョンの外へと向かって歩き出した。

「クソ!」
場所は東京にある烏山議員の事務所。
襲撃が失敗したと報告を受けると、烏山議員は怒りを隠すことなく周りに当たり散らしていた。
秘書の梅澤は追い払うようなジェスチャーで周囲の人間を事務所から退出させると、顔が真っ赤になった烏山議員をなだめようとして話しかけた。

「落ち着いてください。声が漏れてしまいます」

「これが落ち着いていられるか！　武器も持っていない素人に負けるなんて、使えない奴らだ！　クソッ。思い出しただけでも腹が立つ」

「上陸したと思われる人間は、すべて帰ってこないそうです」

「死んだか？………だが、その線で攻めるのはリスクが高いな」

報告を聞いた瞬間、侵入者の死から健人を追い詰める方法を思いついたが、彼らとの関係を表に出せないと考えなおす。保身のために真相究明を諦めて闇に葬ることにした。

「拳銃を持った人間を、ものともしないか……」

「そのようですね。大勢で乗り込むことも難しいですし、武器、人材にも限界はあります。諦めますか？」

「諦めん！　絶対に手を引くことはせん！」

自殺に見せかけて殺害、事件をでっち上げて政敵を辞職させるなど、成り上がるために味方と同じぐらいの敵も作ってきた。だからこそ一般人に負けることは自身のプライドが許さず、また隙を見せたら蹴落とされてしまうという恐怖心が、判断を誤らせ、後戻りできない道を進むことに決めてしまった。

「だが、お前が言いたいこともわかる。拳銃だけでは決定打にはならないのだろう。やはり魔法か……だが、この件で使えるやつを大量に集めることは出来ん。別の方法で数も用意しなければならんな。できれば、魔法士と戦えるレベルのものだ」

「へぇ」

いままでのやり方——成功体験にとらわれることなく、魔法の強さを正しく理解した烏山議員。その柔軟な考え方に、梅澤は立場を忘れて声を漏らす。

それは烏山議員が最低ランクではあるが、魔法士の資格を所有しているのも無関係ではないだろう。だが、魔法が使えれば誰でも良いといったレベルの考えしか思い浮かばなかったのが、彼の限界だった。

実際には、扱える魔力の量で身体能力強化を始めとしたさまざまな魔法の威力が変わり、それが戦闘能力の差にまで直結する。健人たちのレベルであれば、五級や四級といった魔法士では同じような結果になるのだ。烏山議員には、その事実が理解できなかった。

「リスクは大きいが、あの無人島を手に入れた時のリターンも大きい。ちょうど、新宿のダンジョンを管理しているヤツの弱みは握っている。なんとかなるだろう」

自らの作戦に自信があるのか、烏山議員はいやらしく口元を上げていた。

最初の襲撃から一か月後。夜に紛れて一隻の船が無人島のビーチに付近に停留していた。

前回はゴムボードだったことを考えると、移動手段だけ見ても豪華になっている。だが、大きな違いは船の外観だけではない。船内には、肉食動物を移動させるために使う檻があった。むろん、普通の動物が入っているわけではない。子どもの背丈ほどあり、緑色の肌と長い耳、そして鷲鼻が特徴的な魔物——ゴブリンが鉄製の檻の中から柵を叩いていた。

研究目的で捕獲し、ダンジョンから持ち出されたゴブリンだ。烏山議員が権力に物を言わせて五匹、横流しさせることに成功していた。

魔法が使える黒い目出し棒をかぶった襲撃メンバーが三人と船長、梅澤秘書の五人。さらに魔物のゴブリンが五匹。これが二回目の襲撃メンバーであり、烏山議員が送った最後の刺客だった。

「これからゴブリンを放流します」

「事前の作戦通りでお願いします。三時間後には戻ってきてください。一秒でも過ぎたら、失敗したとみなして戻ります」

襲撃メンバーは無言で頷くと、身体能力を強化して檻を持ち上げて、ビーチに向けて投げ捨てる。さらに、二メートルはある鉄の棒も同じ場所に投げ捨てた。

「準備が終わりました」

報告を受けた梅澤秘書が、無言でスーツの胸ポケットからスイッチを取り出してボタンを押す。

「ギャガギャギャ」

「ギャギャ」

自分を閉じ込めていた檻のドアが開いたことに驚いたゴブリンが声を上げる。罠の可能性を考えるほど知能は高くない。すぐ檻から飛び出すと、ビーチに突き刺さっていた鉄の棒を手に取った。

ゴブリンは人間、それも女性の匂いに敏感であり、数キロ先にいる匂いまで嗅ぎ取れるほどだ。

人間より優れた嗅覚によって、異世界では集団で村を襲い女性を攫(さら)う事件が多発し、ゴブリンが原因で、村が全滅するといった話も珍しくはなかった。

夜空を見上げるように顔を上げたゴブリンは、鷲鼻をヒクヒクとさせる。エリーゼの匂いに惹かれるように、健人たちが住むコテージへと向かっていった。


けたたましく鳴り響く警報で目覚めた二人は、モニターが並んでいる部屋に移動する。コテージ周辺に設置していた監視カメラの映像を見ていた。

「今度は誰が乗り込んできたんだ？」

わずかな変化も見逃さないように、健人はモニターを睨みつけていた。

「あそこ！　何か動いたわ」

エリーゼが指差した箇所を見ると、草木の一部が不自然に動いていることに気がつく。固唾を飲んでモニターを見ていると、子どものような二足歩行の生物が一匹、森から出てきた。さらに時間をかけずに、次々とモニターの前に出現する。

「うそっ……なんでゴブリンがここにいるの？　ゴーレムダンジョンには、生物は存在しないはず……近くに新しいダンジョンができたのかしら？」

本来存在しないはずのゴブリンがモニターに映し出されたことにショックを受けたエリーゼは、数歩後ずさる。

「こんな狭い島に新しいダンジョンが出現する可能性は低いと思うよ。それより、新宿のダンジョンからこっちに来たと考えた方がいい。あそこは、ゴブリンが出現するからね。それに人知れず、ゴブリンが船を運転して無人島に上陸できないだろうから、誰かがここまで運搬してきたはずだ」

「……モニターに映ったゴブリン以外にも襲撃者がいるってこと？」

健人の説明で冷静さを取り戻したエリーゼが質問をする。

「ああ。ちなみにゴブリンは、どのぐらい強い？」

「ウッドドールより少し弱い程度よ。健人の実力なら、五匹同時に相手にしても余裕で対処できるはず」

「わかった。それなら俺がコテージに出てゴブリンを迎え撃つから、エリーゼは二階から他に敵がいないか監視してほしい」

「一人で大丈夫なの？」

「この前の襲撃で用意した道具を試すのに、ちょうどいいからね。任せてよ」

一度失敗したからといって、烏山議員が諦めるとは思えない。健人は、前回の襲撃を教訓に自身を守るための道具をいくつか購入し、準備を進めていた。

人間ではなくゴブリンであれば遠慮なく使える。そう思った健人は、赤い液体の入った高圧洗浄機のタンクとガンを持ち上げる。

「分かったわ。無理しないでね」

エリーゼが一人で戦うことに同意すると、健人は部屋を出て一階へと降りていった。

街灯がある都市とは違い、無人島の夜の闇は深い。特に今夜は月が雲に隠れているため、足元すら見えないほどだ。そんな状況で外に出てもまともに戦闘はできない。コテージの外に出る前に、周辺を淡く照らすのに必要な火の玉を放つ。さらに腰に電気ランタンを取り付けてから、様子をうかがうようにゆっくりとドアを開けて外に出た。

「ギャガ！　ギャガ！」

コテージに近づいていたゴブリンは、目の前が急に明るくなったことに驚くが、健人の姿を見ると、指をさして鉄棒を振り回しながら近寄る。

健人はニヤリと笑ってから、ガンを持った右手を前に出し、先頭にいるゴブリンに赤い液体を放つ。

「ギャ！　ギャ！　ギャ！」

健人が畑で愛情を込めて育てた唐辛子を粉にし、いくつかの材料と共に混ぜた目潰し用の液体が顔に当たる。あまりの痛さにゴブリンはのたうち回ることになった。

前にいたゴブリンが急に居なくなったことで、後続のゴブリンが健人の正面にさらされ、高圧洗浄機から出続けている目潰し用の液体を全身に浴びる。残りの四匹も目や口から液体を垂れ流しながら、逃げるように畑の方へと走り出すことになった。

だが、そこには畑を守るために張り巡らせた電気柵がある。全身を濡らしたゴブリンが接触すると、大きな火花と共に痙攣（けいれん）。反射的に近くにいた他のゴブリンをつかんでしまう。

「ギャガ？」

手をつかまれたゴブリンは、電子柵につかまっているゴブリンから電気が流れてしまい、同じように痙攣を始めた。

「「アギャギャギャギャギャ!!」」

感電する五匹が声をそろえて叫び、しばらくして静かになったかと思うと倒れてしまった。小刻みに痙攣していることから、まだしぶとく生きていることがわかる。

「感電か……」

目の痛みに耐えきれず電子柵に偶然触り、コントのように倒れたゴブリンを哀れな目で見ていた。

「さっさと処分するか」

頭を振って気持ちを切り替え、地面から土で出来た棘を創り出すと、地面に転がっているゴブリンを串刺しにした。

「武器が無くても意外に何とかなるものだな……って、あれ？ なんであいつだけ消えないんだ？」

細く伸びた土棘に突き刺さった四匹のゴブリンは黒い霧になり消滅していたが、奥にいた一匹だけは、体から血を流し続ける死体が残っていた。今までと違う現象に驚いた健人は、魔力の供給が途切れて、光の粒子になって消えかかっている土棘へと近づく。

「健人、伏せて！」

エリーゼの声が聞こえた瞬間、迷うことなく倒れこむ。

弾丸が空気を切り裂く音が、健人の耳に届いた。

ゴーレムダンジョンでの探索では、何度もエリーゼの指示に従っていた。体にまで染み付いた習慣のおかげで、健人は命拾いをしたのだった。

「もう大丈夫よ。健人を狙っていた人間は排除したわ。私もそっちに行くから」

間隔を開けて二回。小さな悲鳴があがると、二階の窓からエリーゼの声が聞こえた。

健人は周囲を警戒しながらゆっくりと立ち上がる服についた土埃を落とし、ゴブリンが残した魔石に近づき拾い上げる。腰から外して手に持った電気ランタンに照らされた魔石は、ウッドドールと同じような色、大きさをしていた。

(やっぱり、ウッドドールと同じような強さなんだな)

魔石から魔物の強さを推測しながら最後の魔石を拾いあげると、背中から声が聞こえた。

「両手を上げて、ゆっくりとこっちを向け」

この場にはふさわしくない低い男性の声が健人の耳に届き、一瞬で戦闘へと意識が切り替わる。

男の声に従ってゆっくりと振り返ると、エリーゼの首を腕で締め、拳銃をこめかみに押し付けている目出し帽の男性が立っていた。

「健人、ごめん……」

「まだ……生き残りがいたのか」

相手が隙さえ見せればエリーゼなら抜け出せる。一緒にゴーレムダンジョンを探索したからこそ、彼女の実力を信じている健人は、隙を作るために会話することを選んだ。

「お前らのせいで、最後になったがな！」

目出し棒で隠れている顔の代わりに健人をにらみつける目が、心から溢れてくる怒りを表していた。

「要求はなんだ?」

「まずは、武器を捨てて地面に伏せろ！」

「そして俺を撃つ……と？」

「この女の命が惜しかったら、さっさと行動しろ！」

「彼女を撃てばその隙に俺が必ず殺す。俺が撃たれても、その隙にエリーゼが動いて必ず殺される。さっきの戦闘を見ていたのであれば、これがただの脅しだとは思わないよな？」

「……………」

「俺たちは手詰まりなんだよ。だから交渉しよう」

先ほどまでの怒りを抑え、考えを巡らせ沈黙する襲撃者。

今回のメンバーは全員、魔法士としては最低ランクに近い。ゴブリンを数秒で倒してしまう戦闘力は、離れた距離で見ていたのにもかかわらず恐怖を感じるほどだった。一時の感情に流されてどちらかを道づれにして死ぬのか、それとも健人の交渉に乗って活路を見出すか、冷静になった頭はすでに答えを出した。

「……話を聞こう」

自身の生存を優先するのは、生物として当然の判断だろう。

「要求は、俺たち二人を見逃すことだ」

「それはできない！　女はともかく、お前は殺せと言われている！」

「それは困ったな。海外に逃げるから、それで許してくれないか？」

予想していた通りの答えだったため、健人は淀(よど)みなく代替案を提示した。

「それもダメだ。お前の死体を渡すのも依頼内容に含まれている」

「どんだけ俺の死を確認したいんだよ……」

予想を超えた返答に思わず言葉が漏れてしまったが、幸い相手には聞こえなかった。

「それなら、任務が失敗したと言って帰るのは？　依頼料の補填は俺の方でする。こう見えても金は持っているんだぜ」

「……知ってる」

場の空気を軽くしようとおどけてみたが、失敗したようで鉛のように空気が重くなった。

「ゴホン。で、どうだい？　俺たちは生き延びて、お前は大金を手に入れる。ほとぼりが冷めるまで海外で優雅に生活するのもありだと思うよ？」

襲撃犯は何かを想像しているかのように目を動かしていたが、すぐに結論を出す。

「……ダメだ。逃げ切れる気がしない。死体を持って帰らずに船に戻った時点で、殺されるかもしれない。やっぱり俺のために死んでくれ！」

そういうと、エリーゼのこめかみにつけていた銃口を健人に向ける。

ずっと手に持っていたゴブリンの魔石をこっそりと親指の爪の上にのせていた健人は、魔石に魔力を注ぎ込み弾き飛ばす。

（これを待ってた！）

周辺に明かりがあるとは言えども、親指の爪ほどの大きさの魔石を発見するのは難しい。襲撃犯は魔石が眼前に迫ったころで、ようやくその存在に気づいたが、すでに遅い。容量を超える魔力を与えられた魔石は顔に当たる前に小規模な爆発をする。それは人間を傷つけるには足りなかったが、相手を怯ませるには十分だった。

突然の爆発に驚き、腕の力が緩んだ隙に抜け出したエリーゼが、骨が砕けるほどの勢いで拳銃を持つ手を蹴り上げる。

「あぁぁ！」

襲撃者は、痛みに思わず拳銃を手放し膝をついた。

「お前ら……ウソをついたな！」

「自分の事を棚に上げて良く言うな……」

健人が身勝手な発言にあきれていると、拳銃を拾ってきたエリーゼが戻ってくる。

「こいつも――」

「分かってる。この一ヶ月で悪夢も見なくなってきた。大丈夫、俺がやるよ」

元の世界で慣れていたエリーゼとは違い、健人はゴーレムダンジョンで最初の襲撃者を殺してから、しばらくの間は悪夢にうなされ、眠れない日が続いていた。だが最近は、心がマヒしてきたのか悪夢を見る頻度も減り、安心して眠れる日々が続いている。

もう、自分が見ている前でエリーゼの手を汚したくないという自分勝手な欲求も合わさり、最後は自分が決着をつけようと考えていた。

エリーゼから拳銃を受け取った健人を見て、襲撃者も次に何が行われるのか正しく理解する。

「ま、待ってくれ！　依頼主のことをしゃべるから見逃してくれっ！」

「烏山議員だろ」

健人が発した声は、驚くほど低かった。

「な、ならっ！　報酬をすべて渡すのはどうだ？　五百万が手に入るぞ！」

「俺の死体と引き換えにな」

「…………」

交渉材料がなくなった襲撃犯は、何か言おうと口を動かしていたが、諦めて口を閉じ…………目が嗤う。

「来世があったら、真面目に生き――」

「後ろに下がって！」

襲撃犯の頭に拳銃を向けようとしていた健人は、叫び声に従って後ろに飛びのく。すると、先ほどいた位置に、突如として土壁が出現した。

「クソッ！　さっきの会話は、時間稼ぎか！」

まさか同じ方法で時間稼ぎをされるとは想像していなかった健人は、苦虫を噛み潰したような顔をしていた。

「大丈夫？」

狭い島とはいえども、夜中の森に入るのは危険だ。エリーゼは侵入者を追うのを諦めていた。

「ごめん。油断していた」

「私もそうだったし、お互い様よ。明かりを持ってくるから海岸まで行って、船が残ってないか探してみましょう」

「そうだな、と、その前に他の人間が持っていた武器を拾っておこう」

武器を回収して、周辺を警戒しながらビーチまで移動する。だが何かが置いてあった形跡は残っていたものの、ゴブリンを捉えていた檻や船を見つけることはできなかった。

「痕跡は残っているし、この場に誰かがいたのは間違いなさそうね」

ビーチに残った足跡を見つめながら、エリーゼがつぶやく。

「それにしても今回は反省点が多いわ。まさかこんなにも早く、魔法が使える人間と戦うことになるなんて思わなかった」

魔法が使えるようになったばかりの日本で、話しながら魔法が放てる人間が健人以外にいるとは想像していなかった。さらに手の骨も砕け、初心者では絶対に魔法を放てない状況だったはずだ。

「知能が高い生物との戦いは、こちらが有利でも、状況が一気にひっくり返る可能性があるの。今回みたいに一瞬の隙をついてね」

対人間の戦闘経験が少なかったために相手の力量を見切れなかった。

健人は悔しそうな表情を浮かべる。

「その通りだね。でも、次は油断しないよ」

先ほどの戦闘のことを想像して、自分に言い聞かせるように言葉を発した。

「普通は次なんてないんだから、本当に気をつけてね！」

命のやり取りに次はない。エリーゼの人差し指が健人のおでこに当たると軽く押して「忘れないでね」と耳元で囁いて離れる。

「あぁ……」

健人は、無意識におでこをさわりながら短く返答した。

「まだこの近くに潜んでいる可能性も残っているから、明日は島中を探して見ましょう」

寝ずに警戒して起きていた健人たちは、朝になると二人の死体と装備をゴーレムダンジョンに投げ込んで吸収させる。その後、丸一日かけて周辺を探索した後、この島には誰も残っていないと結論を出した。

「失敗しました。はい。では、その通りに動きます」

普段は何人か残業で残っている事務所には、梅澤秘書が一人だけ存在していた。

携帯電話の通話を切ってポケットにしまい、椅子に勢いよく座る。

「これは、大変なことになってきたぞ……」

梅澤秘書は鳥山議員の行動を監視するために、首相から派遣されたスパイだった。

だが、彼は特別な訓練を受けていたわけではない。盗聴器を仕掛けるといったことはできず、身の回りで起こったことを首相の秘書に報告していただけだ。秘書になったころは大きな問題もなく、報告する内容も当たり障りのないものだったが、新宿にダンジョンが出現してから状況は大きく変わった。

金の匂いに敏感な烏山議員が見逃すはずもない。

すぐに新宿のダンジョンの利権を得ようと動き出したが、妨害が多く大した成果はあげられなかった。だが、その程度で諦めるような男ではない。新宿のダンジョンと共に出現した異世界人の二人と話していくうちに、エリーゼの存在とダンジョンの可能性に気づく。

そこからの動きは速かった。手下が九州まで飛んで調査をすると、無人島の存在にまでたどり着く。工藤に金を握らせると、個人情報をベラベラと、そして偏った知識を提供していた。

「清水健人。冤罪だったものの生徒とトラブルで教師を辞職。宝くじの高額当選者であり、無人島の所有者。一人になりたかったんだろうな……今ならその気持ちわかるぞ」

デスクに置いてあった健人の調査報告書を、手に取って眺めていた梅澤秘書。目下の悩みである烏山議員のことを他人に擦り付けて、自分は無人島で自由気ままに過ごす日々を妄想していた。

だが健人と違い、家庭を持つ身では逃げ出すことはできない。現実逃避はここまでと意識を切り替えて、再び携帯電話を手にする。

「先ほどお送りした資料ですが、予定通り発表は今夜でお願いします。ええそうです。まずはテレビ、そして翌朝の新聞に流してしまえば、彼の議員人生も終りです」

話し終わると再び携帯電話の通話を切ってデスクに置く。

烏山議員の動きを正確に把握していた首相は、これ以上の強引な行動は内閣の支持率にも大きな影響を与えると判断。トカゲの尻尾切りに使うと決めていた。

なぜそのようなことをするのか。それは、全ては烏山議員が悪く政府は何も知らなかったと、そうした流れで健人との交渉をやり直すためだ。首相は、外国がもう一つのダンジョン、そしてそれが、個人が所有する島に存在すると気付く前に、政府の管理下に置きたいと焦っていた。

（次の交渉役は名波議員か。彼女が尻拭いできるか）

すでに次の交渉役も決まっていたが、健人と年齢が近いという理由だけで選ばれていた。若手で勢いはあるものの、交渉が上手いとはいえない。当日は梅澤も同行して補佐する予定だが、話がまとめられるか不安を感じている。

「そろそろ時間か」

事務所に置かれているテレビをつける。

ニュース番組では、烏山議員の不祥事を取り上げていた。政務調査費の不正支出から始まり、ダンジョン職員への脅しまで、ゴブリンを持ち出した一件以外は、ありとあらゆる悪事がニュースキャスターの口から視聴者へ報告されていた。

「今、烏山議員が自宅から出てきました！　逮捕の瞬間です！」

男性のニュースキャスターが緊張をはらんだ声で叫ぶ。

ライブ映像に切り替わると、警察と同行した烏山議員が自宅から出てくるところだった。別人のように落ち込んだ烏山議員は誘導に従いパトカーに乗り込むと、報道人に見送られるような形で、警察署まで護送されていった。

◆◆◆

「ねぇ健人、あの気持ち悪い人が捕まったみたいよ？　私たちの準備が無駄になっちゃったね」

同日同刻、健人たちも烏山議員逮捕のニュースを見ていた。

「ごめん、電話だ」

エリーゼの言葉に同意しようと頷きかけた時に、テーブルの上に置きっぱなしになっていた携帯電話が鳴る。ディスプレイには「梅澤秘書」と書かれていた。

現在、交戦状態に入っている相手から電話が来ることに警戒心を抱くが、状況を把握するチャンスを逃すのも惜しい。手の中で震える携帯電話のディスプレイを数秒眺めてから覚悟を決めて通話ボタンを押した。

「清水です。ええ、今見ています……なるほど……ええ……わかりました。明後日でお願いします。それでは失礼します」

電話が終わって一気に疲れた表情に変わった健人が、携帯電話をテーブルに放り投げる。

「何の話だったの？」

「エリーゼとゴーレムダンジョンについて話し合いがしたい、だってさ」

「私たちを襲撃しておいて、よく電話出来たわね。自分のボスが捕まったからご機嫌取りでもするつもりなのかしら？」

交渉とも呼べない高圧的な態度、二度の襲撃、さらに襲撃が失敗したとわかれば交渉。エリーゼを怒らせるには十分すぎる出来事だった。

「ニュースを見て慌てて連絡してきたらしい。全ては烏山議員が勝手にやったことだってさ。間違いなく嘘だと思うけどね」

議員に罪をなすり付けるのは珍しいが、一人にすべての罪をかぶせて事態を丸く収めることはよくある。だからと言って今までの行為が許せるわけでもなく、モヤモヤとしたスッキリしない気持ちを抱えていた。

「それなら無視しちゃえばいいじゃない」

「交渉は再開……いや、今度こそ交渉する」

エリーゼの立場を安定させるためには、どうしても国籍の取得は外せない。そのためには最低限でもいいので、窓口は残しておく必要があると考えていた。だからこそ、先ほどの電話も感情的になって切ることなく話を聞いて、交渉の話にのったのだ。

「健人が決めたのなら、それに従うわ」

エリーゼは文句を言うことなく、頷く。

「ありがとう。明後日の午前中に、名波議員という人がくるみたい。この人が交渉の担当らしいから、まともな性格であることを祈るよ」

「ええ……本当にそうね」

嵐のようにやってきて、最後は自爆した烏山議員の顔を思い浮かべた二人は、次に来る議員がまともに話せる人間であることを心から願っていた。

烏山議員の逮捕から二日後。コテージにあるダイニングテーブルをはさんで、健人、エリーゼと名波議員、梅澤秘書が対峙していた。今回は護衛などといった余計な人間は存在しない。

名波議員を最初に見た健人の印象は「若い」だった。首元で切りそろえられた髪、着慣れているようには見えないスーツ姿。二十代後半のように感じられ、実年齢もそう大きく外れていないと考えてた。

年寄りが多い国会議員の中では、若い部類に入るのは想像に難くない。だからこそ、今回の交渉は本気ではないと不安になっていた。

「それでは、まず清水さんのご要望を聞かせてください」

そんな不安をよそに挨拶が終わった名波議員は、健人の要求を聞くべく口を開いた。

「まずはエリーゼに日本国籍を発行してください」

「分かりました。実はそう言われると思って準備は済んでいます。本来であれば様々な書類が必要になりますが、今回は特例として、この書類にサインしていただくだけで大丈夫です」

名波議員は自身の黒い革製のビジネスバッグから書類を取り出すと、目の前に置く。

健人は、すでに準備が終わっていることに目を見開き驚いていた。

「実は、梅澤からエリーゼさんが国籍の取得を希望していると聞いていたので、準備しておいたんです」

「たしかに、前回お会いしたときにそのようなことは言いましたが……」

「すぐにサインしろとは言いません。じっくり読んで、後日サインをして送ってください」

エリーゼのために特例処置までしてくれるとは考えていなかった健人は、今回の話し合いで相手が何を求めているのか分からなくなる。

若手だと侮っていた健人は、相手のペースに乗せられ、主導権を握られてしまった。

「それと、これも梅澤から聞きましたが無人島を手放す気はないと？　私たちも無理に取り上げるようなことはしたくないと考えております。この無人島の所有権はすべて清水様のものでも構いません」

健人は交渉のプロでもなければ、会話が得意なほうでもない。

異世界人の確保とダンジョンの所有。鳥山議員が要求していたものを不要だと言い切る名波議員の思惑を、この場で推測するには情報が足りなかった。

「……」

相手が譲歩するからといって、欲張ると碌なことにならない。そう直感した健人は、絶対に譲れないものだけを脳内で再確認すると、相手の要望を直接確認することにした。

「ここまで私に譲歩して、あなたたちは何を望んでいるんですか？」

今まで淀みなく進んでいた会話が停滞する。

健人の前に座る名波議員は、エリーゼが用意した白いマグカップに入ったコーヒーを一口飲む。

「美味しいですね。外は寒いので、体が温まります」

さすがに議員をやっているだけあり、健人は表情から何を考えているのか読み取ることはできなかった。

沈黙が苦痛になったころに、ようやく名波議員が要望を口にする。

「この島に、魔石を研究する施設を建設したいと思っています。もちろん建物だけではなく、研究員もここに滞在させてください。また、これはご提案ですが、無人島にダンジョンがあると世間に知れ渡れば、招かざる客の来訪も多くなるでしょう。ここは、自衛隊と共同で管理してみませんか？」

ご提案といっていたが、ダンジョンの共同管理が向こうの要望だと確信した健人は、会話を続けながらどうやって断るか会話の流れを組み立てる。

時間を稼ぐようにゆっくりとコーヒーを口に含み飲み込んでから、健人は会話を再開した。

「すべて断ったら、国籍の話はなくなると？」

「そんなことはありません。烏山の迷惑料だと思ってください」

言質を取っておきたかった健人は、この一言でこちらが最も不利な問題を解決したと安堵した。ちらりと横目でエリーゼの表情を確認すると、同じ気持ちなのか、満足そうな笑みを浮かべている。

「分かりました。烏山の件は、国籍取得で、手打ちとします」

烏山議員の来訪から襲撃までの一連の流れは、これをもって終結した。

「ありがとうございます」

名波議員は姿勢を正すと頭を下げる。

だがこれで、すべてが終わったわけではない。先ほどまでの会話は前哨戦であり、これからが本番だ。

気持ちを新たにした健人は、テーブルに手を置き、前のめりの姿勢になり話を続ける。

「それで名波議員のご要望ですが、知らない人間をこの島に上げたくないというのが、嘘偽りのない心情です。ですが、ダンジョンがあるとバレてしまえば、よそ者が大挙してくるのは間違いないでしょう」

「そうですね。特に外国からの有形無形のアプローチは絶えることないでしょう」

「昔の日本のように閉ざしてしまえば、無理にでも上陸してくる人は出てきますよね？」

「ええ。どこの誰かと言いませんが、武力を行使する輩も出てくるかもしれません」

名波議員は、近い未来に訪れる危険を正しく理解してくれたことに思わず笑みがこぼれる。

自分の思い通りに話が進んでいると思い込んでいたからこそ、健人の思惑が予想できなかった。

「ですから、細いながらも正式なルートを用意したいと考えています」

「正式な……ルート？」

不意の一言に、思わず言葉が詰まる。

「私がダンジョンを管理する会社を立ち上げ、一定の条件を満たした人間であれば、ダンジョンを探索できるようにしたいと考えています。確か、ダンジョン管理に関する法律はありませんよね？」

「……はい」

魔石や魔物の退治に関する法律は出来上がりつつあったが、ダンジョンの管理については何も決まっていなかった。いや、後回しにされていたと表現するのが正しいだろう。なんせ、つい先日まで新宿にしか存在しないと思い込んでいたのだから、他のことを優先するのは当然だ。

法律ができる前にダンジョンを管理する会社を立ち上げ、実際に運用してしまえば、後で法律ができるとしても一定の配慮は必要になる。

それは、全てのダンジョンを政府の管理下に置くという思惑から外れてしまうのは間違いない。政府と共同管理を望んでいた名波議員は、心の中で舌打ちをした。

「ダンジョンから産出したものは、どうするのですか？」

「こんなところに住んでいますが善良な市民です。もちろんルールに則(のっと)って国に売却したいと考えています」

名波議員は「善良な市民なら私の要望を受け入れなさい！」と言いたい気持ちをぐっと抑えて、話を続ける。

「なるほど。あくまでこの無人島、そしてダンジョンの管理だけを行いたいと。そういうお考えなんですね？」

「その通りです。探索士から魔石などを買い取り、政府に売却する企業だと考えてください」

現在、ダンジョンから産出した魔石を買い取る場所は新宿にしかない。

健人の立ち上げる会社では政府よりも安い価格で買い取るが、新宿にまで行く手間を考えれば、ほとんどの人間が利用するだろう。

「分かりました。私の権限では決められないので、一度持ち帰って検討させてください。ですが、それと別で研究所の設立はお願いできませんか？」

今この場で、健人の話を覆せる材料が見つからないため持ち帰ることに決めた。

だが、このまま帰ってしまえば、それは交渉ではなくただのお使いだ。せめて一つでも成果を上げたかった名波議員は、必死な形相で食らいつく。

「なぜでしょうか？」

「魔石が入手できる場所は、世界でも二カ所しかありません。新宿は様々な人間が入り込みやすい立地ですが、ここであれば人の出入りが管理しやすくて便利なんです。人数は必要最低限に抑えますので、研究所の設立を認めてもらえないでしょうか？」

ここまで話したんだから許可を出してほしいと、祈るように健人を見つめていた。

他国に先駆けて魔石を研究を行うには、周辺に魔力があり、産出場所が近く、人の管理がしやすい場所が望ましい。無人島ならば全ての要望を満たす理想的な場所だった。

「確かに見慣れない人物がいればすぐに分かりますね。前向きに検討したいと思いますが、その前に一つ条件があります。新宿のダンジョンとともに出現した異世界人も、ここに呼んでください。また私たちと異世界人が同意すれば、ここに住むことを許可してもらえないでしょうか？」

名波議員は再び言葉に詰まっていた。梅澤秘書からは異世界人がいることがバレているかもしれないと報告を受けていたが、この場で言い切るほどの確証を得ているとは思っていなかったのだ。

「……異世界人がいること……ご存じだったんですね」

もちろん健人は異世界人がいるだろうとは思っていたが、あくまで想像であり裏付けが欲しかったための一言であった。だが、堂々とした姿勢、声に名波議員は騙(だま)されてしまい、エリーゼの他にも異世界人がいると、うかつにも発言してしまった。

「異世界人を招きたい理由を聞いてもよろしいでしょうか？」

「エリーゼの知り合いである可能性が高いからです。見ず知らずの世界で知り合いに出会える可能性がある。これは非常に魅力的な話だと思いませんか？」

地方から都市に移り住んだだけでも、強い望郷の念にかられる人もいる。国どころか住んでいる世界さえ変わってしまったエリーゼが、会いたくなるのも当然だろうと名波議員は考えた。

実際、名波議員の瞳に映るエリーゼの表情は、知り合いに会えるかもしれないという期待に満ち溢れた表情をしている。

もちろん、エリーゼは元にいた世界に未練はない。浮かべた表情は演技でしかないのだが、彼女の事を知らない名波議員は知る由もなく、同情に近い感情を抱いていた。

「そうですね……お気持ちは理解できますが、難しいですね。彼らの知識は政府も頼りにしていますから」

新宿にダンジョンが出現してから今まで、異世界人の知識は非常に役に立ち、そのおかげで混乱も最小限に抑えることができていた。政府は圧倒的に知識が不足しているため、無条件で経験豊富な異世界人を手放すことはできない。

「話は変わりますが、政府はいつから魔物を繁殖するようになったのでしょうか？」

「なんのことでしょうか？」

急に話が変わったことに嫌な予感が湧き上がってくる。

だが、そのようなことは心の奥底に押し込み、首を傾けて微笑むと、きれいに切りそろえられた髪がさらりと波立つ。女性らしさを強調した見事なしぐさだった。

普通の男性であれば手心を加えたくなるが、普段から見た目は美少女のエリーゼと接している健人には意味がなかった。

名波議員の渾身のしぐさを無視して本題に入る。

「実はですね。例の議員が私の無人島にゴブリンを放ったんですよ。先に言っておきますが、私たちが管理しているダンジョンは、ゴーレムダンジョンと呼ばれていて、名前の通りゴーレムらしき無生物だけが出てくるダンジョンです。ですから、ゴブリンのような生き物は出てきません」

健人が椅子から立ち上がると、後ろに置いてあった大型のクーラーボックスを開ける。

「……！」

そこには先日倒したゴブリンの死体が保冷剤とともに入っていた。

人間に似た動物の死体を出されても、悲鳴を上げなかったことを褒めるべきだろう。

だが、余りにも大きな衝撃を受けた名波議員は、頭の中か完全に吹き飛んで真っ白になっていた。

「五匹倒したんですが一匹だけ死体が残ってたんですよ。ご存知だと思いますが、ダンジョンから出現した魔物は生命活動を終えると黒い霧となって消えてなくなります」

「そうですね……」

その程度の知識は持ち合わせていたが、なぜ、存在しないはずの死体があるのか。この疑問に回答できる情報は持ち合わせていなかった。

「その例外が、ダンジョンの外に出た魔物が別の生き物と交配してできた子どもですね」

「………」

「知らなかったようですね。ゴブリンが交配できる動物は人間しかいません。これはご存知ですか？」

「い、いえ……初めて聞きました………本当でしょうか？」

言っている意味は分かるが理解が追いつかない。手にしている情報の格差から健人のペースに飲み込まれた名波議員。交渉の事も忘れてしまい、話を聞くことしかできなかった。

「それは向こうにいる異世界人に聞けばすぐに分かりますよ。ゴブリンが人を攫って子どもを増やす話は有名ですから。もちろん、悪い意味です」

「そうなんですね……」

「それで、このゴブリンは誰が産んだのでしょうか？」

ようやく必要な知識がそろった名波議員にトドメとなる一言を放った。

「そ、それ――」

「魔物は政府が万全の態勢を整えて管理しているんですよね？　そんな魔物が人間と交配して子どもを作るなんておかしいですねぇ。事故が起こったのでしょうか、それとも……人体実験とか？　もちろん善良な一市民として政府に協力して、この死体をお渡ししたい気持ちはありますが、こちらも多大な被害を受けていますので……」

「……」

ようやく世論がダンジョンの管理に理解を示してもらえたところで、このような醜聞が表面に出てしまえば支持率が下がるどころか、ダンジョンの管理方法を一から見直さなければならなくなる。外国からの圧力も強くなる一方で、これ以上時間はかけられない。

なんとか頭の中を再起動させた名波議員は、今置かれた状況を整理して結論を出した。

「確かにタダで譲ってほしいというのはあまりに傲慢(ごうまん)ですね。この死体に関連するものをすべて渡していただけるのでしたら、異世界人の滞在を許可するように働きかけてみます」

「ありがとうございます。ただ、この死体は生ものなので、二〜三日中には結論を出してください。それができなければ、私の方で適切に処理させていただきます」

「分かりました。すぐに連絡を取って結論を出したいと思います」

先延ばしにするのであれば、公表すると遠回しに脅された名波議員は、勢いよく椅子から立ち上がると、梅澤秘書を引き連れてコテージから出ようとする。

「それと、この無人島も新宿の一部地域と同じように、剣などの武装ができるようにダンジョン特区として指定してくださいね」

「ど、努力します」

声をかけられて振り返った名波議員は、最後に要求を追加した健人に顔をひくつかせながらも頷き、逃げるようにしてコテージから出て行った。

「鳥山の置き土産のせいで散々な結果！　初めて聞いた話ばかりで、まともな交渉ができるわけないじゃない！　もう、交渉役なんてしたくなーい！」

「そんなこと言わずに頑張ってください」

「梅澤は私のことを監視すればいいのだから、気楽でうらやましいわね！　そうだ、立場を交換しましょう！」

「無茶はしないでください……」

コテージが見えなくなったことで安心した二人の声が、見送るために外に出ていた耳の良いエルフに、しっかりと届いていた。

「なんだか可哀想になってきたけど、私たちのために頑張ってね」

体が冷え切る前に急いでコテージに戻ると、先ほど聞いた会話を健人に話し、二人して罪悪感にかられるのであった。


急いで戻った名波議員の努力が実ったのか、翌日、梅澤秘書から電話があった。異世界人の来訪と研究所の設立が決まり、先にゴブリンの死体を政府に引き渡すことになる。

またその後も何度か交渉を続け、いくつかの条件と引き換えに、ダンジョン特区として無人島とその周辺十キロ以内の海域についてのみ、銃器以外の武器の所有と魔法の使用が認められた。

エピローグ

名波議員との交渉と会社の設立が一段落したのは、桜が咲き誇る四月に入ってからだった。

「健人ー。ゴーレムダンジョンに行かない？」

ダイニングのテーブルに両手を伸ばして突っぷしているエリーゼが、やる気のない声で健人に話しかける。

「三日前に行ったばかりだろ？　もうすぐテレビが始まるし、今日は大人しくしてよう」

「面白いドラマでも始まるの？」

「日本の生活にも慣れたようだね……残念だけどドラマじゃなくて、俺らの発表だよ」

「あっ！　それ、今日だっけ⁉」

「そうだよ」

日本の生活に慣れて気が抜けているエリーゼにあきれてため息がでる。しかし自然体で生活できるのは良い傾向だと思うことにして、テレビをつけてニュースが始まるのを待つことにした。

「この発表が終わったら、島の開発が本格的に始まるのよね？」

「うん。あとは異世界人の二人もこっちに来るし、名波議員に紹介してもらった魔法が使える元自衛隊員もこっちに来る予定」

「元自衛隊員？　その人たちは信用できるの？」

「まぁね」

健人は肩をすくめて曖昧な返答をする。

面接ということで一時間会って話しただけだ。そんな短時間で、人の事をことがわかるとは思っていない。

「ちゃんと身辺調査したから信用できますよ」

換気のために開けていた窓から、梅澤が顔をのぞかせて会話に参加してきた。

声を聞いた健人たちは、大きなため息をついてから視線を窓に向ける。

政府との交換条件の一つに、梅澤を健人が立ち上げる会社の社員にすることが含まれていた。幸い経理の経験があったため、雇うことで決着がつく。会社が立ち上がる前から無人島に移り、今はコテージの近くに小さな掘っ立て小屋を作って移り住んでいた。

ベッドと最低限の衣類しかなく、食事や風呂などは健人のコテージで済ませている。半居候状態であったが、経緯はともかく社員として雇っている都合上、健人は邪険に扱うこともできずにいた。

「あら。烏山を逃亡させた梅澤さん、どうしてここにいるのかしら？」

逮捕された烏山元議員は、数日前に魔法を使って警察署から抜け出していた。

魔法が使える犯罪者への対応が整っていない今だからこそ、簡単に抜け出すことができたのだ。

成田空港での目撃証言を最後に行方をくらませている。この件に関して梅澤は無関係ではあるが、元関係者への風当たりは強い。

「あれは、私のせいじゃないですよ……。そんな冷たいこと言わないでください」

「ふーん」

エリーゼは、梅澤の言葉を信じることができず、さらに半目になって睨みつける。

「いやいや。本当ですって！」

「確かに信用できない人だけど、同じ島に住む仲間だと思ってもう少し優しくしてあげて」

「はーい」

「信用できないって……私はどういう風に思われているのでしょうか……」

エリーゼは、健人の仲介もあってこれ以上の口論を避けることにしたが、本心ではいつか裏切るだろうと考え、行動を監視すると決めていた。

「ニュースが始まったみたいだ」

健人が顔をテレビの方に向けてつぶやくと、エリーゼと梅澤も視線がテレビへと移る。

映し出された女性のニュースキャスターが、政府が発表した内容を読み上げているところだった。

「先日、日本で新たにダンジョンが発生したと発表がありました。正確な場所は不明ですが離島に発生したようで、現在、民間の企業に管理を依頼し、一般公開への準備が進んでいるそうです。さらにそこでは――」

先ほどまでの口論で騒がしかったダイニングも、誰もが口を閉じて静かにニュースを聞いていた。

ダンジョン探索士のみだが、武器の所有が認められるダンジョン特区化や研究所、ライフラインの工事など、大まかなロードマップが発表され、最後にダンジョン探索士への公開予定が発表された。

ニュースキャスターの話が終わると記者会見のライブ映像へと切り替わり、日本の首相がいかにダンジョンが資源としていかに有用か力説。他国に先駆けて魔法などの研究を進めると宣言していた。

「約束を守ってくれて安心したよ」

取引通りの内容に満足した健人は、手に持っていたリモコンを操作してテレビの電源を消す。

「立ち上げの時期が一番大事ですからね。例のゴブリンがなければ、ここまで譲歩してなかったはずです」

「烏山の人生で唯一の功績ね」

またもや、エリーゼが半目になって梅澤をにらみつける。

「アハハ。私からはノーコメントということで……」

この件に関しては梅澤も無関係ではない。気まずさからエリーゼの視線から逃げるように顔を背ける。

「清水さん。発表が終わった今、これからどうしますか？」

苦し紛れに出た発言ではあったが、これから大きく変わるであろう無人島について、今後の予定を考えることは正しい。

二人っきりで秘密基地に住むような生活は終わり、これからは何人もの人間が関わり過ごすことになる。無人島もそれに適した形に変えなければいけない。

健人は、エリーゼとはすでに話し合い自身も納得していたことだが、どこかで彼女と出会ったことを懐かしんでいた。

そんな気持ちを押し殺し、梅澤に考えていた計画を告げる。

「三億円を使って島を開発する。インフラは政府が受け持つけど、ダンジョン探索士が泊まる宿や魔石などを買い取るショップ。さらには、桟橋の拡張や売店なども作る必要がある。全て実現するのは無理だと思うから、優先度をつけて三億円で出来ることから始めるよ。本格的な開発は、ダンジョン事業から利益が出てからかな」

無人島の開発で宝くじで手に入れたお金のほとんどが無くなってしまう。だが、健人はそれでも投資すると決めていた。

「お金が足りなければ、他社に投資してもらいます?」

「絶対に受けない」

そういった話を受けてしまうと、投資した人間の意向は無視できなくなる。巨額な資金を受ければなおさらだ。そうなると無人島とゴーレムダンジョンの経営の主導権を奪われかねない。

健人は、今後の禍根（かこん）になりえる投資は絶対に受けたくないと考えていた。

「分かりました。それでは、準備を進めますね」

健人の思惑を理解した梅澤は、エリーゼから逃げるように窓から離れて、寝泊まりしている掘っ立て小屋へと足早に戻っていった。

話が終わりダイニングへと視線を向けると、先ほどの会話に参加しなかったエリーゼが、健人の作ったヘアピンを眺めていた。

「来週には新宿ダンジョンと一緒に出現した異世界人の二人も来るみたいだし、これから忙しくなりそうだ」

健人の声を聞いて顔を上げたエリーゼの表情は、梅澤に見せたようなキツイ表情ではなく、柔和な笑みだった。

「そうね。いったい誰なのかしら」

ダンジョンと共に転移した異世界人は、エリーゼの知り合いである可能性も捨てきれず、今まで出会った人たちを思い出していた。

「もし知り合いだったら嬉しい？」

「うーん。ここに来た当初なら心細かったから、うれしかったと思うけど……今はねぇ……。余計なことをしないでほしいという気持ちの方が強いかしら」

ヘアピンを付け直しながら答えるエリーゼの表情は、ほんのりと赤くなっていた。

「それより、さっきの話！　私にもわかるように説明してもらえないかしら？」

先ほどの梅澤との会話が理解できなかったのか、勢いよく立ち上がると健人に近づく。

「分かった分かった！　コーヒーを入れてから、ゆっくりと説明するよ」

健人は笑みを浮かべながら、キッチンへと向かって歩き出した。


たった一人で移住した無人島でエリーゼと出会い、多くの人間が訪れるようになり、その何人かは移住が決まっている。平穏だが停滞していた健人の時間が、再び動き出したのだ。

特別編

エリーゼの旅立ち

飛び抜けて寿命の長いエルフは、全人類から迫害された。

同じ年に生まれたのに、エルフだけは若い姿のまま生き続ける。嫉妬から憎悪に変わるのには十分な理由だ。

憎悪の対象となったエルフは「他種族から寿命を吸い取ることで、長生きしている」と、デマが広がったことが切っ掛けとなり、一気に迫害が進む。その勢いは凄まじく、エルフ撲滅を目的とした新しい宗教団体まで立ち上がるほどだった。

本来であれば民衆をなだめるべき立場にいる富と権力を持った人間も、止めるどころか迫害を推奨。長寿の秘密を探るべくエルフ狩りが世界各地で行われた。

他種族に囚われたエルフは様々な人体実験の対象となる。そのすべてが悲惨な結末を迎えたが、長寿の秘密にたどり着いた種族は存在しなかった。

どんなに調べようとしても長寿の秘密が見つからない。そんな状況が続き、エルフ狩りは年を追うごとに過激さを増していく。最盛期は、エルフの人口が三分の一になる程だった。

そしてついに種の根絶まで見え始めると、他種族との共存を諦め、逃げる手段を選んだ。

その逃げ込んだ先が、住むどころか生きて帰るのでさえ難しいと言われている、魔物がひしめくウスカ大森林だ。移住した当初は、魔物による襲撃、そして飢餓によって、その数を減らしていった。だが、それでもエルフ狩りによって殺される数より少ない。

百年もの歳月をかけて生活基盤を整えたエルフは、ついにウスカ大森林の有力な種族として繁栄することとなった。

一方、人間を始めとした残された種族は、百年の月日で世代が変わり、加熱したエルフ狩りの熱は急速に冷めていった。エルフを直接見た人間も減り、街中で見かけることも珍しくなってくると、幻の種族と呼ばれるようになる。

そんな時代に、エリーゼは生まれた。

「ハァハァハァ……」

短い手足を激しく動かし、耳の長い少女――エリーゼが、村の入り口に向かって全力で走る。

それは、この世界の基準からしても古臭い、貧相だと思われるような村から飛び出すのではないかと、錯覚するほどの勢いだった。

「デビッドが帰ってきたぞ！」

村の門番の声を聞いたエリーゼは、走るスピードをさらに上げる。

ウスカ大森林にある人口二百人の村に住む彼女にとって、唯一の楽しみが到来したのだ。

「ハァハァ……」

今日は、他種族の動向を監視するためにウスカ大森林の外で活動していた、エルフのデビッドが帰ってくる日だ。

「まだ……来ないかな……？」

息を整えながら、木製の高い壁で囲まれた村にある、飾り気のない無骨な鉄製の門が開くのを待っていた。

「来た！」

ギィと音が出たことに気付き視線を向けると、ゆっくりと開く門から、目的の人物がエリーゼの方に歩み寄ってきた。

「おチビさん。出待ちご苦労」

エルフらしいすらっとした長身と長い髪を束ねたデビッドは、笑いながらエリーゼの頭に手に乗せて、子どもをあやすように撫でる。

過去、苛烈（かれつ）だった時期のエルフ狩りで娘を失っていたデビッドは、帰ってくる度に出迎えてくれるエリーゼのことを、我が子のように思っていた。

「チビじゃないわ！　もう七歳になったのよ！」

子ども扱いされたことに腹を立てたると、頭に乗せられた手を払いのける。睨みつけるように抗議した。

「まだまだ、子どもだな」

外の世界で過酷な生活をしていたデビッドにとって、エリーゼに睨みつけられる行為ですら楽しかった。

「むー」

抗議が無駄に終わったことを悟ると、頬を膨らませ腕を組み「不満です」と体を使って表現する。

だが子どものエリーゼがやっても、可愛らしさを強調するだけ。デビッドの笑みが、ますます深まる結果となった。

「お嬢さん。外の話は聞きたくないか？」

「聞きたい！　早く聞かせて！」

全力で走ってまで急いで来た目的を思い出すと、不満げな表情から笑顔に一瞬で切り替わった。

「まぁ、待てって。村長に報告しなければいけないから、明日な」

「えー！　今すぐ聞きたい！」

外で生活し、他種族の動向を村長に報告するまでがデビッドの仕事だ。さすがにそれを後回しにして、エリーゼとお喋りするわけにはいかない。だが、目の前にいるエリーゼの機嫌は良くしておきたい。そう考えたデビッドは、先にお土産を渡すことにした。

「我がままを言うなよ。これをやるから機嫌を直してくれ」

「わー！　ありがとう！」

無邪気な笑顔で受け取ったお土産は、幼いエリーゼには大きめだが、魔力をまとった傷一つない木製の弓だった。

「頑丈で魔法との相性も良い。エリーゼのためにあるような弓だ。ダンジョンから産出した木を材料に、ドワーフが作った一品……って聞いてないな……」

危険なウスカ大森林で生きるエルフは、幼い頃から魔法の使い方を習う。村から異端児として扱われているエリーゼも例外ではない。身体能力強化や矢を創り出す魔法も使えるようになっていた。

旅立つ前からそのことを知っていたデビッドは、大金をはたいて知り合いのドワーフに作ってもらい、将来役に立つはずの弓を、お土産として渡していた。

そんな想いなど知らない当の本人は、自身の魔法と相性の良い武器をもらった感動で、デビッドの説明も聞かず、弓をかかげてクルクルと回っていた。

「私が矢の魔法を使うことを覚えてくれていたのね！　ありがとう！」

回ることをやめたエリーゼが、デビッドの方に顔を向けてお礼を言う。

「ああ。かなり遅れてしまったが、魔法が使えるようになったお祝いだと思ってくれ」

エリーゼが魔法を使えるようになってすぐに任務のため旅立ったデビッドは、お祝いの品を渡せなかったことを後悔していた。

遅れてしまうのであれば、とびっきり良い物を渡して驚かせてやろうと考えて材料を集めていた。

エリーゼの喜び具合から、その苦労が報われて作戦が成功したことを確信し、満足げな笑みを浮かべている。

「デビッドおじさん、ありがとう！　今日はこれで満足してあげる！　明日、家に行くから話を聞かせてね！」

両手で大事そうに弓を抱きかかえているエリーゼが、デビッドから数歩離れる。

「朝早くに来るんじゃないぞ」

「はーい」

「分かっているんだか不安だな……」

返事をしながら走り去っていくエリーゼに不安を覚えながらも、デビッドは村長の家に向かって歩き出した。

翌朝。家族が朝食を食べ終わった後に、一人で食事をすませたエリーゼ。部屋に飾ってあった弓を両手で抱え、デビッドの待つ家へ弾丸のように向かっていった。

「トントン」

少し控えめなノックをしてからしばらくすると、物音が聞こえるようになり木製のドアが開く。

「おはよう！」

「早いな………」

朝から元気なエリーゼとは反対に、デビッドは寝癖すら直していない寝起きの姿だった。

「そうでもないと思うよ？」

早寝早起きの子どもにとっては十分に遅いと思える時間帯だが、遅くまで村長に報告をしていたデビッドにとっては、太陽が昇りきっていない時間帯は早朝と言えた。

「わかった。わかった。飲み物を用意するから椅子に座って待ってな」

もう少し寝かせてくれと声に出すのをグッと抑えて、エリーゼを部屋の中へと案内する。

「はーい！」

案内されるまま丸テーブルの近くにある椅子に腰掛けると、宙に浮いた足をブラブラさせながら、期待を込めた目でデビッドを見つめていた。

「それじゃ、そろそろ話しますか」

娘のように想っている子どもに期待されて嫌な気持ちはしない。デビッドは、エリーゼに向かい合うようにして座ると、外に出ていた一年間で見聞きしたことを話し出した。

「今回、俺への指令はダンジョン都市アガゼの調査だった。ダンジョンって知っているか？」

要人の監視、都市の調査、危険人物の殺害、森の外に出るエルフの任務は多岐にわたる。デビッドが言い渡された任務は、ダンジョン都市で最も有名なアガゼで、ハンターの戦闘能力と都市の動向を確認することであり、比較的短期間で終わる安全な任務だった。

「魔物が住んでいる場所？」

まだ子どもであり、また他人と話す機会の少ないエリーゼは、ダンジョンに関する知識は乏しい。魔物が発生する危険な場所としか知識にはなかった。

「そうだ。ダンジョンは、俺たちが生まれるずっと前からこの世界にあり、魔物を生み出してきた。だが、それだけじゃない。そこで生まれた魔物の一部がダンジョンから抜け出し、他の動物と交配すると、世界中に魔物がはびこるようになったんだ。ダンジョンさえなければ、この世界はもっと平和だったかもしれない」

有史以前に出現したダンジョン。そこから出てきた魔物が切っ掛けとなり、世界中に魔物が蔓延(まんえん)したと一般的には考えられている。また、いつ、どこにダンジョンが出現するのか予測できない。未発見のダンジョンから常に魔物が外に出ているため、その数は減るどころか増えていた。

「そんな危ないところ、壊さないの？」

危険なものは無くしてしまえば解決するといった子どもらしい質問に、デビッドは思わず微笑む。

「適切に管理した方が便利だから壊さないな」

「ふーん。そうなの？」

危険な場所がなぜ便利なのか理解できなかったエリーゼは、首を傾げてデビッドの言葉を待っていた。

「そうだ。ダンジョンを探索して、魔物を倒し、魔石やダンジョン産の素材を持ち帰る。そうすることで、魔石を燃料にした道具が使えるようになり、魔物の素材で魔物と戦う力を手に入れることもできる。昨日、渡した弓だって、ダンジョンから手に入れた木を使っているんだぞ?」

「こんなかっこいい弓が作れるなら、ダンジョンは壊さないほうがいいね!」

手に持っていた弓を眺めると、満足そうに頷く。

「お前なぁ……」

デビッドは理解しているのか、していないのか、判断に迷うような反応をしたエリーゼに呆れる。

だが、弓を優しく撫でている姿を見て、細かいことはどうでも良いかと思い直した。

「まぁいい。ちなみにダンジョンから素材を持ち帰って生計を立てている人をハンターと呼んでいて、俺はハンターになって色々と調査してきたわけだ」

「すごい! すごい! どうだったの?」

弓をテーブルに置くと勢いよく立ち上がり、デビッドの服を引っ張る。

ハンターだったことに驚き、どんな冒険をしたのだろうと期待に胸を躍らせていた。

「まずは、ダンジョン都市について話すから椅子に座ってくれ」

「うん!」

満面の笑みで返事をすると、急いで椅子に座る。

エリーゼが元の位置に戻ると、デビッドが話し出した。

「他の都市と比べると、ダンジョン都市は特殊だな。武装した集団が大勢いるし、なにより多種多様な種族が共存しているのが大きな違いだ。他の都市では珍獣のように扱われていたエルフの俺ですら、生活できたからな」

「大人が言うような、悪い人間はいないってこと？」

デビッドの話を聞きながら想像を膨らませているエリーゼが質問をする。

エルフ狩りの時代を知らない若い世代を教育する目的で、年老いたエルフたちが毎日のようにエルフが受けた仕打ちを詳細に語っていた。当然その結果、多くの若いエルフはその話を盲信して外には悪い人間しかいないと偏った思想を持つようになる。

だが、外の世界に憧れているエリーゼは、そのような思想に染まっていない。

「むしろ悪い人間は多いな。だが、他の連中が言っているようなエルフだけを狙う奴はあまりいない。種族関係なく襲われる」

ダンジョン都市に住んでいる人間の中で、最も多い職業がハンターであり、荒っぽい人間が集まりやすいという特徴がある。職業柄いつ死ぬかわからないため、短絡的な犯罪に手を染める傾向があった。

「平等に危険という意味では、エルフが生活しやすい都市でもある」

「そんなぁ……」

頭の中で妄想しているような優しい世界がないと理解すると、がっくりと肩を落とした。

「だが、あそこには有名なエルフがいるから、想像よりもう少し安全かもしれん」

「……有名なエルフ？」

元気が無くなっていたエリーゼが聞き返す。

「ああ。お前みたいな変わり者のエルフだ。もし、外に出る機会があったら会ってみるといいぞ。頼りになるからな」

集団ができれば、一定の割合で変わり者は出現するものだ。エリーゼのように、大人の言うことに耳を貸さず、外の世界に憧れていたエルフは過去に何人もいた。その多くは村を出てからしばらくすると、行方不明となり連絡が取れなくなるが、外の世界で確固たる地位を築いたエルフもいた。

「それは楽しみ！」

外の世界に飛び出して成功したエルフがいる。そのことに勇気づけられたエリーゼは、元気を取り戻していた。

「やっぱり私、大人になったら外で生活したい！」

「オススメはしないが……お前の人生だ。好きに生きてみろ。だが十五歳の成人を迎えるまでは村にいろ。その間に色々と学ぶんだ」

「うん！　デビッドは色々と教えてくれる？」

「もちろんだ。ハンターの知識と経験だったら誰にも負けないからな」

エリーゼは、間違いなくウスカ大森林の外に出る。そう直感したデビッドは、外の世界に出ても困らないように、自分が知りうる限りの知識を与えようとしていた。

「まぁ、ダンジョン都市の話はこのぐらいだな。ハンターについて少しだけ教えておこう。普通はパーティを組んで複数人で探索するんだが、俺の場合は任務の都合上、常に一人だったから参考程度に聞いておくんだぞ」

「うん！」

「ダンジョン都市には二つのダンジョンがある。大雑把（おおざっぱ）に初心者用と上級者用だ。一般人は立ち入り禁止になっていて、ハンターだけ入ることができる。ダンジョン探索したいのであれば、必ず、ハンターギルドに所属しなければならない」

「そうなんだ！」

エリーゼは、初めて聞く話に目を丸くして驚いていた。

「ハンターがダンジョンで手に入れた物は、ギルドが管理しているからな。どんなに有名でも逆らえない」

「ハンターギルドって、すごいところなんだね！」

「その通りだ。魔石は道具を動かすための重要なエネルギー資源であり、それを管理するハンターギルドは、必ず国が運営している。ダンジョンで手に入れた魔石をハンターギルドを経由せずに販売すれば、国や都市の警備隊が動く。だからこのルールだけは絶対に守るんだぞ。逆にルールさえ守っていれば、エルフでさえ、ある程度は守ってもらえる」

「うんうん」

頷(うなず)きながら「ルールを守る」とつぶやいていた。

「話を戻すが、ハンターに登録してからは、ひたすら初心者用のダンジョンに潜っていた」

初心者用と上級者用の違いはいくつかあるが、その一つに出現する魔物の数があげられる。初心者用は多くても四匹~五匹程度しか同時に出現しないが、上級者用になると、三十匹同時出現することもある。もし、そんな場面に出くわしてしまったら、一人で対処するのは不可能だろう。

複数人との戦闘を苦手とするデビッドは、初心者用のダンジョンだけに絞って探索していた。

「そこはゴーストといった魔物が出没するダンジョンで、すでに探索済みの地下十階までは比較的安全な場所なんだ」

探索が終わったフロアの出現する魔物、構造などは全てハンターギルドで公開されている。事前に情報を集め装備を整えて探索をすれば、大きな危機に陥ることは少なく、比較的安全にダンジョン内を歩き回ることができた。

「十階より下はどうなっているの?」

「誰も見たことがないからわからないが、他のダンジョンの話を聞く限り、最低でも地下二十階はあり、最下層にたどり着いた人間は、こことは違う別の世界に行けるらしい」

あえて命の危険を冒してまでダンジョンの最下層に行く理由もないため、完全に踏破されたダンジョンは少ない。その数少ない証言から「取り外すことも壊すこともできない水晶がある」「最下層に到達すると誰かがいなくなる」といった話だけが一人歩きし、最終的には「ダンジョンの最下層に到達すると別の世界にいける」といった噂が広まり、半ば事実のように信じられるようになっていた。

　もちろん、その噂は真実ではあった。

「別の世界！　なにそれ楽しそう!!」

　ウスカ大森林の生活を窮屈（きゅうくつ）に感じ、家族とすらほとんど話さないエリーゼにとって、村の外、そして異世界は、何度も何度も妄想したことがある。その妄想が実現できるかもしれないとわかり、今までになく興奮していた。

「まぁ、落ち着けって。最下層にたどり着いた人の一部が消えていなくなる。そのことを説明するために出た噂だぞ？　本当だとは限らない」

　デビッドは別の世界に転移する噂を確かめるべく情報を集めたこともあった。しかしダンジョンの最下層に到達すると、いつの間にか人が消えることだけしか裏付けは取れなかった。

「それでも可能性があるなら行ってみたい！」

　だがエリーゼにとって、事実かどうかは関係ない。もちろん別の世界にいけるのであれば大歓迎だが、可能性があるというだけでも人生を賭ける価値があると、子どもながらに思っていた。

「大人になってもそう思うのであれば、チャレンジしてみるといいさ」

　彼女の強い意志を感じ取ると、デビッドは無茶な願いを否定することはできなかった。

「いろんなハンターを見てきたが、弱い魔物を倒して魔石を手に入れて換金するだけのヤツがほとんどだ。エリーゼが修練を怠（おこた）らずに過ごしていれば、ハンターになって活躍できるだろう。もちろん、村にいる間は俺が訓練をつけてやるぞ」

「ありがとう！」

デビッドの腕にしがみついて、エリーゼは全身でうれしさを表現する。

その後もデビッドの話はエリーゼの心を大いに震わせ、夜になっても話題は尽きなかった。


「ただいま」

寝るのには早い時間に帰ったが、返事はなかった。

人間は世代が変わりエルフが迫害されていた時代の記憶は薄れているが、迫害されていた時期を過ごしたエルフは未だ現役だ。長寿であるがゆえに、苛烈だった時期、受けた仕打ちを鮮明に覚えている。その恨みは深く、決して、人間に心を開くことはない。

人間と触れ合うことに憧れるエリーゼは、家族を含めた村人全員から腫物（はれもの）として扱われていた。

説得する段階はとうに過ぎ去り、今はもう、誰も話しかける者はいなかった。

「早く、外に出てみたいなぁ」

孤独に耐えかねて、ベッドで横になりながら弱々しくつぶやく。

エリーゼは、いつから外の世界に憧れたのか覚えてはいない。物心ついた時にはすでに外の世界、人間との交流に憧れていた。彼女にとっては息を吸うように当たり前のことであったがゆえに、考え方を変えることができず、常に息苦しさを感じていた。

「明日も、デビッドとお話ししなきゃ」

デビッドがいる間は、息苦しさも忘れられる。久しく忘れていた、明日への期待を胸にエリーゼは瞳を閉じた。

翌日もデビッドと一緒にいたが、外の世界の話だけではなく戦い方なども教わり、ハンターとしての生き方を文字通り叩き込まれていた。痛みが伴う訓練は、子どものエリーゼにとって苦痛ではあったが、その一方で成長が実感でき、外の世界へ出て行く準備が着実に進んでいることに喜びも感じていた。

だがそんな幸せな時間も長くは続かない。一年後、村長に呼び出されたデビッドは、エルフに対して敵対的な国家を調査する重要な任務を言い渡され、村を出ることになった。

「今度の任務はいつ戻ってこれるか分からない」

デビッドは小さいエリーゼを見下ろすように見つめ、頭を撫でる。

新しい任務を言い渡された数日後。村にある唯一の門の前で向かい合った二人は、別れの挨拶をしていた。

「帰ってきたときには、驚くほど強くなっているから！」

頭を撫でる手をそのままに、エリーゼは力強く宣言する。

デビッドと共に訓練した一年で基礎を叩き込まれたエリーゼは、八歳にして駆け出しのハンターと同等の強さを手に入れていた。

「渡したメニューを毎日こなしていれば、俺より強くなっていると思うぞ。期待している」

今回の任務は長く、過酷なものになる。一人でも訓練できるようにと、一年ごとに十五歳までの練習メニューを作り、渡していた。

まるで遺書のように渡された練習メニューが書き込まれた紙の束に、最初は嫌な顔をして受け取るのを拒否していた。だが「外に出るためには必要なものだ」と言われたのが決め手となって、ようやく受け取った。

「毎日さぼらずに訓練する！　だからちゃんと帰ってきてね！」

「……遅くても鎮魂祭には……いや、何でもない」

デビッドは手を差し出して握手をすると、クルリと回転して門に向かって歩き出した。

「約束は守ってねー！」

門から村を出ていくデビッドの姿は、木々によってすぐに見えなくなってしまう。

エリーゼは飽きることなく門が閉じるまで、その場に留まっていた。

「よし！　訓練しなきゃ！」

門が閉まると同時に意識を切り替えると、村の外れにまで移動する。一日でも早く旅立てるようにと、デビッドが残したメニューをこなすことにした。

それからは、朝から訓練をし、終わると門の前でデビッドを待つ日々が続いた。

だが、一年が経過してもデビッドは戻ってこなかった。

この時はまだ重要な任務だからと思い込むことで、日課となった訓練を続けていた。

だが、三年目になっても戻っては来なかった。

デビッドが旅立った時より魔法の発動は速くなり、エリーゼは多彩な矢が創れるようになっていた。

長期の任務といえども三年間、一度も帰ってこないことはあり得ない。何か問題が起きたことは間違いない。だがそれでも、戻ってくると信じて待ち続けることで、エリーゼは外に飛び出したい気持ちを抑えていた。


そして七年目。

髪は長くなり、弓が丁度良い大きさに感じられるほどエリーゼは成長した。

その頃になってようやくデビッドが、とある国で死亡したことが村中に知れ渡る。未だにエルフの長寿の秘密を探る秘密結社の手によって殺されたのだ。

長老を中心に「他種族に復讐を！」と、村中が殺気立っていた。

「そう。死んでしまったのね」

村中が騒がしい中でも、エリーゼは一人だった。

騒ぎになったおかげで、エリーゼの耳にも届いていた。半ば覚悟していた事実であったため、涙一つ出てこない。淡々とその事実を受け止めていた。

「十五歳になったわ。約束通り、毎日欠かさず訓練をしたおかげで、村の中でもトップクラスの実力者になれたのよ」

話を聞いてすぐにデビッドの家に入り込むと、独り言をつぶやく。

「あなたがいなければ、私は外に出るために必要な知識と力を身につけることはできなかったわ。きっと、村を出てすぐに死んでいたはずよ」

子どもの頃、デビッドの話を聞くために座っていた椅子を撫でるように触る。

「あなたとの約束は全て守ったのよ？　これからは頭を使って考えて、私の人生を歩むわ。今まで守ってくれて、ありがとう。そして、さようなら」

最後につぶやいた声は震えていた。

ボロボロになった紙の束をテーブルの上に置くと、外に向かって歩きだす。

父親の代わりとして待ち続けた人はもう帰ってこない。デビッドの家でずっと言いたかったお礼を口にしたエリーゼは、その足で旅に必要な道具と弓を携えると、誰に断ることなく村を後にした。


目指すは、デビッドが語ってくれたダンジョン都市アガゼ。

そこで長年の夢だったハンターになり、ダンジョン探索をする予定だった。

あとがき

「無人島でエルフと共同生活」を手に取っていただき、誠にありがとうございます。
わんたと申します。

子どもの頃は、何度も見返すほどスタジオジブリ様の作品が好きでした。特に「天空の城ラピュタ」は、風邪を引いた時によく見ていたと記憶しています。振り返ってみると、騒動に巻き込まれながらも二人が協力して解決する。そういったストーリー構造が好きなことに気付きました。

大人になった今も変わらず、似たような作品をよく見ます。そんな理由もあり本作は、お互いを支え合い、襲い来る困難は二人で退ける。

担当編集のSさんからは、「熟年夫婦」と呼ばれた二人の関係を楽しんでもらえたらと思っていますが、皆様いかがだったでしょうか。

最後に謝辞を。

健人やエリーゼを魅力的に描いてくださった転様、書籍化作業で右往左往する私を支えてくださった編集担当S様、WEB版から応援してくださった読者の皆様。そして執筆時間を捻出するために支えてくれた家族に、感謝しています。

　本当に多くの方に助けていただいたおかげで、無事に書籍としてお手元に届けることができました。

　若輩者ではございますが、これからもよろしくお願いします！

私の隣は
貴方だけの
もの!
ダンジョン運営、

無人島でエルフと共同生活

2018年7月1日　第1刷発行

著　者　わんた

発行者　本田武市

発行所　TOブックス
〒150-0045
東京都渋谷区神泉町18-8　松濤ハイツ2F
TEL 03-6452-5766(編集)
0120-933-772(営業フリーダイヤル)
FAX 050-3156-0508
ホームページ　http://www.tobooks.jp
メール　info@tobooks.jp

印刷・製本　中央精版印刷株式会社

ISBN978-4-86472-700-6

Printed in Japan